JN236671

悪の教典
Lesson of the evil
下
貴志祐介
文藝春秋

悪の教典 ◆下◆

目次

装画　永戸鉄也
装丁　関口聖司

悪の教典

Lesson of the evil

下

第七章

「また、集団カンニングがあるというんですか？　今度の期末試験で？」

酒井宏樹《さかいひろき》教頭は、ゴーヤを丸囓《まるかじ》りしたような表情になった。

「どうも、生徒たちの間では、そういう噂が流れているようです」

蓮実聖司《はすみせいじ》は、若干の同情を込めて、疲労の滲《にじ》む教頭の顔を見下ろした。

今日は日曜日だったが、釣井正信《つりいまさのぶ》教諭が「自死」した事件で、ＰＴＡの臨時総会が開かれたばかりだった。灘森正男《なだもりまさお》校長は、事件の翌朝の朝礼では、涙ながらの訴えで生徒たちを茫然とさせながらも、それなりに感動をもたらしたといってもいいが、その後は、なぜか異様にハイな状態が続いていた。三日がすぎた今日も、とても保護者たちの面前に出せるような状態ではない。そのため、酒井教頭が矢面に立つことになったのだが、保護者たちの予想を超える険しい反応に、大汗をかく羽目になった。真田俊平《さなだしゅんぺい》教諭の飲酒運転および人身事故という不祥事の直後でもあり、傷ついた生徒の心のケアをどうするつもりだとか、教職員のメンタル面も把握できないで生徒に指導ができるのかなどという、厳しい質問が相次いだのである。

PTA総会で過去にここまで突き上げられた経験はなかったので、酒井教頭は、何度も立ち往生しかけたが、後半は、急遽《きゅうきょ》ピンチヒッターに立った蓮実の爽やかな弁舌により、何とか乗り切ることができた。初めて蓮実が話すのを聞いた生徒の母親たちには、にわかファンが急増したらしく、総会の終わり頃には雰囲気が一転しており、ちらほらとだが、励ましの拍手さえ起こったほどだった。

「あいかわらず、首謀者はわからないの？」

「疑わしい生徒は数名いますが、残念ながら、確証はありません」

「噂ねえ……」

酒井教頭は、どうも納得がいかないという顔だった。なぜいつも、そんなに中途半端な情報ばかりなのかと疑問に思っているのだろう。蓮実としても、まさか、生徒たちの会話を盗聴した結果ですと説明するわけにはいかなかった。

「それで、今回は、どういう手口なんですか？」

「それも、不明です。前回、携帯電話が役に立たなかったことで、懲りてるはずだと思うんですが」

蓮実は、そう言いながら、自分でも疑問を感じていた。まさか携帯電話のジャミングを二回続けてやることはないだろうと、高をくくっているのか。それとも、生徒の誰かが、新たなカンニングの方法を創案したのだろうか。

「それで、どうするつもりなの？　来月は学校説明会がありますが、今の状況でカンニング騒動まで勃発したら、来年度、うちを受験する生徒はいなくなるかもしれませんよ？」

責任者はあんただろうと言いたくなったが、蓮実は、これ以上酒井教頭を追い詰めるつもりはなかったので、勇気づけるような笑みを浮かべた。

「万全を期します。それで、必要な対策については、今回も、私に一任していただきたいのですが」

前回と同様に、違法な妨害電波を発信することを含むという意味だった。

酒井教諭は、蓮実から目をそらし、咳払いをした。

「わかりました。蓮実先生を信じて、お任せすることにします。……くれぐれも、新たな問題に発展することのないよう、お願いしますよ」

酒井教頭は、疲れ切った顔で目の間を揉《も》んだ。

「誰も彼も、いざとなると頼りにならない人ばかりで……こうなっては、蓮実先生だけが頼みの綱なんですから」

「ご期待に応えられるように、精一杯頑張ります」

蓮実は、教頭室から退出した。

せっかく日曜日に出勤したのだから、今日のうちに校内の虫《バグ》――盗聴器をチェックしておいた方がいいかもしれない。修学旅行の前に、虫《バグ》の数は最小限にまで減らしてあったが、今度は、生徒を主なターゲットとして再配置すべきだろう。生徒の本音が聞ける場所――トイレや、屋上、ロッカールーム、階段の踊り場などに。

そう考えたとき、ふと、違和感を覚えた。

まるで、自分が、誰かに操られているような感覚に襲われたのである。それは、理屈ではなく、野性の勘のようなものだった。しかし、直感を侮《あなど》ってはならない。これまでも、論理ではなく直感によって、幾度となく救われてきたのだから。

蓮実は、危険信号を感じたら、とりあえず立ち止まって考えることにしていた。虫《バグ》から得られる情報は断片的で、ほとんどの場合、誰が喋っているのかすら特定できない。しかし、大勢の会話を分析すると、前回の失敗に懲りず、カンニングに再チャレンジしようとしている生徒がいるのは確実と思われた。それが誰かはわからないが、今までの経緯からすると、自分の成績を上げるためではないだろう。複数の生徒に答えを教えるのは、よく言えばボランティアのような無償の行為、悪く言えば愉快犯——テロリストの犯行と同じである。おそらく、自分の能力を誇示し、学校側が慌てふためく様を見て溜飲を下げたいのだろう。

それが、中間試験では、無残な失敗に終わってしまった。定期考査のカンニングを防止するくらいのことで、よもや妨害電波を発信するとまでは予想していなかったのだろう。しかし、黒幕だった生徒は、仲間に対する面目を失墜し、自慢の鼻をぽっきりと折られてしまったに違いない。

そう考えると、別の方法でカンニングを成功させれば、リベンジは果たせることになる。とはいえ、その別の方法というのが難しい。単に、自分一人が不正に答えを知ればいいのではなく、逆にできるだけ大勢の生徒に教えなくてはならないのだ。そういう目的には、携帯電話以上に有効なツールはないだろう。

蓮実は、まるで見えない相手と将棋を指しているような気がしてきた。前回は、こちらの技がきまって、見事に相手の攻めを完封した。それに対して、相手は、どういう手段を返してくるだろうか。

一つ考えられるのは、再び妨害電波を発信させて、それを告発するという手段である。しかし、そのための有効な方法となると、相手の立場に立ってみても、何一つ考えつかなかった。

電波という形のないものを押さえるのは、不可能に近い。かりに試験中に抜け出して、アマチュア無線部の部室で機器を見つけたとしても、その後、どうすることもできない。あらかじめ、関東総合通信局に告発したとしても、彼らが囮《おとり》捜査までやるとは思えないし、まず、学校に問い合わせが来るはずだろう。

違う。この相手が衝いてくるとしたら、別の場所だ。学校の——自分の鼻をあかそうと思ったら、もっとあきらかな弱点に照準を合わせてくるに違いない。

では、それは、いったい何か。

蓮実は、はっとした。

考えすぎかもしれない。しかし、この相手は、相当頭のいい生徒であることはまちがいない。だとすれば、なぜ、カンニング計画が、あんなに早く学校側に漏れたのかと疑問に思ったはずだ。

蓮実は、笑みを浮かべた。

ようやく、相手の狙いが見えたような気がしていた。なるほど、そういうことか。そのために、わざわざ期末試験でもカンニングをやるという噂を広めたわけだ。

だったら、こちらも、そのつもりで対策を練らなくてはならない。

誰であれ、自分の王国で、これ以上好き勝手な振る舞いをさせるつもりはなかった。


「……だから、もっと盛大に噂を流すのに協力してくれ。ただし、具体的なことは絶対に言うなよ。俺やおまえだけじゃなく、生徒の名前はいっさいＮＧだからな。ただ、期末で大がかりなカンニングがあるらしいという話を広めてくれればいい。誰かわからねえが、すげえ画期的な方法を考案したらしいってな」

携帯電話から聞こえてくる早水《はやみ》圭介《けいすけ》の声は、内容とは裏腹に暢気《のんき》そのものだった。夏越《なごし》雄一郎《ゆういちろう》は、顔をしかめる。

「そんなことして、何の得があるんだよ？」

「蓮実の正体を暴いてやんだよ」

圭介は、うそぶいた。

「みんな、あいつに騙されてるけどな、仮面の下に隠されてるのは、ぜってー悪魔の顔なんだって」

「悪魔って……」

雄一郎の脳裏に、長い角が生え横長のヤギの瞳をした蓮実の姿が浮かんだ。

「いいか、夏越君。真田に飲酒運転の罪を着せたのは、まちがいなく、蓮実だ」

「どうして、そんなことがわかる？　教頭のレクサスにぶつかったとき、運転席に座ってたのは真田じゃん。その後は、ドアが開かなくなってたんだから、窓から抜け出すことはできても、真田を運転席に座らせるのは無理だろう？」

「だから、学校まで運転してきたのは蓮実だったろうが、先に意識不明の真田を運転席に座らせておいて、蓮実がＲＸ－８を外から発進させたんだ」

「どうやって？」

「まだ、わからねえ？　竹の棒でさ、アクセルを押したんだよ」

雄一郎は、絶句した。圭介が、つるバラの支柱が引き抜かれたのは事故の直前だと言っていた意味が、ようやくわかったのだ。

「それだけじゃない。清田《きよた》の家に放火してオヤジを焼死させたのも、たぶん蓮実だ。やつの軽トラックなら、大量の灯油も運べるからな。さらに言えば、釣井を殺したんだって、蓮実という可能性は否定できない」

「おーい。そこまで行くと、さすがに無茶苦茶というか、付いてけないんだけど……」

大麻《ガンジャ》には、それほどの習慣性はないらしいが、ひょっとしたら、妄想を抱かせる作用があるのではないだろうか。雄一郎は、心配になった。

「まあ、釣井の件は、ただの想像だけどな。でも、都立＊＊高の事件もある。あれから、情報を集めてみたんだが、やっぱ、やつはクロだ」

「情報って、ただの生徒たちの噂話だろう？」

「いや、違う」

圭介は、きっぱりと言った。

「たしかな筋からの話だ」

「なんだよ、たしかな筋って？」

「下鶴《しもづる》のおっさんだよ」

雄一郎は、気を呑まれて、再び黙り込んだ。情報源《ソース》が現役の警察官ということであれば、一笑に付すわけにもいかない。

「さすがに、蓮実がやったとまでは言わなかったけどな。でも、おっさんは、四人の死は自殺じゃなかったと確信してた。蓮実を疑うには、それだけで充分だろう？」

そぼ降る雨のせいで、空気は蒸し暑くじめじめしていたが、雄一郎は、背筋が寒くなるような嫌な感覚に襲われていた。

「……まあ、じゃあ、蓮実が悪魔だったとして、カンニングの噂を広めるのが、どうして、やつの仮面を剝ぐことになるんだ？」

「盗聴器だよ」

圭介は、ようやくここで、声を潜めた。

「やつは、学校の中で盗聴してるんだ。そうでなきゃ、カンニングのことが事前にわかるわけがねえんだよ」

「そこは、飛躍のしすぎだろう」

「携帯電話を妨害したやり口を考えれば、あきらかなんだよ。そういう『ラジオライフ』みたいな発想がすぐに浮かぶやつだぜ？　生徒や教師の情報を得ようと思ったら、これはもう、盗聴器をしかけるに決まってるだろう?」

それは、むしろ、圭介の発想じゃないかと思う。

「だけど、今まで、さんざん盗聴電波を探したんだろう？　結局、見つけられなかったんじゃないのか?」

「反応は、あったんだ。何回かな。しかし、盗聴器の発見にまでは至らなかった」

圭介は、悔しそうに言った。

「やつは、用心深い。盗聴波は出しっぱなしじゃなく、必要なときだけスイッチを入れてるんだと思う。盗聴器をしかける数や場所も、時と場合に応じて変えてるんだろうな」

まだ、半分妄想としか思えない。しかし、奇妙に筋が通っているのも事実だった。

「……それで、どうして、カンニングの噂を広めるんだ?」

「はあー。ここまで言っても、まだわかんねえかな」

圭介は、溜め息をついた。

「カンニングの噂が流れてるのに、その実態がわからなかったら、やつは、何とかして、もっと情報を得ようと思うだろう？　当然、眠ってた盗聴器をONにするわけさ」

何だろう、この嫌な感じは。雄一郎は、訝《いぶか》しんだ。意味もなく、鼓動が速くなってくるような気がする。

「わかった。一応、おまえの言うような噂を広める努力はしてみるけど。おまえ一人で、危険なことはするなよ」

「だいじょうぶだって。あ。それから、怜花《れいか》には、このことは言うなよ」

思っていたことを先に言われて、雄一郎は、二の句が継げなかった。

「元から心配性だったが、最近は、ノイローゼ寸前だからな。まあ、俺があんまり脅かしたせいもあるけど」

「それはまあ……そうだな」

たしかに、怜花に話せば、ますます気に病むに違いない。

しかし、本当に何もせず、圭介の言いなりになっているだけでいいのだろうか。

電話を切った後も、心臓が締め付けられるような不快な感じは、いっこうに去ろうとはしなかった。


「何、それ？」

安原美彌《やすはらみや》は、眉をひそめた。

「見てわからないか？　猟銃だよ」

蓮実は、銃を構えて見せた。

「ちょっとー。危ないよ」

「だいじょうぶだ。弾は入ってないからな」

蓮実は、新しい玩具である散弾銃《ショットガン》を、矯《た》めつ眇《すが》めつしていた。

「ハスミン、銃の許可なんか、取ってたの？」

「いいや。友達から、ちょっと借りただけだ」

久米《くめ》教諭が、趣味のクレー射撃に使っている銃で、的への狙いがぶれにくい上下二連式だった。

蓮実は、トップレバーを押して銃を二つに折り、散弾のカートリッジを装塡《そうてん》する薬室を覗き込んだ。

「それって、まずいんじゃないの？　だって、テレビ番組で猟銃を手に取っただけの人が、書類送検されてたみたいだし」

「はは。バレなきゃ、だいじょうぶだよ」

「もう、信じらんない！　教師の言うこっちゃないでしょうが？」

「そうだ。美彌も、護身用にこれを持ってた方がいいぞ。最近、物騒だからな」

蓮実は、太めの携帯電話のように黒い物体を、美彌に投げてよこした。

「何、これ？」

美彌は、空中でしっかりキャッチする。

「マイオトロンっていうスタンガンの一種だよ。ＦＢＩが開発したといわれてるくらいで、けっこう効き目がある」

通常のスタンガンは高電圧で暴漢を痺《しび》れさせるだけだが、マイオトロンは、神経電流をインターセプトして運動機能を麻痺させる特殊な周波数を使っている分、効果抜群なのは事実だった。

付属しているビデオを見ると、大男の白人が一瞬にして崩れ落ち、身動きもならなくなる。実際には、通電する際、相手が絶縁性の高い革ジャンなどを着ていると、威力は半減するのだが。

「いらない」

美彌は、すぐにマイオトロンを投げ返してきた。

「そんなの、犯罪者が使うには便利でも、とっさのとき、自衛には間に合わないよ」

さすがに普通の女子生徒とは違い、美彌は、護身用具に対して的確なイメージを持っているようだった。

「そんなもの、買ったの？」

「いや、これも友達から借りた」

実際には、マンションに置きっぱなしの久米教諭のパソコンから久米教諭のクレジット・カード番号を使って、勝手に注文したものだった。そうでなければ、三万円以上もする高価なスタンガンを面白半分に購入するわけがない。

美彌は、グレイと白の斑がある仔猫を抱え上げると、キスしそうなくらい顔に近づけた。

「ハスミンって、本当に子供なんだよ。あんな物騒なもんばっかり集めて、喜んでるんだから。ね、そう思うでしょ？　ジャスミーン？」

ジャスミンは、美彌が校門のそばで拾った仔猫の名前だった。

「なあ。ややこしいから、その名前、やめてくれないか」

蓮実は、猟銃を置いて言う。

「ややこしくないもんねー、ジャスミン？　この子は、いい匂いがするからジャスミン。それから、ここにいるときは、わたしのことはヤスミンって呼んでね。安原美彌だから、略してヤスミン」

「何なんだよ、それ」

「英語教師なのに、知らないの？　ジャスミンって、アラビア語ではヤスミンになるの。それから、これはおまけだけど、スペイン語だとハスミンなんだって」

「それじゃあ、まるで、その猫が一番偉いみたいじゃないか？」

蓮実は、美彌のそばに行って、肩に手を回した。

「ペットを飼いたい気持ちも、わかるけどな。うちじゃ、許してもらえないんだろう？　でも、ここで飼うのは、やっぱり、ちょっと無理じゃないか？」

久米教諭が前島雅彦《まえじままさひこ》と会うために購入した川崎のマンションは、今では、蓮実と美彌の専用になっていた。好きなときに使えるのは便利だが、猫に餌をやるために毎日通うとなると、高校生には負担が大きいはずだ。制服を着た少女が、密会用のマンションで宿題をしたりしているのは、健気さの中にもエロティシズムが漂う光景だったが。

「ペットじゃないよ！」

美彌は、口を尖らせて言う。

「だって、わたしたちは、家族なんだよ。この子も一緒」

蓮実は、美彌を覗き込むようにして、唇にキスをして黙らせた。美彌は、目を閉じて、されるがままになっている。

「……今の、知ってるよ。フレンチ・キスっていうんでしょう?」

「え?」

「ちょん、ちょんっていう、小鳥みたいなやつ」

蓮実は、大きく首を振った。

「今の子は、いったい、どこからそんな間違った知識を仕入れるんだろうな。フレンチ・キスっていうのは、そんなんじゃないよ」

「え。うそ」

「うーん。困ったもんだな。入試に出るかもしれないし、教師としては見すごせないな。しかたがない、実技指導だ」

蓮実は、ジャスミンを取り上げると、床に置いた。仔猫は、威嚇《いかく》するように小さな口をいっぱいに開けたが、すぐに別のものに興味が移ったらしく、どこかへ歩いていく。

「OK. Miss Yasuhara. This is what is called the French kiss!」

蓮実は、美彌を抱き寄せ、もう一度唇を重ねた。美彌は、一瞬だけ身体を緊張させたが、後は、うっとりとして身を委ねる。

蓮実は、最初は、心ゆくまで美彌の唇を味わった。それから下唇を軽く噛んでやると、美彌は、びくりとした。学校にいるときは、特に女子の間では、かなりの強面で通っているようだが、本当は自罰的な傾向が強く、支配を求める性格であることはわかっていた。そうじゃなかったとしても、従順な奴隷になるように調教を施していただけのことだが。

蓮実は、強引に舌を侵入させると、舌と舌とをからませた。

「うう……ん」

美彌は、子供とは思えないような色っぽい吐息を漏らす。

美彌の唾液は、甘かった。蓮実は、美彌の舌を締め付け、強く吸い上げ、くすぐってやる。さらに、上口蓋や、歯の裏、頰の裏まで。

猫とおまえが、同じ俺の家族だって。そうじゃない。猫は、おまえのペット。そして、おまえは、担任教師を喜ばせるためのペットなんだ。わかってるのか。

美彌は、とうとう声を上げて、身体を弓なりに反り返らせた。キスだけで絶頂に達したのだ。身も心も支配されているという意識が、そのまま歓びへと転化したらしい。

「いい子だ……Excellent!」

蓮実は、美彌の頭を撫でてやると、抱え上げて、ベッドに運んだ。

昨日より今日、今日より明日、この子は一歩一歩、俺の創造物に近づいていく。もしかしたら、この感覚こそが、教師本来のやり甲斐に近いものなのかもしれない。たしかに、いつも、やり甲斐は最高度に感じていた。

美彌を裸に剝きながら教育論に思いをはせるところは、我ながら、すっかり教員という仕事に嵌《はま》っているなと思う。そう……教育とはつまるところ、洗脳の一種に他ならない。

蓮実は、スラックスのファスナーを開け、怒張したものを取り出した。膝立ちになって、美彌の髪をつかんで引き寄せると、反復学習させたやり方で奉仕させる。

美彌は、これまでに教えたことはすべて、スポンジが水を吸い込むように吸収していた。これこそ、最高の生徒だろう。


七月一日から実施された期末試験は何ごともなく終了し、圭介は、肩すかしを喰らったような気分を味わっていた。

中間試験のときと同様、妨害電波が発信されたことは確認できた。だが、それを告発するのは難しい。ターゲットは、校内にいくつも仕掛けてあるはずの盗聴器だったが、今回も、発見まで漕ぎ着けることはできなかった。

例によって、受信機に、まったく反応がなかったわけではない。昼休みなどにときおり、盗聴波かと思われる周波数帯の電波を捉えることに成功していた。しかし、方角の見当を付けて近づこうとすると、いつのまにか、ふっつりと消えてしまう。

盗聴器は、やはり一個や二個ではないらしく、電波は様々な方角からやって来ていた。特に怪しいと思われたのは、職員室、校長室、教頭室のいずれか、教職員専用のトイレ、それに体育館である。前の二つは、自由に出入りすることができないので、体育館周辺を探索することが多くなったが、こちらには、猛獣のような園田教諭や柴原教諭がしばしば出没するため、そのたびに中断を余儀なくされた。

怪電波は、まるで幽霊のように捉えどころがなかった。まったく予測していないときに、遠くからちらりと姿を現すと、おいでおいでと差し招く。ところが、いくら近づこうとしても、逃げ水のように遠ざかっていくため、どうしても捕まえることができない。そして、気がついたときには、もう消滅しているのだ。

むしゃくしゃしたときの常で、圭介は、保健室へ向かった。

「あー頭痛《い》て」

圭介は、大げさに呻《うめ》きながら、保健室のドアを開ける。

「圭介君。また来たの？　試験のたんびに具合が悪くなるのね」

机に向かって書き物をしていた田浦潤子《たうらじゅんこ》教諭は、怪しい微笑みを浮かべた。

「もうちょっと、いたわってくれよ。毎晩、遅くまで勉強してるんだし」

「君は、勉強なんかしなくても、ふだんのテストなんか楽勝でしょう？　頭が痛いのは、変な薬でもやってるせいじゃないの？」

期末試験が終わった解放感で、ほとんどの生徒は、さっさと下校していた。今ごろは、打ち上げにでも繰り出しているのだろう。こんな時間に保健室で寝ている生徒は、他にはいなかった。

圭介は、さっさと一番奥のベッドに行くと、仰向けにダイブするようにして寝転がる。マットレスが揺れた。

「こら。上履きくらい脱ぎなさい」

田浦教諭は、そばにくると、圭介の上履きを脱がせて、床にきちんと揃える。圭介は、されるがままになっていた。

田浦教諭は、まだ三十二歳のはずだが、ときどき母親のような感じがするのは妙だった。こんなことを言うと、きっと激怒するだろうが。

本当なら、怜花に慰めてもらいたかった。しかし、彼女には、まだキスもしていない。どうやら、本当に好きな相手に対しては臆病になるものらしい。それに、雄一郎も怜花が好きなことはわかっていた。恋のライバルが親友なだけに、抜け駆けはできない。

田浦教諭は、圭介の額に手を当てようとした。圭介は、その手首をつかんで、引っ張る。田浦教諭は、圭介の上に乗っかる姿勢になった。圭介は、寝たままカーテンをつかむと、シャッという音を立ててすばやく閉めた。

「もう。乱暴ね」

田浦教諭は、艶然と微笑する。身体からは、すっかり力が抜けていた。圭介は、ふと、『嬌《きょう》として力無し』という長恨歌の一節を思い出していた。

田浦教諭を抱きすくめたまま、くるりと回転すると、自分が上になる。

「いつでも好きなときにやって来ては、わたしを弄《もてあそ》ぶのね。わたしは、圭介君の溜まった鬱憤の捌《は》け口ってわけ?」

「そうだよ。それが、この学校での潤子の役目だからね」

圭介は、田浦教諭を存分に言葉で責めてやった。そうしてやると興奮するのがわかっているからだが、例によって、田浦教諭は、男子生徒の性欲処理係という官能小説のような役どころを、心から楽しんでいるようだった。

「……ここのところ、圭介君は、いらいらすることが多いみたいね。悩みがあるんなら、話してみて？　わたしでよければ、相談に乗るわよ」

事が終わると、田浦教諭は、立ち上がって身繕いをしながら言う。さっきまでの媚態《びたい》が嘘のようなてきぱきとした仕草で、根元を縛ったコンドームは無造作にゴミ箱に捨てる。いつものことながら、だいじょうぶなのかと心配になった。

「何か、養護の先生みてえなセリフだよな」

「養護の先生なんだって」

田浦教諭は、圭介の額を指で突く。

「ちょっと、気になることがあってさー」

圭介は、少しためらったが、田浦教諭に事情を話すことにした。この際、彼女の協力が必要だと考えたのだ。

「うちの学校の中に、いくつか、盗聴器が仕掛けてあるらしいんだよ」

「えっ？　本当なの、それ？」

田浦教諭は、ぎょっとしたように周囲を見回した。

「だいじょうぶだって。この部屋にはねえから」

「どうしてわかるの？」

「盗聴波を見つける機械があるんだよ……」

そう言いかけてから、圭介は、きわめて単純な事実を見落としていたことに気がついた。盗聴器といっても、何も電波を発するタイプのものばかりではない。有線であれば検知は不可能だし、後から回収するつもりなら、単なるレコーダーということも考えられる。

しかし、現実に何度か盗聴波をキャッチしているのだから、無線タイプの盗聴器があることは、まちがいないだろう。もしかしたら、蓮実は、場所と目的によって様々な種類を使い分けているのかもしれない。

「どうしたの？」

急に黙り込んでしまった圭介に、田浦教諭が、心配そうに声をかけた。

「いや……それでさ、ちょっと、学校の中を捜索してえんだけど、昼間は無理だろう？　それで、夜やろうかなーとか思って」

「やめなさい」

田浦教諭は、眉をひそめた。

「泥棒と間違えられたら、どうするの？　退学になるわよ」

「そうなんだよね。夜は機械警備やってるみたいだし、侵入するのは無理っぽいじゃん。それで、相談なんだけど……」

圭介のリクエストを聞いて、田浦教諭は、開いた口がふさがらないという顔になった。

「本気？……いや、だめ。やっぱり」

「学校の正常化のために、ぜひ、ご協力をいただきたい」

「バレたら、わたしまでクビよ。そんな危険は冒せないわ」

保健室のドアに鍵をかけようともせずに、白昼堂々と生徒とHして、スリルを愉しんでいる女のセリフとは思えない。

「そう言わずにさあ。潤子は、俺の女じゃないか」

「誰が、あんたの女よ」

田浦教諭は、また圭介の頭を小突いたが、つい噴き出してしまう。

「万が一捕まっても、潤子先生の助けを借りたことは、絶対に言わないからさ」

「でもねえ……」

「協力してくれないんだったら、この学校には、男子生徒を喰ってる淫行教師がいるってチクってもいいんだけどな」

田浦教諭は、じろりと圭介を睨んだ。本気にしてないことはあきらかだったが、若干の動揺が見られた。

「本当に、盗聴器を見つけるためなの？　それ以外に、何か悪いことを考えてるんじゃないでしょうね？」

「そんなわけないじゃん。それ以外に悪いことって、何をするんだよ？　窓ガラスを叩き割るとでも？」

「まあ、それもそうね。これが期末試験の前だったら、圭介君は、本気で問題を盗み出しかねないと思うけど」

田浦教諭は、迷っているようだった。この機を逃さじと、圭介は、たたみかける。

「それで、できれば、今日やりたいんだけど。試験が終わったばっかで、安心しきってるだろう?」

「うーん……今日は、だめよ」

田浦教諭は、考えながら言う。

「臨時の職員会議をやることになってるの。たぶん、遅くまでかかるだろうし、そのまま泊まる先生もいると思うから」

「そうかー」

圭介は、腕組みをした。警備会社と契約して夜間は機械警備を行っているというのに、晨光《しんこう》学院町田高校では、万一に備えての宿直制度が続いている。宿直でなくても、夜遅くなったとき、ホテル代わりに泊まっていく教員もいた。

どうせ侵入者はいないと決め込んで、ろくに巡回もしないだろうが、万一物音を立ててしまうと、静まりかえった校舎に響き渡り、非常にまずい事態になる。

「……でも、終業式の晩だったら、誰もいないかも」

「え? マジ?」

「終業式の後、午後は中学の先生を集めた学校説明会なんだけど、その晩は、先生たちの打ち上げがあって、みんな夜遅くまで呑んでるだろうから、たぶん、学校には誰も戻ってこないんじゃないかな」

「サンキュー。潤子!」

圭介は、田浦教諭に抱きついてキスしようとしたが、にっこり笑って押しのけられた。

「圭介君。前にも言ったと思うけど、わたしの名前を呼び捨てにしていいのは、ベッドの上だけよ。わかった？」


退屈きわまりなかった終業式が終わり、生徒たちは、体育館からぞろぞろと教室へ戻っていった。

最も期待はずれだったのは、灘森校長の式辞だった。釣井教諭が死んだ翌日、あれほど聴衆を引きつける感動的な話をしたというのに、すっかり元に戻ってしまっていた。いや、元通りならまだよかったが、突然、ぼんやりと宙を見つめたり、自分が話していた内容を忘れてしまったりと、まるで抜け殻のような状態だったのだ。

式辞は、これからの季節、熱中症に気をつけてくださいという話に始まり、夏休み中も、本学の生徒という自覚を持って過ごすようにという訓話から、熱中症には気をつけてくださいという警告になり、この一学期はいろんなことがありましたと話し始めて、ようやく生徒たちの関心をかき立てたのも束の間、これからの季節、熱中症に気をつけてくださいと注意を始めるに及んで、とうとう酒井教頭の指示で強制終了がかかったらしく、完全な尻切れトンボに終わっていた。

「校長先生、どうしちゃったんだろう？」

片桐怜花は、階段を上がりながら、しきりに首を捻っていた。かなりゆゆしき事態だと思うのに、他の生徒は、誰一人心配しているようには見えない。

「さあ、熱中症なんじゃない？」

小野寺楓子《おのでらふうこ》は、なんの関心もないらしく、軽く答える。

「あれだったら、話は退屈だったけど、まだ前の方がよかったかも」

「そうかなー。いちいち相づちを打たなくていいだけ、今のが楽じゃね？」

後ろから、圭介が話に入ってきた。

「それって、ちょっとひどくない？」

怜花は、少しむっとした。

「たぶん、この前の話で、燃え尽きたんだよ。釣井が自殺した翌朝の、あの大演説で」

圭介は、訳知り顔で解説する。

「人間が一生にする話の中で、たぶん、感動の総量っていうのが決まってんだな。校長は、その量が人並み外れて少なかったから、節約して、毎回１ｐｐｍくらいずつ放出してたんだよ。ところが、前回、やたらに気合いが入ったせいか、一生分のストックを一気に使い切っちゃったもんだから、あとはすかすかの残り滓《かす》しか……痛《い》て！」

怜花に腕を叩かれて、圭介は、大げさに悲鳴を上げる。

「釣井っていえばさ、結局、誰一人、身寄りがいなかったらしいね」

雄一郎が、怜花の隣に並んだ。

「そうなの？」

「うん。ほら、葬式もなかったじゃん。相続人も見つからなかったらしいんだ」

なんと寂しい人生だったのだろうと、怜花は、同情を感じた。生前は不気味でしかたがなかったのだが、こうなってしまうと、可哀想に思えてくる。

「じゃあ、釣井の遺産は、どうなるんだ?」

圭介が、無意味に目を光らせる。

「国に没収されるんだろうな」

「心配しないで。何がどう転んでも、圭介に行くことはないから」

怜花は、冷たく言い放つ。

「遺産っていっても、家くらいらしいんだよ。一時はけっこう値上がりしたらしいけど、その後、不動産市況が低迷してるみたいだから」

「おまえ、なんで、そんなに釣井のことに詳しいんだ? さては……」

圭介は、雄一郎に詰め寄る真似をする。

「さてはって、その先、いったい、どんな推理が成り立つのよ?」

「職員室で、高塚《たかつか》とかが話してるのを聞いたんだよ」

雄一郎は、面倒くさそうに言った。

「家もさ、もうすぐ解体されるらしいよ。安普請だし築年数が古いから、資産価値はないとかで」

「ちっ。じゃあ、土地だけか」

「ちって……。何を狙ってるわけ?」

三階に着き、四組の教室に入る前に、怜花と雄一郎は、圭介の方を振り返った。

「圭介。この後、一学期の打ち上げに行くだろう?」

雄一郎が訊ねると、案に相違して、圭介は首を振った。

「悪い。今日、ちっと野暮用」

「何よ、野暮用って?」

圭介は、怜花に向かって意味深な笑みを見せた。

「まあな。何か成果があったら、後で教えてやるよ」

そのまま、すたすたと一組の方へ行ってしまう。

「しかたないな。二人で行く?」

「うん……そうね」

怜花は、笑顔を作ったが、圭介の不可解な態度が気になっていた。

短いHR《ホーム・ルーム》が終わると、生徒たちは、いっせいに教室を出て行く。いよいよ夏休みであり、誰もが、ふだんより足取りが軽かった。

一階まで下りたとき、怜花は、圭介の後ろ姿を見かけた。大多数の生徒と違い、なぜか玄関を通り過ぎてしまう。

怜花が視線で追っていると、圭介は、保健室のドアを開けて中に入っていった。

怒りと絶望で、目の前が暗くなった。修学旅行のときの屈辱がフラッシュバックする。圭介は、京都のホテルの屋上で大麻《ガンジャ》を吸い、田浦教諭と密会していた——しかもキスまでしていたのだ。

あのときのことは、まだ許したわけではない。それなのに……。

「怜花。どうしたの？」

楓子が、びっくりしたように目を見開いて言う。声をかけようとして、ただならぬ形相なのに気がついたらしい。

「ううん……なんでもない。ちょっと、体調がよくなくて。生理だからかな」

怜花は、もう一度、ちらりと保健室の方を見やった。それから、涙を親友に見られないように、大きなあくびをして、目にハンカチを当てた。


「本当に、こんなところしかないのかよ？」

保健室のベッドの下に潜り込みながら、圭介は、ぶつぶつ言った。

「ほかに、どこに隠れられるっていうの？　君が隠れさせてくれっていうから、特等席を提供してるのよ」

田浦教諭は、圭介が入ったベッドの下に小型の段ボールを並べて、姿が見えないように覆い隠した。

「じゃあ、ごゆっくり。いい？　絶対に、ここから出るところは、人に見られないでね。それから、忘れずにドアには鍵をかけて行って」

「えー。行っちゃうの？」

「ここで君にずーっと付き合ってるほど、わたしは暇じゃないの。じゃあ、また新学期に会いましょう」

田浦教諭は、さっさと帰ってしまう。圭介は、溜め息をついた。一応、文庫本は用意して来たが、ベッドの下は薄暗く、とても活字を読めるような状態ではなかった。音が漏れる可能性があるので、iPodは持ってこなかったし。

眠るしかないかもしれない。こんな場所で眠れるとは思えなかったが、携帯電話の電源を切り、目を閉じて、いろいろな考えが湧き上がるのにまかせていると、いつのまにか、うとうととしていた。


はっと目を開けた。あたりは、すっかり暗くなっている。腕時計を見ると、蛍光塗料が塗られた針と文字盤は午後八時半を指している。冷房が切られて蒸し暑い部屋で寝ていたため、背中や顔がひどく汗ばんでいた。

教師たちが打ち上げに行っているとしたら、今ごろ、学校の中は無人のはずだ。圭介は、周囲の物音に耳を澄ませ、そっとベッドの下から這いだした。

保健室のドアの内側で、もう一度、様子を窺う。やはり、人の気配はしなかった。

そっとドアを開けると、床すれすれに頭を出して、慎重に左右を確認した。それから、四つん這いで外に出ると、ようやく立ち上がって、ドアに施錠する。昼間の喧噪の中では気がつかなかっただろうが、びっくりするくらい大きな音がした。誰もいませんようにと祈るしかない。

圭介は、液晶モニター付きの受信機を取り出して、盗聴波が出ていないか探ってみたが、反応はなかった。当然かもしれない。蓮実が、必要に応じて盗聴器のスイッチを入れているのなら、校舎の中に人のいない今、ONにしておく意味などないのだから。

やはり、怪しいと思った場所を、虱潰《しらみつぶ》しにするしかないだろう。

圭介は、とりあえず職員室を調べることにした。緑色の非常灯だけしか点《つ》いていない暗い廊下を歩いていると、うなじの毛がちりちりと逆立つような気分に襲われた。これまで、幽霊が怖いなどと思ったことはないが、これは立派な肝試しだと思う。学校に怪談がつきものなのも、納得させられた。

職員室のドアは、施錠されていなかった。

失礼しますと小声でつぶやいて、そっと中に滑り込む。ペンシルライトを点け、教師たちの机を順番に照らしていった。窓の外に光が漏れないように、細心の注意を払う。

蓮実の机を調べようかと思ったが、考えてみれば、最も盗聴器がありそうにない場所である。だからといって、他の教師の机に仕掛けたとも思えなかった。万一見つかったら、それこそ大事になるのだから。

そう考えると、職員室に盗聴器はないような気がしてきた。それに、ここで密談が行われることは、ほとんどないのかもしれない。一応、蛍光灯の周辺などを調べてから、次へ移ることにする。

校長室と教頭室は、固く施錠してあり、入ることができない。残念だが、諦めることにしよう。蓮実も、そう簡単に出入りができない場所だし、ここも、それほど盗聴のしがいがあるとは思えない。

どうやら、発想の転換が必要なようだ。誰でも立ち入ることができるオープンな場所であっても、あまり人に聞かせたくない会話が交わされる場所。

圭介は、男性教員用のトイレに入った。

ここそは、怪しい場所の最右翼である。前にキャッチした電波は、ここから出ていた可能性が高いし、ふとした拍子に本音が聞ける場所でもある。

今は電波は出ていないが、盗聴器は、設置したままになっているかもしれない。圭介は、トイレを隅々までチェックしてみた。

個室の中も見たが、盗撮ではないので、発見されやすい上にほとんど会話のない場所に付けても、あまり意味はないだろう。それよりはむしろ、小便器や洗面台の近くが狙い目だろうと思ったが、こちらには、ほとんどものを隠せる場所がない。

ここも、はずれだったか。諦めかけたとき、天井の換気口が目に入った。

高性能のマイクを使えば、トイレで交わされる会話をすべて拾うことも可能である。

だが、問題は、踏み台がないので換気口に手が届かないことだった。

圭介は、いったん個室に入ると、便器を踏み台にして、上部が開いている個室の壁によじ登った。そこから手を伸ばして、何とか、換気口の蓋を開くことに成功した。

それから、個室の壁の上に足を、換気口に手をかけて、身体を斜めにして、換気口の中に頭を突っ込んだ。ここには窓がないので、安心してペンシルライトで中を照らすことができる。

ない。圭介は失望したが、よく見ると、収穫もあった。換気口の裏側には埃《ほこり》が積もっていたが、その一部分だけが、きれいに拭い去られている。ここには、何かがあったのだ。それが盗聴器だったことを、もはや圭介は疑わなかった。

男性教員用トイレを出たとき、スイッチを入れっぱなしにしていた受信機に、ふいに反応が現れた。

まちがいない。微弱ではあるが、これは、最もよく盗聴に使われる周波数＋帯だ。

それにしても、なぜ、こんな時間に、突然、スイッチが入ったのだろう。

いくら考えても、その謎に対する答えは浮かんでこない。とはいえ、今現に、盗聴波をキャッチしているというのは、紛れもない事実である。

これは、千載一遇のチャンスだろう。圭介は、受信機のアンテナを回しながら、電波の来る方向をたしかめた。もし本館の外——北校舎か体育館ならば、厄介だと思っていた。出入り口や窓には赤外線センサーが設置されているはずなので、夜間には、建物から出るだけでも反応してしまうかもしれないからだ。

しかし、どうやら、盗聴波は本館の中、それも上の階からやって来るようだ。

圭介は、受信機を構えて、ゆっくりと階段を上っていった。

ようやく、蓮実の尻尾を捕まえられるのかもしれない。ここまで来るのに払った努力を考えれば、そろそろ酬《むく》われて当然だろう。

二階から三階、さらに四階へと上がる。電波は、次第に強くなりつつあった。そうか、屋上かもしれない。圭介は、はっと気がついた。屋上では、デートしている男女もいれば、カツアゲや、喫煙が行われることもある。自分自身、たった一度だけだが、屋上で大麻《ガンジャ》を吸ったこともあった。生徒指導部《セイシ》の蓮実なら、ここに網を張ろうと発想するのも当然かもしれない。

ふと、屋上へ出るドアが施錠されているのではないかと心配になったが、すぐに、鍵が使えない状態になっていることを思い出した。屋上で何かよからぬことをしようともくろんだ誰かが、鍵穴にガムを詰め込んで、施錠できないようにしているはずだ。

屋上へと続く階段の真下まで来た。受信機は、今や、盗聴波にビンビン反応している。屋上には誰もいないはずだが、こんな時間に突然スイッチが入った不自然さを考えると、用心しておいた方が無難だろう。

圭介は、用意してきたもう一つの装備を取り出した。小振りのバタフライナイフだが、殺傷力は充分にある。何より、武器として手になじんでいるのが強みだった。

敏捷《びんしょう》さと反射神経には自信があった。低い姿勢から脚の付け根にある大腿《だいたい》動脈を狙う、ナイフを使った戦い方にも習熟している。これ一本を頼りに、渋谷のストリート・ギャング数人と渡り合ったこともあるのだから。

一動作で、バタフライナイフを開いて刃を出し、しっかりと柄を握って戦う態勢を作る。それから、静かに階段を上がると、屋上のドアに手をかけた。

かすかな軋《きし》みとともに、鋼鉄のドアがゆっくりと開いた。

生温かい夜風が頬を撫でた。月齢は新月に近く、屋上を照らしているのは星明かりだけである。

圭介は、右手にナイフ、左手に受信機を構えて、一歩、二歩と前に踏み出した。

ふいに、左手に人の気配を感じた。

とっさに受信機を投げつけると、身体を巡らせて、ナイフを突き出そうとした。だが、その瞬間、何かが腹部に触れた感触があった。相手とは、まだ、距離があると思ったのに。

刺された、と直感した瞬間、すさまじい衝撃が走った。

硬い金属音が響く。手から取り落としたバタフライナイフが、コンクリートにぶつかった音だった。膝が崩れ、それ以上、立っていることができない。天地が揺れたかと思うと、横倒しになっていることに気づいた。身体が動かない。無数の針で刺されたような奇怪な痛みが、全身を這い回っている。いったい、どうなってしまったのだろう。

目の前に、誰かの足があった。

「そうか、君だったのか。早水圭介君」

蓮実の声だった。なぜだ。打ち上げに行ったんじゃないのか。俺に何をした。

質問は、どれも声にならない。

「君には、少し訊きたいことがある。カンニングのこともあるし、どうして盗聴器に気がついたのか。君の仲間が誰で、どこまで知っているのかもね」

ふざけんなよ。教師が、こんなことをしていいのか。俺をどうするつもりだ。

圭介は、ただ、金魚のように口をぱくぱくさせることしかできなかった。

「もう少しすれば、話せるようになる。安心しなさい……正直に答えれば、楽に死なせてあげるから」

信じられない言葉だった。圭介の胸には、ようやく、蓮実がすでに何人もの人を殺していると
いう事実が、実感として迫ってきた。

俺は、もう、助からないのか。ここで、こんなやつの手にかかって死ぬのだろうか。

怜花……。気をつけろ。俺は、甘く見ていた。こいつは、正真正銘の化け物だ。

蓮実が屈み込み、目と目が合ったとき、圭介は、心の中で絶叫した。

土嚢《どのう》を置くような無造作さで、身体を床に落とされる。

圭介は、ゆっくりと指先を動かしてみた。まだ、半分痺《しび》れたような感覚が残っているが、何とか動かすことができる。今度は、スニーカーの中で、足指を縮めたり伸ばしたりしてみた。長時間正座した後のような感じで心許なかったが、こちらもかなり回復しつつあるようだ。

全身をガムテープで拘束されているため、それ以外に動かせる部位といえば、顔ぐらいである。口にもガムテープが貼られているため、不明瞭な唸り声を出すことしかできない。

「かなり、回復したようだね。Good! Good! じゃあ、そろそろ始めようか」

仰向けになった圭介の顔を覗き込みながら、蓮実が、授業中と変わらない優しい口調で言った。

部屋は、電灯が点いていないために真っ暗だった。窓から射し込んでくる外灯の明かりを反射して、ほとんど瞬かない双眸《そうぼう》が不気味に輝いている。

「君には、いくつか訊きたいことがある。とはいえ、困ったことに、ここは学校の中だ。夏休み

の、しかも夜とはいえ、完全な無人じゃない。ガムテープを剝がして君に叫ばれると、俺の立場がなくなるんだよ。だから、極力YesかNoかで答えられる質問にしようと思う。Yesならうなずく。Noなら首を振る。Is that clear, Mr.Hayami?」

圭介は、微動だにせず、蓮実を睨みつけていた。こいつは、ふざけているのか。

「うーん、困ったな」

蓮実は、溜め息をついた。

「わかってほしいんだが、君が心を開いてくれないと、一歩も前に進めない。君は、俺が担任する生徒じゃないが、可愛い教え子のひとりだ。だから、あまり厳しく接するのは、本意じゃないんだよ」

蓮実は、床に置いてあった瓶のようなものを持ち上げて、矯めつ眇めつしている。

圭介は、周囲に視線を配って、自分がいるのが、化学準備室であることに気がついた。北校舎の二階である。本館の屋上で襲われてから、蓮実は、身体の麻痺した自分をここまで運んできたのだろう。

「わかったみたいだね。ここは化学準備室だ。戸棚には、いろいろな薬品が保管してある。学校にある薬品の定番は、やっぱり塩酸と水酸化ナトリウムなんだね」

そのとき、ようやく圭介は悟っていた。蓮実は、ふざけているわけでも、脅そうとして演技をしているわけでもない。

こいつは、こういう人間なんだ。

生徒たちと接するときには仮面を付けていると思っていたが、その下には、何もない。人間らしい感情というものが、最初から欠落しているのだ。

かすかに、身体が震え始めた。渋谷で遊んでいるときに、不良外国人や本物のヤクザたちも大勢見る機会があったが、これほど非人間的なやつはいなかったと思う。

「……とはいえ、あまり床を汚したくない。後で掃除しなきゃならないのは、俺だからね。それで、さっきアマチュア無線部の部室へ行ってみたんだが、こんなものを見つけたよ。何だかわかるかな?」

蓮実がかざして見せたのは、電気コードが付いたハンダごてだった。錐《きり》のように尖った先端が赤熱して、ハンダを溶かすらしい。

「前に一度、使ったことがあってね。コンセントがある場所なら、こいつは、なかなかの優れものなんだ。一番気に入っているのは、傷口を焼き固めるから、床を汚さないというところかな」

蓮実は、微笑した。白い歯が光る。

「ただ、ビジュアル的には、若干問題がある。皮膚が、蜂の巣みたいに穴だらけになっているのは、気持ち悪くてね。俺としては、あんまり見たくない光景なんだよ」

全身に脂汗が流れるのを感じる。空調が入っていないために、部屋は蒸し暑かったが、ひどい寒気を感じていた。

「教師なのに、行き過ぎだと思うかな? でも、君も、こんなものを持ってたじゃないか。成り行きしだいでは、平気で俺を刺してただろう? 少年法のことまで、しっかり計算に入れてたはずだよ」

蓮実は、圭介のバタフライナイフを手に取った。器用に振って、刃を出してみせる。

「こっちが質問する前に、君の疑問にも答えてあげよう。君の行動の自由を奪ったのは、スタンガンの一種だ。神経電流をブロックする作用があり、運動能力を失う」

蓮実が見せた掌サイズの黒い器具は、圭介も見たことがあるものだった。しかし、まだ距離があると思ったのに、なぜ、ああも易々とやられたのだろう。

「当然の疑問だな」

蓮実は、圭介の心を読み取ったかのように続ける。

「このままでは、リーチがないから、君のように凶器を持った相手に接近するのは危険だ。それで、アダプターを作ってみたんだ」

蓮実は、長さが150センチほどのプラスチックのパイプを見せる。先端には、角のように二本の長い針が付いていた。パイプの中にコードを這わせ、スタンガンの電極につなげてあるのだろう。

「スタンガンはどれも、着衣の上からだと威力が半減するけど、針で刺せば、直接体内に電流を送り込める。一石二鳥というわけだね。……to kill two birds with one stone!」

こいつが長々と喋っているのは、恐怖によって俺の心を縛り上げるためだろう。圭介は、蓮実の意図を見破っていた。そうすれば、拷問の手間を省けるからだ。

それでも、恐ろしくてたまらないことには、変わりはなかった。あくまで意地を張って質問に答えなければ、蓮実は、ためらわず拷問を実行に移すだろう。そのことに、疑いは持たなかった。

「さて、余談はこのくらいにして、そろそろ始めよう。Yes ならうなずく。No なら首を振る。Now, is that clear? Mr. Hayami?」

圭介は、うなずいた。

「いい子だ。じゃあ、最初の質問だ。君は、カンニング——正しくは、cheating だが——その首謀者だね？」

圭介は、うなずいた。

「そうか。今から、一組から六組までの名簿を読み上げるから、君の協力者の名前が呼ばれたら、うなずいてくれ。チクるようで気が引けるかもしれないが、その子たちをすぐに処分するつもりはないから、安心してほしい。今後の生徒指導のために、知っておきたいだけだから。いいね？」

圭介は、うなずく。

「念のために付け加えるが、こちらも、ある程度の当たりは付いている。もし君が途中で嘘をついたら、気づく可能性はかなり高い。そうなったら、君の言葉を信頼するわけにはいかなくなるから、その後の質問には、さっき言ったうちの何かを使わなきゃならない。Are you with me?」

圭介は、うなずく。

「じゃあ、まず一組からだ。相沢浩之《あいざわひろゆき》……」

蓮実は、六クラス分の名簿を読み上げて、圭介がうなずいた名前をチェックしていった。

「うちのクラスは、伊佐田直樹《いさだなおき》と木下聡《きのしたさとし》の二人か。困ったもんだ。共通して言えるのは、みんな、成績はそこそこだが、学校生活に不満を抱えてるらしいというところかな。うん。おかげで参考になったよ」

蓮実は、満足げに言う。

「さて、次は盗聴器のことだ。それから、君たちが、どこまでつかんでいるのかも知りたい。今度の質問には、Yes か No かでは答えられないから、ガムテープを剝がしてあげよう。ただしだ。万が一、君が、信頼関係を破って大声を出すようなことがあれば、その瞬間に、君の人生は終わる。Are you still with me?」

圭介は、うなずくしかなかった。

「よし。じゃあ、ちょっと痛いかもしれないけど、我慢してくれ」

蓮実は、圭介の口を塞いでいたガムテープを、引き剝がした。唇の上がひりひりしたが、そんなことはどうでもいい。このままでは、確実に殺される。どうすれば、命が助かるのだろう。

「まず、盗聴器のことだ。どうして、気がついた?」

圭介は、唇を舐めた。

「……テストのとき、ケータイの電波を妨害しただろう」

蓮実は、不審げに眉根を寄せた。

「それで、どうして、盗聴器があるってわかる?」

「学校側は、カンニングの方法についてはつかんでたのに、誰がやろうとしてるのかは、わからないみたいだった。生徒の会話を盗聴してるとしか思えねえんだよ」

声を出したことで、圭介は、少し気分が落ち着いてきたのを感じた。

「それだけで？　ずいぶん、勘がいいんだな」

「盗聴発見器で、校内の電波を探ってみた。何回か反応があったが、いつも途中で止まる。だから、音声に反応して作動するのか、必要なときにスイッチを入れてるのか、どっちかだと思った」

「Excellent!」

蓮実は、出来のいい生徒を見るように目を細めた。

「しかし、こうは考えなかったのかな？　校内で、教師が盗聴を行っている場合ならば、盗聴した内容を電波にして飛ばす必要はない。録音しておいて、後で回収すればいいだけの話だ」

「え？」

「電波式の盗聴器も使っていたのは事実だよ。頻繁に回収に行ける場所ばかりじゃないからね。しかし、君をここにおびき寄せたのは、いつもより強めた囮《おとり》の盗聴波だ。誰かが、盗聴に気づいていると思ったんで、餌を撒いてみたんだよ。まさか、こんなに大きな魚が釣れるとはね」

「ちくしょう……」

圭介は、つぶやいた。それでは、蓮実の掌の上で踊らされていただけなのか。

蓮実は、圭介の頭をぽんぽんと叩いた。

「今回、わざとカンニングの噂を広めたのも、君だね？　そっちも、盗聴を促す撒《ま》き餌《え》のつもりだったんだろう？　しかし、狩りに夢中になっている者は、往々にして、自分が狩られるのに気づかないものなんだ。このことは、ぜひ君に、貴重な教訓として肝に銘じてもらいたい。残念ながら、その教訓を生かす時間は、ほとんど残されていないが」

蓮実の言葉が、ずしりと腹に響く。圭介は、泣いてたまるかと思って堪《こら》えた。

「さて、もう一つ、重要な質問がある。君と君の仲間たちは、俺がやったことについて、どの程度気がついているのかな？」

今さらとぼけても、意味がないことはわかっていた。

「都立＊＊高での、連続殺人以外にか？」

蓮実は、驚いたようだった。

「なるほど。よく調べたね。……念のために訊くんだが、君たちは、まさか、釣井先生とつるんでたわけじゃないよね？」

釣井。どういうことだ。圭介は、訝った。

「……もしかしたら、釣井も、本当にあんたが殺したのか？」

「ああ。釣井先生は、余計なことに首を突っ込み、自らの首を絞める結果となったんだよ」

蓮実は、あっさりと認めた。

「All I had to do was to tighten the noose. こちらは、ただ、輪を引き絞るだけでよかった。で？　それ以外にも、気づいていることはあるのかな？」

「真田に、飲酒運転と人身事故の罪を着せて追放したのも、あんただろう?」

「そうか。どうも、君たちの智能を過小評価していたみたいだな」

蓮実は、笑顔になった。

「なぜだ?」

圭介は、この機を逃さじと、自分の方から質問をした。

「なぜとは? いったい、何を訊きたいのかな?」

蓮実は、半分、教師モードのままらしい。

「なぜ、こんな、馬鹿なことをする? あんたは、頭がいい。人の心をつかむのもうまい。いくらだって、まともなやり方で成功できるじゃねえか? なのに、いったい何のために、こんな……」

蓮実を説得できるとは思っていなかったが、後半は、我知らず、懇願するような口調になっていた。蓮実は、じっと聞いていたが、やがて、授業中にいい質問をした生徒にするように、深くうなずいた。

「なるほど。質問はよくわかったが、答えるのは難しいな。たとえば、こう考えてみたら、どうかな。X-sportsというのがあるだろう? Extreme sportsの略だが、我々から見れば、とんでもなく危険なことをしているように見える。スキーで崖から飛び降りたりとかね。やってる本人の感覚というのは、なかなか、傍《はた》からは理解しがたいものがあるんだ」

「あんたは、スリルを求めてやってるっていうのか?」

圭介は、茫然として、蓮実を凝視した。

「いや。そういうことを言いたいんじゃない。……日常生活においては、誰もが、様々な問題に直面するだろう？　問題があれば、解決しなければならない。俺は、君たちと比べると、その際の選択肢の幅が、ずっと広いんだよ」

「はあ？」

何を言ってるんだ、こいつは。

「かりに、殺人が一番明快な解決法だとわかっていたとしても、ふつうの人間は躊躇《ちゅうちょ》する。もし警察に発覚したらとか、どうしても恐怖が先に立つんだ。しかし、俺はそうじゃない。X-sportsの愛好家と同じで、やれると確信さえできれば、最後までやりきることができるんだよ。X-sportsと同様、途中でためらうとかえって危険だけど、思い切って突っ走れば、案外走りきれるものなんだ。……どうだろう。こんな説明で、わかってくれたかな？」

圭介は、絶句していた。目の前にいるのは、単なる殺人鬼ではなく、宇宙人よりもなお理解不能な存在だった。

「さて、今まで付き合ってくれてありがとう。これが最後の質問だ。君が今言ったことを知ってるのは、君以外には、誰と誰かな？」

圭介は、大きく息を吸い込んだ。どうすれば、ごまかしきることができるだろうか。

「どうした？　I'm waiting for your answer, Mr.Hayami.」

「全員、知ってるさ」

「全員？」

「カンニングの仲間、全員だ」

蓮実は、難しい顔になり、首を振った。

「それは、考えにくいな。六クラスを合計すると、十五人もいる。それだけの数の生徒が、俺を疑っているとしたら、もうちょっと違った雰囲気になっているはずだ」

圭介は、沈黙した。

「正直に、答えてくれないか」

さあ、ここが正念場だ。いい加減な答えでは、蓮実は満足しないだろう。必要と思えば、本当に拷問をやるはずだ。圭介は、必死に思考を巡らせた。

どんなことがあっても、怜花と雄一郎の名前を明かすわけにはいかない。あの二人まで、このモンスターに殺させることはできない。たとえ、俺は、もう助からないにしても。

ちくしょう。俺は、もう、死ぬことを前提に考えている。ありえねえだろう。こんな、馬鹿げた状況があってもいいのか……。

蓮実は、ハンダごてを手にとり、尖った先端を指で確認していた。プラグをコンセントに差し込むべきかどうか、迷っているようだ。

「お互いに、腹を割って話そうじゃないか。君が今すぐ、仲間の名前を話してくれれば、最初に約束したように、安らかに逝かしてあげよう。君の仲間たちもだ。できるかぎり、苦痛がないような方法を採ることを約束するよ。……しかし、もし、あくまでも」

蓮実は、はっとしたように言葉を切った。どうしたのだろう。圭介も耳を澄ます。

何かが聞こえる。足音のようだ。誰かが、このフロアにやってきたのだ。

圭介は、瞬時に決断した。

「助け……！」

大声で叫ぼうとしたが、ほぼ同時に手刀で喉を潰されたために、ほとんど声を発することはできなかった。

とっさに、何でもいいからそばにあるものを足で蹴って、音を立てようと試みる。

その瞬間、意識が暗転した。


蓮実は、痙攣《けいれん》する圭介の遺体を押さえつけた。右目には、ハンダごてが深々と刺さっている。

数秒後、動きが完全に止まった。

殺してしまった。やむを得ない措置ではあったが、これで、肝腎なことを聞き出すことができなくなってしまった。

それにしても、こんな時間に校内をうろついている馬鹿は、いったい誰だ。

蓮実は、舌打ちしたい思いで、耳をそばだてる。

おい。今、何か音がしなかったか。おまえは、聞こえなかったか。

ひそひそ声で喋っているのは、柴原《しばはら》のようだった。相手は、さらに声が小さかったので、内容までは聞き取れない。しかし、どうやら女子生徒のようだ。

何が怖いんだ。ああ？　このあたりは、誰も来ねえからいいんじゃねえか。……ちっ。しょうがねえな。わかったよ。じゃあ、体育準備室へでも行くか。

柴原の声と二人分の足音は、ゆっくりと遠ざかっていった。

まずいなと、蓮実は思う。

夏休みとはいえ、明日から、すぐに補習が始まる。今晩中に早水圭介の遺体を処分しておかなければならないが、軽トラックを使えば、エンジン音を柴原らに聞かれてしまう。あの低脳の狒々《ヒヒ》は、自分が後ろ暗いことをしているだけに、音に対しては敏感になっているはずだ。

早水圭介の失踪の時期は、なるたけ遅らせるつもりだったが、最後に目撃証人がいたのが今日ということになったら、今晩、不審な動きがあったことを知られるのは望ましくない。

しかたがない。とりあえず、校内か、徒歩で運べる場所に隠すほかはないだろう。

蓮実は、遺体を、あらかじめ準備してあった古い寝袋に入れて、ジッパーを閉じた。

床にこぼれたわずかな量の血痕を、丁寧に拭き取る。それから、そっと化学準備室から滑り出て、校内の様子を隅々まで調べてみた。

今晩は、自分が宿直で、ほかには誰もいない予定だった。招かれざる闖入者《ちんにゅうしゃ》は、柴原と、氏名不詳の女子生徒が一名だった。二人とも体育準備室にいるらしい。わざと音を立てて見回りを装うと、息を殺している気配がわかった。

この馬鹿どもは、校内のあちこちにある監視カメラの存在を知らないのだろうか。蓮実は呆れた。ラッキーなことに、今晩の映像は、機器の不具合によって、消えてしまう運命にあるのだが。

充分脅かしておいてから、蓮実は、北校舎の化学準備室に戻った。

やはり、軽トラックを使うのは、まずいだろう。宿直の自分が、こんな時間に、どこへ行ったのかと不審を抱かれるのは必至だ。

遺体入りの寝袋を肩に担ぐと、化学準備室から中庭に出た。

穴を掘らなくても、当座は遺体を隠しておける場所を思い出したのだ。

ケヤキの木を中心にして紫陽花などの植栽があり、あまり手入れが行き届いていないために小藪のようになっている。その奥を探すと、すぐに見つかった。一辺が1メートル半くらいある煉瓦でできた正方形の台座で、上には何かモニュメントを載せるはずだったらしいが、予算の都合でそのままになっている。ここ数年は、タイムカプセルそのものを作っていないらしく、蓮実も、ただ話として聞いているだけだった。コンクリートの蓋を開けると、中のスペースには、以前の卒業生の残したタイムカプセルが収められているはずだ。

蓋は、20~30キロくらいあり、音が響かないよう細心の注意を払いながらずらすのは、容易な作業ではなかった。

中は思ったより狭かったが、文集や寄せ書きなどが入っているらしい容器を取り出すと、寝袋に入ったままの遺体を、何とか折り曲げて収納することができた。

元通り、ぴったりとコンクリートの蓋を閉めておく。力仕事をしたおかげで、すっかり汗だくになっていた。あとは、取り出したタイムカプセルを処分しなくてはならないが、遺体に比べれば、何ほどのこともない。紙類はシュレッダーにかければいいし、金属製の容器は校内に分散して隠し、折りを見て捨てに行くことにしよう。

中庭を出ようとしたとき、ふと、誰かに見られているような気がした。

周囲を見回し、校舎の上に、それを発見した。

黒い影。カラスだ。一晩中照明が消えない町の環境に適応したのだろうが、こんな夜にまで活動しているというのは、やはり異常だった。

距離があるため、左目が白濁しているかどうかはわからない。だが、それが記憶《ムニン》であることを、蓮実は確信していた。

連れ合いの思考《フギン》を殺されてから、ああやって、ずっと俺を見張っているのだろう。オーディンの眷属《けんぞく》というより、地獄からの使者というところか。

蓮実がじっと見つめていると、ムニンは、かすかな羽音を立てて飛び立って、闇の中に姿を消してしまった。


怜花は、窓の外を見た。補習授業の内容は、まったく頭に入ってこない。

空は抜けるように青かった。たまに米軍機が横切ったりするのを除けば、自然に胸がわくわくしてくるような景色である。高二の夏休みは、人生で二度とない。来年の今ごろは受験一色だろうから、今年こそ楽しんでおくべきだと思う。それなのに、なぜ、こうして教室に閉じ込められていなければならないのか。そもそも、日本の夏の暑さが学習に適さないから、夏休みというものが存在するのではないか。

しかし、今、怜花の頭を占めているのは、まったく別のことだった。

圭介のことが、どうにも気がかりなのである。

圭介が補習授業をサボるのは、それほど珍しいことではない。たいして勉強しなくても、常に成績は上位をキープしているし、かなり以前から、夏休みにまで教師たちの鬱陶《うっとう》しい面《つら》を見たくないと宣言していたからだ。補習に出ないと欠席扱いになるが、まったく意に介していないのだろう。

しかし、携帯電話が通じないのが、どうにも心配だった。何度かけても、ずっと電源が切られたままであり、今まで、こんなことは一度もなかったからだ。

「No rest for the wicked!」

教壇では、蓮実が、いつもの調子で、授業を進めている。

「状況によって、いろんな訳が可能ですね。貧乏暇なし。悪事を働くと、心は晴れない。巨悪は眠らせない……and so on and so forth.」

いつもなら、立て板に水のような弁舌に、つい聴き入ってしまうのだが、今日はなぜか、蓮実の声を聞くだけでも不快だった。

「ここで大事なのは、the wicked です。覚えてますね？ the＋形容詞は、形容詞＋people と同じことだということを。つまり、The young は、young people という意味になります。The young are apt to be reckless……」

カバンの中の携帯電話が振動して、メールの着信を知らせた。怜花は、ちらりと蓮実の方を窺ってから、机の下で液晶画面をチェックする。メールは、雄一郎からだった。

雄一郎の方を見ると、かすかにうなずく。いったい何だろう。

文面を見る。『話がある。屋上で』とだけあった。

授業が終わると、怜花は、雄一郎の方は見ずに、階段へ向かった。

屋上への扉を開ける。真夏の日差しが容赦なく照りつけているため、熱くなったコンクリートの上には陽炎《かげろう》が立ちそうだった。こんな日に屋上へ出る物好きは、ほとんどいないだろう。

ほどなく、雄一郎がやってきた。いつになく、深刻な様子である。

「何、さっきのメール？」

授業が終わってから、話せばいいことではないか。

「俺たちが話してるところを、蓮実に見られたくなかったんだ」

雄一郎は、ぼそぼそと弁解する。

「どういうこと？」

雄一郎は、それには答えず、サムターンを回して屋上の扉の鍵をかけた。

「ちょっと……」

心配はしていなかったが、女子と二人きりのときには、デリカシーがなさすぎだろう。雄一郎は、怜花の方に向き直る。

「昨日さ、圭介の家に電話してみたんだよ。何度かけても、ケータイはつながらないし」

「うん」

「お母さんが出た。圭介は、親戚の家に遊びに行ってるって。どことは言わなかったけど、すごい田舎で、ケータイもつながらない場所らしい」

「そうだったんだ」

怜花は、少しだけほっとして笑顔になった。しかし、どこか雄一郎の様子がおかしい。あいかわらず眉間にしわを寄せて、考え込むような表情だった。

「変だと思わないか」

雄一郎は、屋上のフェンスにもたれた。

「変っていえば、変だけど」

「俺たちに、何の連絡もないなんて、絶対変だよ。……それで、去年、同じようなことがあったのを思い出したんだ」

「去年？」

そんなことがあっただろうか。怜花は、記憶をひっくり返してみた。

「怜花は、知らないかもしれない。冬休みに入ってすぐだったけど、圭介と連絡が付かなくなったことがあるんだ。そのときも、家に電話してみたんだけど、圭介は旅行してるって言うんだ」

「そうなんだ。でも、だったら、別に変っていうわけじゃ……」

「ところが、あとで圭介に聞いたんだけど、そのとき、圭介は、両親と喧嘩して、家出してたらしいんだ」

「じゃあ、旅行って言ってたのは」

「家出してるとは言えなかったから、そういうことにしたんだろうな」

「ちょっと待って。じゃあ、今回も、家出してるってわけ？」

怜花は、眉根を寄せた。

「たぶん、お母さんは、そう思ってるみたいだ」

「お母さんはって……雄一郎は、そうじゃないと思ってるの？」

「ああ。去年と今とでは、状況が違う。家出するにしても、俺たちに一言もないなんて、考えられないよ。心配するのがわかってるはずだし」

たしかに、そうだと思う。都立＊＊高の話をしたばかりだし、このタイミングで、急に連絡が付かなくなったら、何かあったと考えるのは当然だろう。

「実は、期末の前に、圭介から、頼まれてたことがあるんだ」

雄一郎は、圭介からの電話の内容を話した。

真田教諭に飲酒運転の濡れ衣を着せたのは、蓮実だという推理。人事不省になった真田教諭を運転席に座らせて、竹の支柱でアクセルを押す……。

もしかしたら、清田梨奈《りな》の家に放火して父親を焼死させたのも、蓮実だったのかもしれない。軽トラックがあれば、大量の灯油を運べたというのが、その根拠だった。さらに、さすがにこれは考えすぎだと思うが、釣井教諭を殺した可能性すら否定できないと言っていたらしい。

下鶴刑事が、都立＊＊高の事件では、死んだ四人は自殺ではなかったと確信していたという話。犯人が蓮実だったと断定していたわけではないようだし、圭介と雄一郎の二人を介した伝聞では、どこまで真実味があるかわからないが。

圭介は、蓮実の仮面を剝ぐため、期末試験でカンニングの噂を広めてくれと、雄一郎に頼んだのだという。

「なんで、そんなことを？」

怜花は、当惑してつぶやいた。

「圭介は、蓮実が、校内で生徒の会話を盗聴してるんじゃないかって疑ってただろう？　でも、やつは相当用心深くて、盗聴波は、たまにしか出てなかったらしいんだ。だから、カンニングの噂があれば、もっと情報を得るために盗聴しようとするはずだって……」

自分には内緒で、二人だけでそんな相談をしていたなんて。

怜花は、ショックを受けていた。

「どうして、わたしに話してくれなかったの？」

「圭介に、怜花には話すなって言われたんだ。心配しすぎるからって」

「心配しすぎる？」

怜花は、雄一郎を睨んだ。

「そんなこと、二人で勝手に決めないでよ！」

「ごめん」

怜花は、頭がくらくらするのを感じた。額にはじっとりと汗をかいているが、日射しのせいばかりではない。この学校では、いったい何が起きているのだろう。

「ちょっと、ちょっと待って。じゃあ……圭介は、拉致されたとでも言うの？」

だとすれば、今ごろは、蓮実によって監禁されているのか。それとも。

「わからないよ」

雄一郎は、ますます暗い顔をして言う。

「今すぐ、警察に捜索願を出した方がいいんじゃない？」

「俺たちが、勝手に出すわけにはいかないよ。家族が、失踪を否定してるんだから」

「そんなこと言ってる場合じゃないでしょう？」

怜花は、叫んだ。雄一郎は、うつむいたままである。

こんなとき、どうすればいいのだろう。事態は、一刻を争うのかもしれない。しかし、高校生が二人で警察に行ったとしても、たぶん、まともに取り合ってはもらえないような気がした。

「そうだ……！　あの人に相談してみたら、どうかな？」

「あの人って？」

「さっき言ってた、圭介の知り合いの警察官。生活安全課の……下鶴さんよ。電話番号、もらってた」


補習授業を終えて職員室へ戻ろうとしたとき、何気なく本校舎の三階から中庭を見下ろして、蓮実は、ぎくりとした。

白衣を着た男が、地面を見ながらうろうろしている映像が、目に飛び込んできたのだ。猫山《ねこやま》教諭だ。

蓮実は、小走りに階段を駆け下りる。中庭に出ると、猫山教諭は、地面に膝をついて、土を引っ掻いていた。

「猫山先生。何をされてるんですか?」

猫山教諭は、本物の猫のような奇態な姿勢で振り返った。

「ああ、蓮実先生。これ、見てください」

猫山教諭は、立ち上がると、蓮実の前で掌を開いた。あまり見栄えのしない小さな黒い甲虫が、逃げだそうとして、六本の肢《あし》でじたばたともがいていた。

「何ですか、これは?」

「何って、オオヒラタシデムシじゃないですか? たった今、採集したんです」

「はあ……」

力が抜けて、蓮実は、苦笑した。しょせんは、極めつきの変人のやることである。何か発見されたらというのは、杞憂《きゆう》だったようだ。

「それだけじゃないんでーす。こっちを見てください」

猫山教諭は、自慢げに、白衣のポケットからガラス瓶を取り出した。中には、黒とオレンジの模様のある甲虫が入っている。

「どうですか? てっきり、イタドリハムシだと思ったでしょう? よく見てください。ね? 違うでしょう?」

「いや、まさか、イタドリ……何とかとは、思いませんでしたね」

それがどんなものかも知らないが、たぶん、この虫に似ているのだろう。

「で、実際のところ、こいつは何なんですか？」

「ヨツボシモンシデムシです。珍しくはありませんが、国産のシデムシの仲間では、最も美しい種ですよ。うふふ……うひひひひひ」

猫山教諭は、歌舞伎役者のような端正な顔を歪めて、不気味な笑い声を立てた。

「なるほど」

蓮実は、すっかり毒気を抜かれてつぶやいた。

「学校というのはですね、実は、昆虫の観察をするには、非常に適した場所なんですよ。小さな昆虫にとっては、校舎全体が、巨大なトラップ箱みたいなもんですしね。前には、北校舎の三階で、何と、ヒメマイマイカブリを見つけたことさえありましたよ！　信じられますか？　だって、やつら、飛べないのに！」

「もちろん、信じますよ。……猫山先生は、昆虫にも造詣が深いんですね」

「とはいっても、私は昆虫屋とは違いますからね。そんなに詳しいわけじゃありませーん。ただ、シデムシ類は、日頃から目にする機会が多いですからね。やっぱり親しみが湧きますねえ」

「よく見るんですか？」

「こいつらは、動物の死骸に集まってくるんですよ。骨格標本を作るときに、利用することもありまーす」

蓮実は、ぎょっとした。

「このあたりで、こんなにシデムシ類がたくさん見つかったことはないんですよ。もしかしたら、中庭のどっかで、動物が死んでるんじゃないかと思ったんですがねー」

「ネズミか何かじゃないですか?」

「うん。でも、もっと大きい生き物かもしれない。何となくなんですが、臭うような気もしますしねー」

猫山教諭は、妙に獣じみた動作で、鼻孔をひくひくさせた。

あれから、三日が経過している。タイムカプセルが入っていた台座は、コンクリートの蓋で密閉しているため、臭気が漏れることはないと思っていたのだが。

「ところがですねえ、いくら探しても、肝腎の死骸が見つからないんですよー」

猫山教諭は、首を捻りながら、どんどん植栽の奥に入っていく。

蓮実は、周囲に人がいないことを確認してから、ゆっくりとその後に続いた。

しだいに、緊張が高まっていく。

「あるとしたら、どこか、この辺のはずなんですよ。どこにも見あたらないっていうのは、ミステリーですねえ」

猫山教諭は、とうとう、タイムカプセルが収められていた台座のすぐ脇にやって来た。ボールペンで、近くの地面をほじったりしている。

万が一、早水圭介の死体を見つけられてしまった場合、この場で、猫山教諭を殺すしかないだろう。蓮実は、すばやく思考を巡らせた。殺害するのは容易《たやす》いことである。一撃で首の骨を折ればいい。問題は、死体の処理だった。

今日は、すでに補習授業は全部終わっているから、校内に残っている生徒は、ほとんどいないはずだ。教師も、せいぜい二、三人というところだろう。とはいえ、まだ日も高い。すぐに遺体を持ち出すのは難しいだろう。かといって、あの台座の中には、二つの死体を隠すだけのスペースはなかったはずだ。

暗くなるまで、植栽の奥に放置しておいて、だいじょうぶだろうか。ブルーシートでもかけておけば、見つかることはないかもしれないが。

蓮実が頭を悩ませている横で、猫山教諭は、台座のまわりをぐるぐる回って、しきりに地面を調べていた。

「うーん、本当に不思議ですねえ。おまえたちは、いったい、何を嗅ぎつけてやって来たんですかー?」

手にしたシデムシに向かって、真剣に語りかける。

しばらくすると、猫山教諭は、死骸を見つけるのを断念したようだった。

蓮実は、白衣を着た小柄な後ろ姿が、がっかりした様子で遠ざかっていくのを、じっと眺めていた。あんたは運が良かったんだよと、心の中で猫山教諭に語りかける。まさか、自分がシデムシの餌になる瀬戸際だったとは、夢にも思っていなかったことだろう。

今晩中に、早水圭介の遺体を他に移しておかなければならないと思った。

「どうしたの？　帽子も被らないで、長時間ひなたにいるなんて。紫外線は、お肌の天敵なのよ」

田浦潤子教諭が、呆れたように言った。

「すみません」

怜花は、小さな声で答える。頭がくらくらするのは、精神的ショックによるものだとばかり思っていたが、軽い熱中症か日射病にかかったのかもしれない。

「わたし、本当は、今日は休みなのよ。ちょっと忘れ物を取りに来ただけだから」

たしかに、田浦教諭の着ているトロピカル柄のワンピースは、どこかのリゾートホテルにいるかのようだった。田浦教諭が修学旅行のときに着ていた梅花柄のブラウスを思い出して、つい不愉快な気持ちになってしまう。この女は、教師のくせに、いや、教師という立場を利用して、圭介を誘惑していたんだ。

「しばらく休んだら、治ると思います」

怜花は、保健室のベッドに横になっていた。

「そう。じゃあ、帰るときは、ドアに鍵をかけていってね。鍵は、校務員さんか誰かに言付けてくれればいいから」

田浦教諭は、『保健室』というタグの付いた鍵を怜花に渡すと、ひらひらと手を振って出て行こうとしたが、立ち止まって振り返り、怜花の顔を見る。

「あなた、一組の早水君と親しかったんじゃない？　彼から、何か連絡は……」

怜花はかっとなった。それが表情に出たのだろう。田浦教諭は、「いや、いいの」と言って、あわてたように退場する。

田浦教諭の口から圭介の名前が出たことで、しばらく動悸が収まらなかった。

頭が痛い。額には、まだ、うっすらと汗が滲んでいる。

怜花は、枕に頭を載せて、保健室の鍵をかざして見た。もしかしたら、ここで、圭介と二人きりになっていたことがあるのかもしれない。嫉妬が生んだ妄想だろうとは思うが、ありえないことではないと思う。

ふと、手が滑って、鍵を取り落としてしまった。

鍵は、シーツの上を滑り落ちると、リノリウムの床に当たって音を立てた。

いけない。うっかりなくしちゃったら、困ったことになる。

怜花は、溜め息をついて身体を起こし、床に足を付けた。屈み込んでベッドの下を覗き、鍵の在りかを捜す。

鍵はすぐに見つかったが、そのとき、怜花の目は、奥の方にある別の物体を捉えていた。

まさか。

怜花は、床にぴったりと上体を付け、左腕を伸ばした。指先で引っかけて引き寄せると、しっかりと摑むことができた。

そんな、まさか。

怜花は、手にした白い袋を見て、茫然とした。みんなで一緒に買った、金閣寺のお守りである。自分が買ったのは『学業成就』で、楓子も同じ。雄一郎は『心願成就』だった。

そして、怜花が握りしめているお守りには、圭介が買ったものと同じ『厄除け』の文字があったのだ。


蓮実は、重いコンクリートの蓋を開けようとして、悪戦苦闘していた。

音を立ててはならない。細心の注意を払いながら、何とかずらすことに成功する。

中には、寝袋に包んで折り曲げた遺体があるはずだった。だが、なにもない。

早水圭介の遺体は、消え失せていた。

「うふ。うふふ。ひひひひひ……！」

耳元で、猫山教諭の不気味な含み笑いが聞こえた。

「もう、そこにはありませーん」

蓮実が振り返ると、白衣を着た猫山教諭は、生物準備室の机の上で、何やら作業に没頭していた。

「本当に、美しいですねえ。蓮実先生のおかげで、完璧な骨格標本ができますよ」

蓮実は、猫山教諭の手元を覗き込んだ。

「いや、見事です。死体っていうのは、どこにでもあるようで、滅多に手に入らないんですよ。これこそ、正真正銘のマスターピースになりますよ！」

猫山教諭は、早水圭介の遺体の腹に、ざくりとメスを入れた。周囲から、無数の虫が、うようよと集まってくる。

「さあ、できましたよ！　塩酸と水酸化ナトリウムも試しましたけど、床が汚れるんでね。やっぱり、ハンダごてで肉を削《そ》いでから、入れ歯洗浄剤に浸けておくのがいいようですねえ」

猫山教諭は、戸棚を開けて、そこに遺体を吊した。身体は半分、骨だけになっているが、顔はまだ、そのままだった。

早水圭介は、目を開けて、じっと蓮実を見つめた。非難がましい目だった。

「……これはまだ、未完成じゃないんですか？」

このままにされたら、身元が割れてしまう。蓮実が訊ねても、猫山教諭は、悦に入ったように遺体を眺めているばかりである。

「こっちも、いただいてしまっていいんですか？」

猫山教諭が指さしたのは、犬の死骸だった。

「もちろんですよ。猫山先生にと思って、持ってきたんですから」

それを聞くと、猫山教諭は、マタタビを与えた猫のような酩酊《めいてい》状態に陥ってしまった。犬の死骸をかき抱くと、恍惚として頬ずりを始める。

ぱっと目が覚めた。

蓮実は、起き上がると、冷蔵庫から出した冷たい水をコップに注ぎ、一息に飲み干した。

途中から、夢であることには気がついていたが、あの妙な生々しさは、さっきまでの重労働が露骨に影響したからに違いない。

早水圭介の遺体は、軽トラックで山中に運んで埋めた。すでに、かなり腐敗が進行していたので、もっと早くやるべきだったと思う。次は気をつけなくてはと自戒する。

また、猫山教諭には、中庭にシデムシが惹きつけられた理由を与えてやる必要があった。万が一、早水圭介の失踪と、中庭に何かの死骸があったという話がリンクしてしまうと、まずいことになるからだ。

タイムカプセルの台座のそばに犬の死骸を浅く埋めておいたのだが、これを見つければ、猫山教諭も、きっと納得するに違いない。

それにしても、大家である山崎家のモモを餌付けしておいたことが、こんなところで役に立つとは思わなかった。

蓮実は、にんまりと笑った。

こういうふうに、様々な物事がパズルのピースのように嵌《はま》っていくときは、ツキがある。現在、すべてが、好都合な方向へと流れているようだった。

第八章

三つの扉、A、B、Cがある。一つだけ扉を開けることが許され、奥にあるものを獲得できる。一つの扉の奥には豪華な賞品があり、残り二つの扉の奥には何もない。

①任意の扉――扉Aを選んで、賞品を獲得できる確率は何パーセントですか。

②扉Aを選んだ後、司会者が残りの二つの扉のうち空である方（便宜上、Cとする）を開けて、何もないことを示した。ここで、扉Aか扉Bか、もう一度選択が許されるとする。どちらを選んだ方が有利か。それぞれを選んだ場合に賞品を獲得できる確率を求めよ。

怜花は、溜め息をついて、ペン回しをやめた。

夕食前で脳が低血糖に陥ってるのかもしれないが、問題文が、全然頭に入ってこない。表面的な内容はともかく、本当に意味していることが脳に浸透してこないのだ。

『豪華な賞品』とはいったい何だろうなどと、つい、あらぬ方に意識が向かってしまう。わざわざ『豪華な』という形容詞をつけたのは、扉の奥にあるのが、貰っても置き場所に困るような賞品ではないよというアピールだろうか。

　怜花は、頭を振って、意識を問題に引き戻した。
　①と②の設問を読んで最も違和感を覚えるのは、唐突に登場する『司会者』である。『司会者』って……。何の説明もないのに、いきなり『司会者』と言われても、こちらも心の準備ができていない。これは、テレビのショーなのだろうか。
　だとすれば、『司会者』は、絶対みのもんただろう。みのもんた以外に考えられない。扉Aを選択した後で、満面にしわだらけの笑みを湛えながら「ファイナル・アンサー?」と訊ねるのは、やはり、みのもんた……。

　ああ、だめだだめだ。問題に集中しなくては。

　二つの設問のうちで、①だけが『ですます調』で書かれているのが、奇妙に気になる。これは、ものすごく微妙な引っかけなのだろうか。

　そんなわけないだろう。怜花は、問題から逃避しようとする自分の頭を拳で叩いた。

　ふつうに考えればいい。①の答えは、三分の一、33・3パーセントだ。
　②は、何だろう。意味のない目眩ましをしているだけという気がする。途中で扉を開け閉めすることで、何か違いが生じるのだろうか。だいたい、任意の扉と書いておきながら、扉Aと限定しているのは、いかがなものだろう……。いや、そんなことはどうでもいい。みのもんた――司会者は、三つの扉の奥に何があるか知っているのだ。だから、出場者が扉Aを選んだ後で、わざ

わざ空の方の扉を開けたのだ。つまり、こちらが最初にどの扉を選ぼうと、残っている扉のうちから空の方を開けることはできるわけだし、そんな儀式によって、確率がふわふわ変動するとは思えない。

そうか。だったら、扉は二つしか残ってないんだから、②の答えは、どちらも50パーセントだ。プリントに答えを書き込んでから、②の設問の書き方が、妙に断定的なのに気がついた。扉Aと扉Bとでは確率が違うんだぞと、わざわざ念を押しているようではないか。

ああ、もう。怜花は、頭を掻きむしりたくなった。得意の直感も、こと数学に関しては、死んだように働かない。

そもそも、夏休みの補習に、夏休みの課題とは別口で宿題が出るというのは、いったいどういうことなのだろう。怜花は、机の上にあるケータイを取ると、雄一郎宛てにメールを打った。

『1番の問題の答えは、①33・3パーセント、②両方とも50パーセントでいいんだよね？』

送信してから、しばらく放心状態になる。

問題に集中できない理由は、よくわかっていた。圭介のことだ。

突然、連絡がつかなくなったことだけでも、不安になって当然だろう。圭介は、蓮実の正体を暴こうとしていた。蓮実の前任校である都立＊＊高の生徒たちのように……。

それだけではない。保健室のベッドの下に落ちていたお守りは、金閣寺で圭介が買ったのと同じものではないか。もちろん、修学旅行には二年生全員が参加したわけだし、うち相当数は金閣寺を訪れたのかもしれない。たぶん、何組かはお守りも買ったことだろう。

しかし、今の時期、『学業成就』ではなく『厄除け』のお守りを買うのは、やはり少数派ではないだろうか。

それに、ほかの生徒が買ったものだとすると、保健室のベッドの下――それも、かなり奥の方に落ちていたという事実が、うまく説明できないような気がする。

圭介のものだったとしたら、どうだろう。

一つの光景が、怜花の脳裏に浮かんだ。

終業式の日。短いＨＲ《ホーム・ルーム》が終わって、一階に下りたとき、圭介の後ろ姿を見かけた。玄関へ向かう生徒の波に逆らうように、一階の廊下を奥へと歩いていくところを。

そして、保健室のドアを開けて、中に入った。

あのときは、怒りと屈辱に身体が震え、涙が溢れそうになった。圭介は、修学旅行では、ホテルの屋上で大麻《ガンジャ》を吸い、田浦教諭と密会し、キスまで交わしていたのだから。

だが、もしかしたら……。

圭介は、適当な口実を設けて、保健室でベッドに入り、そのまま帰宅せず学校に残っていたのではないだろうか。盗聴器を探すために、夜中に学校に忍び込もうとしていたが、戸口は施錠されているだろうし、無理に押し入れば警報が鳴るかもしれない。そのため、夜中まで保健室の中――ベッドの下に潜んでいたという可能性はないだろうか。そのとき、圭介のポケットから、お守りが落ちた……。

だとすると、その後、圭介は、どうなったのだろうか。もし、首尾よく盗聴器を発見したのであれば、必ず、そのことを報告してくれるだろうし、大げさに自慢するはずだ。

ところが、それっきり、自分も雄一郎も圭介の姿は見ていない。母親は否定しているが、完全に消息を絶っているとしか思えない。

深夜の学校で、いったい何が起きたのだろうか。考えれば考えるほど、心配がつのってきて、胸が締め付けられるような感じがする。すべては想像力が勝手に作り上げた妄想にすぎないことくらい、わかってはいるのだが。

ケータイがメールの着信音を鳴らし、怜花は、びくりとした。

見ると、雄一郎からだった。さっきの返信だろう。

『①の答えは33・3パーセントでいいけど、②は違う。扉Aを選んだ場合は、33・3パーセント。扉Bなら66・6パーセントになる。これは、モンティ・ホール問題という有名な問題で……』

その後に、いくつか数式が書き連ねてある。しごく単純な式なのに、さっぱり理解できなかった。

自棄《やけ》気味に『全然わからない』とメールを打つと、すぐに返信が来た。

『扉Aを選んだ後で、「ファイナル・アンサー?」と訊かれて気が変わり、扉Bか扉Cに選び直したと考えてみろよ。何となく扉Bに変えたとしても、豪華賞品をゲットできる確率は、扉Aと同じ33・3パーセントのままじゃん。ところが、そのときに、フィフティ・フィフティが残ってるのを思い出して、外れの選択肢を一個消去したというわけ。結果的に、扉Bと扉Cを両方選んだのと同じだから、確率が倍になるのはわかるだろう？』

なるほどと思って、ようやく腑に落ちた。ミノ・モンティ問題だか何だか知らないが、そんなに有名な問題なら、きっと雄一郎は前から知っていたに違いない。

また、メールが着信する。今度も、雄一郎からだった。さっきの続きかと思っていたら、文面はたった二行しかなかった。

『こんなの発見』

続いて、ＰＣのブログらしいＵＲＬが書かれている。とりあえず接続してみた。

『ヘビメタ・イングリッシュ・ティーチャーのブログ』という文字が出てきた。

もしかしたら、うちの学校の先生だろうか。英語というので緊張したが、蓮実ではないらしい。少し読んでみると、書いているのは高塚陽二《ようじ》教諭らしいことがわかった。

直近の話題は、文化祭のことだった。そういえばもうじきだと、怜花は憂鬱になった。晨光学院町田高校では、二学期が始まってすぐに文化祭があるのだ。そのため、夏休みの後半は準備に費やすのが恒例らしい。ただでさえ、補習と宿題で浸食されているというのに。わたしの夏休みを返せと、怜花は叫びたくなった。

二年生の男子数人が、ロックバンドを組んでいることは、怜花も知っていた。昨年は、今の三年生に遠慮して文化祭には出なかったのだが、ライブハウスの演奏を聴きに行った生徒によれば高校生離れした水準らしく、特に、同じ四組の泉哲也のリード・ギターは、プロ並みというもっぱらの評判だった。

Ｉ君は、甘いマスクというよりは彫りが深く頬がこけて、いかにもロッカーという雰囲気充分です。正直、高校生のやることだし、ビジュアル先行だろうと甘く見ていましたが、一度練習を聴かせて貰って驚きました。華麗なテクニックで弾きこなす7弦ギターの音色に、完璧に聴き惚れてしまったんです。速弾きなど、私のような旧世代のヘビメタ・ファンからすると、まさに超絶技巧と言っていいほど。ここにパワフルなＴ君のドラムが絡むところは、ぜひ、我が校の生徒全員に聴いて貰いたかったんですが……。

Ｔ君とは誰だったろうと考えて、ドラムを叩いていたのは、教室で起こした暴力事件のために退学になった蓼沼将大《たでぬままさひろ》だったことを思い出す。怜花には怖いイメージしかなかった蓼沼にも、まったく別の一面があったらしい。

ふと、彼が退学になるほど追い詰められたのは、なぜだったのだろうと思う。

ところが、私が『ヘビメタ』という言葉を口にすると、なぜかＩ君は嫌な顔をするのです。理由を聞くと、「ヘビーメタルなんて、もう死語っすよ」という返事。今ではメタルコアや、スラッシュ、ゴシックメタルなんてものに細かく分化しているらしいのです。メロディアスなデスメタルをメロデスと呼ぶそうですが、その時点ですでに、頭が激しく混乱するのを感じます。デス声でシャウトするデスメタルがメロディアスって、ちょっとありえない気がします。さらに、プログレッシブ・フォーク・メタルとか言われると、もう、どんなものなのか想像もつきません。しかし、ちょっと待って。じゃあ、私の渾名の『ヘビメタ』って、もしかしたら時代遅れのニュアンスも入ってるの……？

ギャグで言ってるような感じもしなかった。ヘビー・メタボリックの略であることは、本人だけが気づいていないらしい。高塚教諭がこのまま増量を続けていけば、そのうち、プログレッシブ・デス・メタボリックとでも呼ばれるかもしれない。

カテゴリー別になった過去の記事を見てみる。『学校』に分類されている記事の中には、いくつか非常に気になるものがあった。一つ目は『怪文書』というタイトルで、日付は、真田教諭の飲酒運転事件の翌々日だった。

熱血指導のS先生が起こしたまさかの事故のため、校内は大混乱です。このことについては、ここでは、これ以上詳しく書けません。ただ、事故の翌朝発見された怪文書については、いろいろと深く考えさせられました。

怪文書を作成したらしいのは、事故の被害者になったD先生。怪文書の標的になっていたのは、我が校でS先生と人気を二分しているH先生でした。主な内容は、H先生が、女子生徒と不適切な関係にあるというもの。名指しこそされていなかったものの、生徒まで特定できる内容だったのは、大問題でした。もちろん、内容に関しては、何の根拠も示されておらず、事実無根と断定できると思います。

考えさせられたというのは、D先生が、なぜ、そんな文書を作ったかということです。教員生活には、大きなストレスがつきものですから、ぶっつんする先生も、相当数いらっしゃいます。怪文書の類になると、その数の多さを知れば、校外の人は仰天すると思います。しかし、この文書を見ると、やっぱり洒落にはなりません。

堂島教諭が、蓮実教諭と女子生徒（誰だろう?）の関係を告発するような怪文書を作っていた……。

たしかに、あの先生は、エキセントリックな性格だったし、そういうことをしかねない危うさもあったと思う。だとしても、何の理由もなく、そんなことはしないのではないか。

怪文書は事実無根だと、高塚教諭は明言している。それは、そうなのかもしれない。

しかし、これで、例の事故の図式に、新しい要素が付け加わったような気がする。

真田教諭についてはよくわからないが、少なくとも、堂島教諭がいなくなったことで、蓮実教諭は、はっきりとした利益を得たことになる。

さらに、『H先生』というキーワードで今年の記事を検索する。最初にぶつかったのは、『リーダーシップ』と題された、釣井教諭の死の翌日に書かれた文書だった。

T先生の事件は、我が校に大きな衝撃を与えました。今年は、立て続けに大事件ばかり起きており、お祓《はら》いでもした方がいいのかも。緊急の職員会議は、これでもう三度目です。

今朝の職員会議では、生徒指導担当のH先生のリーダーシップが光りました。生徒たちの動揺を考え、全員との早期面接、さらに、ケアが必要と思われる生徒にはきめ細かく対応していくことを提案し、全員の賛同を得ました。

一つ気になったのは、H先生が、生徒たちの連鎖反応を懸念するような発言をしたこと。前任校での事件がトラウマになっているのかもしれないと思いましたが、この件についても、これ以上踏み込まないことにします。


連鎖反応っていうのは、自殺のことだろうか。怜花は、背筋がぞくりとするのを感じた。蓮実教諭は、まさか、うちの学校で都立＊＊高のような事件が起きると予言しているわけではないのだろうが。

その後も、『H先生』に関する記述は頻繁に出てきたが、ほとんどは有能さを賞賛するものだった。さらに昨年のバックナンバーを見ると、『口笛』という記事が見つかった。


……そういうわけで、私も、ついつい口笛を吹きながらテストの採点をしたりしていて、S教頭に睨まれます。ヘビメタは口笛では再現が難しいのですが、エアロスミスとかボン・ジョヴィなんかよく吹いています。

同僚のH先生も、何かにノっているときなど、たまに口笛を吹くようです。いつも同じ、ジャズでも聴いたことがあるメロディです。一度、何の曲か訊くと、「モリタートですよ」という答えでした。

それだけだった。そういえば、蓮実教諭の口笛は、聞いたことがあるような気がする。『モリタート』というのがどんな曲なのか調べようかと思ったとき、ケータイが鳴った。『早水圭介様より、メールの着信です』という文字が流れる。

怜花は、飛び上がりそうになった。あわて気味にメールを開く。

『怜花へ。ちょっと野暮用があって、夏休み中は帰れねえわ。補習もパス。海に行く約束してたのに、破ってごめんな。でも、心配いらないから。圭介』

ほっとして、涙が出そうになった。

圭介は、やはり無事だったのだ。『野暮用』というのが、もしかしたら大麻《ガンジャ》絡みではと気になるが、文面からすると、それほど危険な状態ではないらしい。

それから、もう一度、顔を近づけてメールを読み返す。

これは……。

見れば見るほど、疑惑が膨らんでくる。

このメールは、本当に、圭介が打ったものなのだろうか。

山手線で渋谷から品川までは五駅、品川から川崎へは東海道線で一駅である。川崎駅のコンコースを歩いているとき、蓮実は、背後に気配を感じた。

四列並んだエスカレーターのうち一番左側に乗って一階に下ると、早足で柱の陰に姿を隠す。頃合いを見計らってから振り返る。エスカレーターの途中に、よく知っている顔を見つけた。

蓮実は、柱の陰から出て、腕組みをした。

美彌は、見つかったのに気づいて、照れ笑いを浮かべながら下りてきた。ピンクのプリント柄のTシャツに短パンというラフな格好である。大きなサングラスをかけているのは、変装のつもりかもしれない。

「何をしてるんだ？」

蓮実の詰問には答えず、美彌は、蓮実の腕を取って駅から出ようとする。

「いつから、尾《つ》けてたんだ？」

「え？　何のこと？　わたし、ついさっき、ハスミンがエスカレーターに乗ってるとこを見かけたから……」

美彌は、サングラスを下げて、両目を覗かせる。

「嘘をつけ」

「嘘じゃないよ。ねえ、車はどうしたの？」

「マンションに置いてある」

どこから尾行されていたのだろうか。いつもなら、野生動物のような勘が働くのだが、人混みの中とはいえ、ここまで気がつかなかった迂闊《うかつ》さには自分でも呆れる思いだった。しかし、と思い直す。かりにずっと背後に張り付かれていたとしても、別段まずいものは見られていないはずだ。

「じゃあ、タクシー乗ろ」

二人で乗って運転手に顔を覚えられるのは気が進まなかったが、あまり駅でぐずぐずしているわけにはいかない。夏休み中だから、いつどこで生徒に出くわすかわからないのだ。美彌に引っ張られるようにして、蓮実は、東口からタクシー乗り場に向かった。

さいわいというべきか、そのあたりは心得ているのか、美彌は、タクシーの中では無言だった。

二人は、久米教諭のマンションから一ブロック離れた場所でタクシーを降りた。

「本当のことを言ってくれ。いつからだ?」

エレベーターに乗ってから、監視カメラに顔が映らないような角度で訊ねる。しばらく間があったが、美彌は、諦めたように白状した。

「渋谷。電車に乗るとこ」

「渋谷へ、何しに行ってたんだ?」

「川崎に行く前に、ちょっと109《マルキュー》に寄っただけだよ」

「それで、俺を、たまたま見つけたっていうのか?」

「あたりまえじゃん。刑事じゃないんだから」

たぶん、その点は嘘ではないだろう。いくら何でも、自宅の前からずっと張っていて、見つからないように追尾するのは不可能だ。七国山《ななくにやま》の借家の周辺には、隠れる場所もないだろうし。

「それで？　どうして、川崎に着くまで声をかけなかったんだ？」

「だって。もしかしたら、ハスミン、途中で誰かと会うかもしれないと思って」

なるほど。だとすれば、潔白は証明されたことになる。

「誰とも会わなかっただろう？」

「うん……。ていうか、わたしが見てる間はだけど」

「その前も、誰とも会ってないよ」

エレベーターの扉が開く。下りてICチップ入りの鍵でマンションのドアを解錠した。玄関に入ったときに、美彌が、不思議そうに訊く。

「でも、ハスミン。誰とも会わないのに、渋谷に何しに行ったの？」

こういう何とでも答えられそうな質問が、実は、一番ボロが出やすい。

「決まってるだろう。NHKに受信料を持参したんだよ」

「ハスミン！　わたしにはわたしには本当のこと言えって言っといて……あ。ジャスミーン！」

最後のは、マンションの奥から出迎えた仔猫に対する呼びかけだった。

「いい子にしてた？　おなか空いたよねー。ごめんね。今、ご飯あげるからね」

美彌は、ジャスミンに餌をやるため、毎日、このマンションに通ってきている。蓮実は、周辺の人間に顔を覚えられるという危惧を抱いていたが、仔猫に関することでは、美彌は頑として言うことを聞かず、飼うことも、マンションに通うこともやめさせることができなかった。

「汗かいたな。一緒に、シャワーを浴びないか？」

蓮実が誘っても、美彌は、ジャスミンに夢中らしく、床にぺったりと座って、上の空で答える。

「先入ってて。わたしも、すぐ後から行くから」

「そうか……」

蓮実は、洗面所で服を脱ぐと、バスルームのドアを開けて、シャワーブースに入った。久米教諭が備え付けたイタリア製の高価なボディ・シャンプーを盛大に使って、身体中に泡を立てる。頭から熱いシャワーを浴びながら、ふと美彌は遅いなと思った。そのとき、致命的な手抜かりに気がついた。

あわててシャワーブースを飛び出ると、バスローブを羽織ってリビングに急ぐ。

美彌が、はっとしたように振り返る。足下には、蓮実のショルダーバッグが落ちていた。手にしているのは……。

「美彌！　何してるんだ？」

「ハスミン。これ……？」

美彌は、何とも言えない複雑な表情になっていた。

「よこしなさい」

蓮実は、美彌の手から、携帯電話をひったくった。

「渋谷の中央改札の前にいるとき、改札の内側にいるハスミンを見つけたんだよ」

美彌が、細い声で言った。

「誰か女の人と会うのかと思って、見てたんだ。そしたら、ハスミン、改札から出ないでケータイ出して、そのまま回れ右しちゃったから、あわてて切符買って追いかけたんだよ」

蓮実は、無言のまま、先を待った。

「それで、きっと誰かと待ち合わせしてたのに、急に、相手が都合悪くなったのかなって。だから、誰からのメールだったのか見ようと思ったんだ」

「だからといって、他人《ひと》の携帯電話を勝手に覗いていいわけじゃない」

蓮実は、できるだけ教師らしい声を出して諭した。

「受信ボックスを見て、びっくりしたよ。だって、片桐怜花からのメールとか、いっぱいあったから。そんなのってありえないけど、ハスミン、あの子とできてるんだって思って」

美彌は、尖った声を出す。

「いや、そうじゃないんだ」

「うん。すぐに、そうじゃないってわかったよ。だって、それ、ハスミンのじゃなかったもん」

美彌は、眉根を寄せて、当惑した顔つきになった。

「それ、一組の早水圭介のケータイでしょ？　どうして、ハスミンが持ってるの？」

蓮実は、答えに詰まって頭を掻いた。髪から水滴が滴《したた》って、顔の上を流れる。

「話せば長くなるんだがな、ちょっと預かったんだ」

「どういうこと？」

「クラブというか……そういうところで、あいつを見つけて、この携帯電話を預かった。ちょっと厄介な事情があってね。詳しいことは、いくら美彌でも言うわけにはいかない」

「うん。早水が、よく町田とか渋谷のクラブに出入りしてるのは知ってるよ」

美彌は、うなずいた。

「でも、でも、どうして？」

「渋谷で、あいつと会って、携帯電話を返す予定だった。ところが、早水が、急に来られなくなったんだ」

「違うよ。どうして、早水の名前でメールを送ったりしたの？」

送信した時間までチェックしたのか。蓮実は、舌打ちしたい思いだった。

「早水に、頼まれたんだよ。あいつは、ある事情で、しばらく姿を見せられないんだが、片桐が心配してるらしくて、下手すると大騒ぎになる。だから、あいつの携帯電話から、だいじょうぶだっていうメールを打ってくれって。文面は、さっき電話で聞いたんだ」

「そう……」

美彌は、ようやく、半分くらい納得しかけた表情になった。

「このことは、誰にも言うなよ。こんなことに荷担してることがわかったら、教師として、減給ものなんだ」

実際には、減給どころではなく、おそらく、無期懲役以上は確定だろうが。

「わかったよ」

実際は何も説明していないのに等しかったが、美彌は、それ以上の追及には興味を失ったようだった。蓮実の秘密が、浮気とは関係ないらしいとわかったからだろう。

「さあ、おいで。一緒にシャワーを浴びよう」

蓮実は、美彌の手を取って、バスルームへ連れて行った。

Tシャツと短パンを脱がせて、シャワーブースに入る。美彌は、うっとりと目を閉じて、身をもたせかけてくる。今のことは、もう忘れたかのようだった。

まずいことになった。蓮実は、両腕の中に美彌の細い身体をすっぽりと包み込みながら思う。

この子は、今はまだ、自分が見たものの意味を知らない。だが、早晩、早水圭介が失踪したことはあきらかになる。いずれは、遺体が発見されるような事態も想定しておかなくてはならないだろう。

そうなると、自分が殺された生徒の携帯電話を持っていたことと、渋谷から偽メールを送信したという事実は、命取りになりかねない。

やむを得ないな。蓮実は、自分の腕の中にいる少女を見下ろしながら、心中、溜め息をついた。

見つめられているのに気づいたのか、美彌は、目を開けて笑顔になった。

秘密にするよう説得することはできるだろう。だが、それでは、弱みを握られてしまうことになる。ここは、やはり先手を打つ必要がある。

たいへん残念だが、この子も、今のうちに処分しなくてはならない。

バスルームの外で、ペットのペットがにゃあと鳴いた。

「うーん。それだけでは、ちょっとねえ……」

下鶴刑事は、ちょっと首をかしげて、アイスコーヒーに口をつけた。汗っかきらしく、冷房の効いた喫茶店に入ってからも、しきりにハンカチで額や首のあたりを拭っている。

「でも、おかしいと思いませんか？　圭介と、急に連絡が取れなくなったこともそうだし、昨日来たこのメールだって……」

玲花は、ケータイを持ち上げた。

「偽メールだっていう、たしかな根拠でもあるの？」

「ですから、さっき言ったように、わたし、圭介と海に行く約束なんかしてないんです」

玲花は、懸命に言う。

「それで、気がついたんです。わたしたちがやりとりしたメールには、『海行きたいね』とか、『行こっか』っていう言葉があったから、もしメールだけを盗み見た人がいたとしたら、わたしたちが海に行く約束をしてたって思ったかもしれないって。だけど、学校でした話では、そういう感じじゃなかったんです。夏休みになっても、どうせ補習で学校へ行かなきゃならないし、受験勉強が忙しくて海へ行くような暇はないねって、ぼやいてただけで……」

「何だか、微妙な話だなあ」

下鶴刑事は、期待に反し、慎重な言い回しに終始していた。

「早水君の方は、本気で海に行くつもりだったたってことない？　そういうこと、よくあるよね。言葉の行き違いっていうか、片方だけが誤解してたたっていうケース」

「でも、それだけじゃないんです。圭介は、蓮実が校内で盗聴してたかもしれないって、調べてたんですよ？」

雄一郎が、横から口を添えた。

「お守りの件もあります。保健室のベッドの下に落ちてた。圭介は、夜、学校に潜入して、そのままいなくなっちゃった可能性が高いんです」

下鶴刑事は、色黒のこけしのような顔の、一重まぶたの目を瞬いた。

「それも、別に、早水君の名前が書いてあったわけでもないしなあ」

「下鶴さんは、都立＊＊高の事件を調べてたんでしょう？　だったら、今うちの学校で起きていることも、想像が付くんじゃないんですか？　圭介は、もしかしたら拉致されて、危険な目に遭ってるかもしれないんです」

怜花は、相手の鈍い反応に苛立ちながら言う。下鶴刑事は、アイスコーヒーを飲み干すと、氷を口に含んで、がりがりと音を立てて噛み砕いた。

「あの事件については、たしかに疑問がないわけじゃなかった。だが、どんなに調べても、犯罪があったっていう確証は出て来なかったんだよ」

下鶴刑事は、椅子の背にもたれ、天井を見上げるようにして言う。

圭介の話だと、下鶴刑事は事件性には確信を持っていたはずだ。たぶん、この人は、都立＊＊

高の事件では、相当手痛い目に遭わされたのだろう。だから、また同じような事件に首を突っ込むことには、臆病になっているのかもしれない。

「早水君ね、前にも、こんなふうに家出することはあったって聞いてるよ。だから、もうちょっと様子を見てみたらどうかな？」

怜花は、雄一郎と顔を見合わせて、首を振った。都立＊＊高の事件を一人で調べていたという下鶴刑事なら味方になってくれると思って来たのだが、どうやら、まったくの期待外れだったようだ。

「……まあ、かりに、蓮実先生が、都立＊＊高の一連の事件に何らかの形で関与していたとしようか」

下鶴刑事は、二人の表情に気づいたらしく、居住まいを正して言う。

「だとしたら、次の学校では、当分の間は、おとなしくしてるはずだよ。映画や小説じゃないんだから、どんな凶悪犯でも、そんなに次々と人を手にかけるとは考えられない」

本当に、そうだろうか。怜花には、どうしても納得できないものが残る。

「一応、早水君の携帯電話がどこから発信されたのかは、調べておくよ」

下鶴刑事は、そう言うと、伝票を持って立ち上がった。

「それより、君たち、本当は、今日も補習があったんだろう？　こんなふうにサボるのは、よくないなあ」

これまでに三十人を超える人間を殺害してきたにもかかわらず、常に司直の追及をかいくぐることができたのは、特定のパターンを残さなかったからだろう。蓮実は、そう自己分析していた。99パーセントの犯罪者は、馬鹿の一つ覚えで同じ手口を繰り返すため、警察の注意を喚起して、最後には捕まることになる。時速150キロの球でも、同じコースにストレートばかり投げ込んでいれば、いつかは打たれるのと同じ理屈だ。

殺人においても、緩急をつけ、コーナーに散らし、変化球を織り交ぜて、目先を変えてやればいい。そうすることで、事故や自殺と判定されやすくなるし、少なくとも、警察は、それらが同一犯人の仕業とは考えないだろう。

今年に入ってから、晨光学院町田高校では、重大事件が立て続けに起きている。新たな殺人となると、よほど慎重にやる必要があった。

とはいえ、安原美彌は、あらゆる意味で掌中にあるといってもいい。

担任教師として、ほとんどの個人情報は把握しているし、それ以上に、がっちりと心を支配しているので、行動を操ることも可能だ。これほど条件に恵まれたケースは、初めてといってもいいくらいである。美彌がジャスミンを殺すのと同じくらい、容易《たやす》いといえるかもしれない。

それなのに、こんなに気が進まないのは、いったいなぜなのだろう。

「蓮実先生。浮かない顔ですね」

高塚教諭が、声をかけてきた。連日、猛暑が続いているというのに、ますますメタボに拍車がかかったような感じがする。

「そうですか？……まあ、いろいろと、頭の痛いことがあるんですよ」

「うん。わかりますよ。夏休みっていうのは、特にね。それにしても、悲しそうですよ。だいじょうぶですか？」

「悲しそう？　私がですか？」

蓮実は、意外に思って訊き返す。

「うーん。何て言ったらいいかな……。ちょっと消沈してる感じですかね。蓮実先生は、何でも一人で抱え込んじゃうタイプみたいだから、あんまり思い詰めない方がいいですよ。なるようになるって思ってるくらいの方が」

「なるほど……そうしますよ」

高塚教諭のアドバイスで、少し心が軽くなったような気がした。

やるしかないのだから、あまり考えず、さっさと済ませてしまった方がいい。

蓮実は、机の一番下の引き出しからクラスの文集を引っ張り出すと、机の上に広げた。蓼沼を追放したときもそうだったが、作文というのは、こういうとき非常に役に立つ。

文は人なりという言葉があるとおり、文章を読めば、その人間の本質はほぼ理解できる。論理型か感情型か。ＩＱは高いか低いか。情緒が安定しているか攻撃的か。

さらに、日常生活について記した文章は、個人情報の宝庫でもある。

そして、これが最も肝腎なのだが、手書きの文章をそのままプリントしてあるために、明瞭に筆跡がわかるのだ。

安原美彌の文章は、案外といっていいくらい、しっかりしていた。てにをはや文法上の間違いもほとんどなかったし、論旨も一貫していて、少なくとも、何を書きたかったのかわからないということはない。

ただし、情緒の安定度ということになると、疑問符が付く。大人に対する不信感がそこかしこに表れており、爆発寸前の怒りを抱えていることを示すような表現もあった。

元々自罰的な傾向が強いだけに、彼女が自殺するというのは充分考えられるシナリオだろう。

蓮実は、鉛筆とノート、それに文集を持って、立ち上がった。いくら夏休み中の職員室がいつもより閑散としているといっても、生徒の筆跡を真似る練習を自分の机でやるのは危険すぎる。

筆跡学《グラフォロジー》については、かつて、徹底的に調べて研究したことがあるので、押さえるべきポイントは、しっかりと頭に入っていた。後は、ひたすら練習あるのみである。

蓮実は、最も誰も来ないだろう北校舎の生物・化学実験室に入ると、安原美彌の筆跡の特徴をチェックして、丹念に模倣する。

美彌の文字は、どちらかというと男っぽくて、しっかりしていた。おそらく、小学校の低学年くらいで書道教室に通っていたのだろう。

全体に、やや右上がり。筆圧は強く、とめやはね、はらいは、はっきりしていて力強いが、投げやりに見えるところもある。筆勢もあるので、ゆっくり真似して書いていると、すぐに偽筆と見破られるだろう。

二時間ほど集中して練習すると、美彌の字を完璧にコピーできるという自信がついた。これなら、親が見ても、見分けはつかないはずだ。

次は、文章だった。

いかにも、美彌が書きそうな文章。美彌が死を選びそうな理由。マスターしたばかりの筆跡で、ノートにいくつか下書きを書き殴っていく。

そのとき、胸ポケットに入れていた携帯電話が鳴った。

「はい。蓮実です」

「蓮実先生。今、どこにいるの？　至急、相談したいことがあるんだけど」

酒井教頭が、鼻を鳴らしながら訴える。しかたがない。遺書の文案作成は一時中断して、蓮実は化学実験室を後にした。


「ねえ、どう思う？」

怜花の質問に、雄一郎は、腕組みをした。下鶴刑事と会ったのとは別の喫茶店に場所を移してから、かれこれ二時間はたつ。

「はっきりしてるのは、今の時点では、警察はまったく頼りにならないっていうことだけだな」

「そんなことは、わかってるわ。だったら、わたしたちは、どうすればいいの？」

「俺たちで、何か証拠を見つけられたらいいんだけど。……何か、警察を動かせそうな」

「でも、そんな証拠って」

怜花には、何を探したらいいのか見当も付かなかった。

「校舎には、まだ盗聴器が残ってるかもしれないけど、下手すると、圭介の二の舞になりそうだな」

ぼそりとつぶやいた雄一郎の言葉に、怜花は嚙みついた。

「二の舞って、どういうこと？　まさか、圭介が、もう……？」

「そういう意味じゃないんだよ」

雄一郎は、あわてて抗弁する。

「ただ……いや、俺は」

それっきり、沈黙してしまう。

「ただ、何よ？」

怜花が追及すると、雄一郎は、情けない顔つきになった。

「圭介のことは、無事だと俺も信じたい。それより、俺たち三人は、都立＊＊高の四人と同じ道を辿ってるんじゃないかって気がして」

「怖いこと言わないで」

怜花は、小さな声で抗議する。

「ああ、ごめん」

そう言ったきり、テーブルの上に置いたネットブックに見入ってしまう。

「さっきから、何を調べてるの？　何か、手がかりになりそうなこと？」

「手がかりには、たぶんならないけど。例の、蓮実が口笛で吹いてる『モリタート』って曲のこと。……見てみる?」

雄一郎は、ネットブックの画面を怜花の側に向けた。

そこには、『三文オペラ』の解説が載っていた。ベルトルト・ブレヒトの戯曲にクルト・ヴァイルが曲をつけた、ミュージカルの原型のような作品である。

舞台は、切り裂きジャックの猖獗《しょうけつ》から間もない十九世紀末のロンドンである。主人公は、スラム街のギャングのボスであるメッキー・メッサー（英語では、マック・ザ・ナイフ）。

物語は、警視総監タイガー・ブラウンと癒着して犯罪行為を恣《ほしいまま》にしていたメッキーが、ロンドンの乞食の総元締めピーチャムの娘、ポリーと恋に落ちたことから始まる。裏切り、投獄、殺人など、刺激的な題材がてんこ盛りの娯楽作品らしい。

『殺人物語大道歌《モリタート》』は、『三文オペラ』の中で最も有名な曲であり、パティ・ペイジやエラ・フィッツジェラルドが歌った英語版、『マック・ザ・ナイフ』は、ジャズのスタンダードとなっている。

〝mord〟は『殺人』、〝tat〟は『死んだ』という意味であり、それらを組み合わせた〝moritat〟という造語は、『殺人鬼』を意味しているのだという。

怜花は、訳詞に目を落とした。

口上役：こいつは鮫だ、こいつにゃ歯がある
その歯は面に見えてらあ

こいつはメッキース、こいつにゃドスがある
だけどそのドスを見た奴はねえ。

きれいに晴れた日曜のこと
浜辺に死人がころがっていた
誰かが街角に消えて行く
その男がご存じメキ・メッサー。

シュムール・マイアーは行方不明
おなじくたくさんの金持が消えた
そいつらの金を持ってるのがメキ・メッサー
だけど証拠は何もあげられぬ。

淫売ジェニー・タウラーが見つかった
胸にはドスが突っ立っていた
波止場を漫歩して行くメキ・メッサー
もちろん何ごともご存じねえ。

ソーホーにあった大火事じゃ
子ども七人に年寄り一人が焼け死んだ
野次馬にまじったメキ・メッサーは
何も知らねえし、奴に聞く奴は誰もいねえ。

それにその名を知らないものはいない
年端もいかぬあの若後家さんが
目を覚ましたらもう事は終わってた
メキー、おまえの首（賞金）はいくらだったよ？

（訳：岩淵達治）


「何、これ？」

　怜花は、凍りついたようになった。

「曲は軽快だけど、歌詞の内容を意識しながら口笛を吹いてるとしたら、ずいぶん悪趣味だよな」

　雄一郎は、低い声で言った。

「でも、それだけじゃないみたい」

　殺人に、火事。何か、今の状況を予言しているような気さえする。

「これ見て」

怜花は、四段目の歌詞を指さす。覗き込んだ雄一郎は、怪訝《けげん》な顔になった。

「これが、どうかした？」

「淫売ジェニー・タウラーっていうくだりよ」

雄一郎は、ぽかんと口を開けた。怜花の考えていることは、以心伝心のように雄一郎に伝わった。

「田浦潤子？　そんなの、単なる偶然だろう？」

「そんなこと、わかってる。昔書かれた歌詞と、今の事件に関係があるわけがないもん。だけど、世の中には、偶然の一致《シンクロニシティ》ってこともあるでしょう」

「言ってる意味が、全然わからないよ。次は、田浦先生が殺されるっていうのか？」

「そうじゃない……。あの人は、蓮実と通じてる」

「そんな馬鹿な」

「かなり前から、何となくもやもやしてた。その正体が、やっとわかったの」

あの二人の醸し出していた妙な雰囲気は、共犯者のそれだったのだ。そして、蓮実への情報提供者が田浦潤子だったと考えると……。怜花の中で、恐ろしい想像が広がる。

圭介が、夜中まで保健室に隠れて学校を調べたとすれば、蓮実は、そのことを前もって知ることができたはずだ。

七国山の借家に帰ったときには、すっかり日が暮れていた。玄関の脇には、大家さんに頼まれた、『この犬を見かけませんでしたか?』という貼り紙がセロテープで留めてある。コピーされたモモの写真は、蓮実にしょっちゅう吠えかかっていた犬とは思えないくらい温和な表情をしていた。

蓮実は、部屋に籠もると、最初に明日からの補習で使う教材の準備をすませた。それが終わると、未完成の美彌の遺書に取りかかる。

小一時間、文案を練ると、ほぼ満足できるものが出来上がった。

本番で使う紙は、あらかじめ美彌に手に取らせて、指紋をつけておかなくてはならない。今晩は、ここまででいいだろう。

英語圏であれば、遺書を偽造するのもずっと容易だったのにと思う。タイプライターを使う伝統があるため、機械打ちでも不審を抱かれないからだ。

数年前、英文の偽遺書を手にしたときのことを思い出す。まさに完璧な仕事といえたが、残念ながら、それは蓮実が作ったものではなかった。

欧米企業のセキュリティの厳重さは、あらゆる意味において我が国とは比較にならない。日本では、事務所荒らしなどの外部からの侵入には一応の対策を講じるものの、従業員に対しては、いまだに性善説に立っている会社が多いが、欧米においては、警戒の対象は、第一に従業員である。

そのため、蓮実が、深夜、オフィスに侵入する際には、いくつものハードルを越えなければならなかったが、日本のメガバンクを遥かに上回る利益を稼ぎ出している投資銀行、モルゲンシュテルン社といえども、手段を尽くして侵入しようとする者をシャットアウトできるようなシステムは備えていなかった。

蓮実が、同僚からくすねたＩＤカードを使って職場に戻ってきたときには、午前二時を回っていたが、もちろん、忘れ物を取りに来たわけではない。

蓮実は、モルゲンシュテルン社に入社後、ニューヨークにある北米統括本社に配属され、冷静に金利や為替の動きを読みつつ動物的な勘を働かせて、米国債やユーロ債を売り買いするトレーダーとしての頭角を現していた。入社二年目には、プロ野球の選手並みの俸給を得るようになったが、それで満足しているわけではなかった。

日々、電話一本で百万ドルが最低単位《ロット》の売買をしていると、金に対する感覚が変質してくる。どんなに高額の報酬も、自分が会社にもたらしている利益と比較すれば、微々たるものであると感じられるようになるのだ。貪欲さは優れたトレーダーには必須の資質だが、蓮実のそれは、ハゲタカの群れが集う投資銀行においても度外れていた。

盗聴器を使った数ヶ月間の情報収集で、蓮実は、モルゲンシュテルンの上層部の数人が、株式の買い付け権利《コール・オプション》を利用したインサイダー取引によって、巨額の利益を得ていることに気づいていた。もしこれが発覚すれば、一企業の枠を超え、国際金融界を揺るがすような大スキャンダルに発展するだろう。

蓮実は、不正を告発するつもりはさらさらなかったし、けちな強請《ゆす》りも眼中になかった。インサイダー取引で得られた収益を、そっくり自分の口座に移転するつもりだったのだ。元々行われている取引が重大な犯罪行為なので、刑事告発を受ける可能性は無視していい。送金は、あらかじめ送ってある送金指示《スタンディング・インストラクション》によって、ケイマン諸島やアンティル諸島など秘密保持が堅固なタックス・ヘイブンの口座を転々とさせることで時間を稼ぎ、最後は、香港の銀行から現金で引き出す予定だった。

トレーディング・ルームのあるフロアは、深い闇に沈んでいた。いつもならこの時間も大勢の人がいるが、明日はどこの国の市場も開かない土曜日の深夜であり、残業しているような酔狂な人間はいない。

部屋の照明を点けるのは論外だし、ペンライトさえ窓の外から発見される可能性がある。蓮実は、暗視スコープをつけて、トレーダーを支援する事務管理部門《バックオフィス》の机の間を通った。

資本市場が眠りについているこの時間に侵入したのは、取引を行うためではなかった。同僚に罪を着せる工作の仕上げのためである。

ターゲットは、ヴィンセント・ツァンという中国系のトレーダーだった。同じ東洋系で背格好も似通っていたため、オフィスに出入りするところを警備員に目撃されても、ごまかしやすいからだ。日頃からよく話して信頼も得ており、ここへ入るのに使ったＩＤカードも、ヴィンセントのものだった。

彼の机に近づいたとき、ぎくりとする。人の姿があったからだ。

机の上に突っ伏したまま、動かない。酔っぱらっているのかと思ったが、そうではないことはすぐにわかった。蓮実の嗅覚は、二種類の刺激的な臭いを感じていた。血の臭い。そして、硝煙の臭いである。

この男は、死んでいる。これは、ヴィンセント・ツァンなのか、それとも……。

そのとき、何の前触れもなく、部屋の照明が点いた。

何倍にも増幅された強烈な光に目が眩み、蓮実は、暗視装置を顔からむしり取った。

振り返ると、数メートル先に、見覚えのある男が立っていた。四十代の半ばで、白人にしては背が低い。額が広く、平凡な顔立ちだが、印象的なのは色素の薄いグレイの目で、ほとんど瞬くことがなかった。

「やあ、セイジ」

モルゲンシュテルン社の最高経営責任者《CEO》であるジミー・モルゲンシュテルン（英語読みではモーガンスターン）は、悲しげな口調で言った。

「ヴィンセントは、気の毒なことをした」

蓮実は、机に突っ伏している男を見た。やはり、ツァンだった。拳銃を口にくわえて引き金を引いたようだ。小口径の銃らしく、頭の後ろが吹き飛ぶというところまではいかなかったが、まちがいなく弾が貫通し、事切れている。

「これは……いったい、どういうことですか？」

蓮実は、瞬時に落ち着きを取り戻して訊ねる。

「見ての通り、自殺だ。彼は、トレーダーとしての地位を悪用して、インサイダー取引に関与していたようだ。それが発覚したため、自ら命を絶ったのだ。そこに遺書もある」

ヴィンセントの机の上には、ペーパーウェイトの下に血の飛沫が飛び散った紙が置かれていた。蓮実は、『遺書』を取り上げると、目を走らせた。それは、完璧な出来だった。言葉遣いに至るまで吟味されて、いかにもヴィンセントが書きそうな文章になっている。末尾には、本物としか思えない漢字の署名まであった。

だが、それがフェイクであることは、蓮実には一目瞭然だった。ヴィンセントは、インサイダー取引には、いっさい関与していない。これから蓮実が罪をなすりつけようとしていたのだから。

「この遺書は、偽物です」

蓮実は、冷静に告げたが、ジミー・モルゲンシュテルンは、動じることがなかった。

「いや、本物だよ。なぜなら、君が、そう証言するからだ。ヴィンセントは、自らの不正行為と良心の板挟みになって悩んでおり、君は、相談を受けていた。ヴィンセントのただならぬ様子の電話を受けて、君は、ついさっき、オフィスに戻ってきたばかりだ。つまり、遺体の第一発見者も、警察に通報するのも君だ」

「私が、それを断ったら、どうするつもりですか?」

蓮実は、そう言いながら、相手との距離を目測していた。素手で殺すことも可能だが、隣の机には真鍮《しんちゅう》のペンナイフがある。この男を刺殺するには、五秒もあれば充分だろう。ペンナイフの柄に、ヴィンセントの指紋を付けておけば……。

「君は、断らないよ」

ジミー・モルゲンシュテルンは、首を振った。

「君が死なずに済むのはなぜなのか、考えてみたまえ。いくつか、偶然の幸運が重なったにすぎないんだよ。今回の取引は、証券取引委員会《SEC》に嗅ぎつけられていたから、中止にするよりなかったが、幕引きには贖罪羊《スケープゴート》が必要だった。一方、君は、ヴィンセントに罪を着せるために、巧妙に改竄《かいざん》した取引の記録を残すなど、周到な工作を行ってきた。我々としては、君を消すよりも、君の仕事を利用した方がスマートだと考えたのだ」

この男は、たった一人で自分と対峙して、どうしてこんなに平然としていられるのか。武器を隠し持っているようにも見えない。理由は一つしか考えられなかった。部屋の外に、銃を持った応援《バックアップ》がいるのだ。

「もちろん、君自身も、共犯として自ら命を絶つというシナリオも考えられる。しかし、相次いで二人が自殺するというのは、いささか不自然だし――日本には、心中《ダブル・スーサイド》という伝統があるとは聞いているがね――メディアの注目度を考えると、得策ではない」

向こうは、蓮実が殺人を告発するつもりがないのを見透かしているようだった。かりに、モルゲンシュテルン社の犯罪を暴くことができても、蓮実自身も罪に問われることになる。下手をすれば、ヴィンセント・ツァン殺害の濡れ衣を着せられるだろう。

「なるほど。では、あなたが言うように証言したら、私は、どうなるんですか？」

「充分な報酬を与えて我々の仲間に加える……と言いたいところだが、そういうわけにはいかないようだ。君には、資本市場および、国際金融界からは完全に足を洗ってもらう。それが、君の命を助ける条件だ」

「あまり魅力的な提案ではありませんね」

「正直に言うが、日本人は、みな羊だと思っていた。ところが、君は、他の生き物を見境なしに襲い、平気で共喰いもする肉食の羊だ。君は、狼の目から見ても異様な怪物なんだ。この世界にいられては、はなはだ迷惑なんだよ」

「ひどい言われようですね。私は、ただ、あなたたちの不正行為に便乗しようとしただけなのに」

「我々の目が節穴だと思っているのか？　君は、ここへ来て、すでに人を一人殺している。それも、我が社の従業員だった、たいへんチャーミングな女性だ。私もつい最近知って、ショックを受けたよ。どうして、あんなひどいことをするのかね？　それで、君の経歴を調べさせてみた。君の日本での行状はよくわからなかったが、身近にずいぶん死者が出ているじゃないか？　あきらかに異常な数だ。それから、ハーバードに留学中は、たまたま恐ろしい事件にも遭遇しているね。君の同級生だったクレイ・チェンバースという男が、四人の男女を殺害した、あの事件だ。もちろん、君の関与を示す証拠は、いっさい残っていなかったがね」

ジミー・モルゲンシュテルンの目は、あいかわらず瞬かない。

「どうしたんだ？　私を殺したいのか？　さっきから、君が私を見ている目は、まったく気に入らないな」

蓮実は、かつてないほど切実な殺戮への欲求に駆られていた。あのペンナイフを取ってジミー・モルゲンシュテルンの喉を搔き切り、盛大に熱い血潮を噴出させたら、さぞかし爽快だろう。だが……。

「どうやら、君の助命には、もう一つ条件が必要なようだな。私も、命を脅かされずに、引退後の人生を楽しみたいのでね」

色素の薄い目で射すくめるように凝視されていると、蓮実は、動くことができなかった。

「君は終生、アメリカ合衆国の領土に足を踏み入れてはならない。9・11以降、我が国への入国手続きは著しく厳格化された。君の名前と指紋は、US－VISITプログラムにおけるブラックリストに登録され、入国は禁止されることになる。知ってるとは思うが、私には、そのくらいの力はあるんだよ」

その言葉がハッタリではないことは、蓮実にはよくわかっていた。アメリカを動かしているのは、一部の特権的なサークルに属するメンバーたちであり、彼らの要望は、原則、超法規的にかなえられることになっている。ブラックリストは非公開だが、些細な理由でもテロへの関与が疑われた人物は網羅されているため、およそ七十万人にも膨れ上がっており、事実無根の濡れ衣や同姓同名のトラブルも数多い。

「残念だが、今後は、ハワイで休暇を過ごすことも諦めてほしい。君はもちろん、自分がテロリストでないのでブラックリストから除外するよう、申し立てをすることはできる。しかし、アメリカ合衆国に侵入しようと試みれば、私に対する殺害企図と見なし、ただちに予防攻撃を行う。

君は私には指一本触れることはできないが、私の手は長い。アメリカにいながらにして、充分、君の首に届くんだよ」

ジミー・モルゲンシュテルンは、溜め息をついた。

「二度と戻ってくるな。ここは、世界中から金の臭いに惹かれた野心的な犯罪者が集まってくる場所だが、サイコ・キラーは歓迎されない」

今度あの目を間近で見るとき、薄いグレイの虹彩《こうさい》からは光が失われているはずだ。

ジミー・モルゲンシュテルンは、日々ボディガードに守られ、分厚い鉄板で補強された車で送り迎えされている。しかし、何が何でも殺そうという決意で狙われたら、大統領でさえ守りきれないのは、歴史が証明している。

自分の経歴に汚点をつけて、追放した男を見逃してやるつもりはなかった。同じように殺人に手を染めているくせに、妙に上品ぶっているところが不愉快だった。

やつは、こちらの正体を見破った時点で、ところ払いなどという微温的な処置ではなく、ただちに殺すべきだった。それをしなかったのは、致命的な失策だったことを思い知らせてやろう。

そのためには、しっかりと計画を練る必要があった。かりに別人のパスポートを使ってアメリカに入国するにしても、指紋のチェックをどうやってかいくぐるかが問題である。

だが、それはまだ、先の話だ。今は、より身近で差し迫った問題を片付けなくてはならない。

蓮実は、美彌の遺書の文案を読み返して、完璧に記憶した。それから、下書き類をまとめると、庭に出て、焼却炉代わりにしているドラム缶に入れた。

すでに周囲は暗くなっていたが、カラスの鳴き声がしたので顔を上げると、屋根の上にいる黒々としたシルエットが見えた。思考《フギン》を処刑して以来、カラスは近づかなくなっていたのだが、最近また、姿を見るようになっていた。顔は見えないが、たぶん記憶《ムニン》だろう。今でも、連れ合いを殺されたことを恨んでいるに違いない。

百円ライターで、反故《ほご》に火をつける。

炎が上がり、まわりの闇が後退した。

炎の中に、ぼんやりとクレイ・チェンバースの顔が浮かんだ。もう、何年も思い出していなかったというのに。

四人を殺害した濡れ衣を被せられた上に、最後は焼死させられた間の悪い男だったが、蓮実は、まったく同情していなかった。飛び級でハーバードに入学するほどの秀才でありながら、正真正銘の連続殺人犯《シリアル・キラー》だったことはまちがいなく、死後、少なくとも三件の別の殺人に関与したと断定されたが、発覚していないケースは十件ではきかないのだから。

チェンバースは、190センチを超える長身だったが、食べることに興味がないため、がりがりに痩せていて、体重は60キロそこそこだった。度の強い眼鏡をかけたコンピューターおたくで、生髪の毛はぼさぼさ、硬く冷たい笑みを浮かべた、およそ女の子受けしないキャラクターだが、生き物を殺すときしかエクスタシーを感じないという困った体質で、子供の頃は近所の犬や猫を惨殺して我慢していたものの、大学に入学して自由になると、忌まわしい素質が腐臭を放つラフレシアのように一気に開花して、人殺しに耽《ふけ》り始めた。被害者は男でも女でもよかったようなので、バイセクシャルだったのかもしれない。

蓮実は、出会ってすぐにチェンバースの本性を見抜いたが、付かず離れずという距離を保っていた。面白い実験をするチャンスだと思ったからだった。

一方、チェンバースの方は、東洋からの留学生に興味を示していた。頭脳明晰なだけでなく、心の底からの冷酷《クール》さを併せ持っていることに気づいて惹かれたのだろう。蓮実が、自分も同じ嗜好を持っているようにほのめかしただけで、たちまち餌に食い付いてきた。生まれて初めてできた、同じ魂を持った友達だとでも思ったのかもしれない。

連続殺人犯《シリアル・キラー》のメッカ、アメリカには、二人のサイコパスが出会って意気投合した場合、その後は協力して犯行を重ねるという麗しい友愛《フラタニティ》の伝統がある。

蓮実は、黒幕《マスターマインド》としてチェンバースを操り、次々と殺人を実行させるつもりだった。だが、実際にやってみると、様々な問題が生じてきた。最大の齟齬《そご》は、蓮実が殺させたい人物と、チェンバースが殺したいと思う人間が容易に一致しないことだった。蓮実の方は、自分より成績のいい生徒や、レポートにBマイナス以下を付けた教授を殺してほしかったのだが、チェンバースは基本的に快楽殺人者なので、殺すことそのものが愉しい相手にしか食指が動かない。

そこで、計画を変更し、チェンバースには自由にターゲットを選ばせつつ、どうしても殺したい相手には、蓮実が自分で手を下すことにした。犯行の際は、必ずチェンバースのアリバイのない時間帯を選び、現場には、辿ればチェンバースに結びつくような遺留品を選んで置いてきた。すぐに捜査の手が伸びるかと思われたのだが、案に相違して、なかなか逮捕されない。チェンバースは、名門ハーバードの学生であり、過去に軽微な法律違反さえしておらず、司法機関からはノーマークの存在だったのだ。その上、どうやら殺人に関しては芸術的な手際のよさと慎重さを兼ね備えているらしかった。

そのうち、チェンバースは、蓮実にも快楽殺人に参加するように、しつこく求め始めた。それこそが、友情の証しとなる儀式というわけだろう。

蓮実は、わかったと快諾し、獲物を連れてくるから生きながらバーベキューにしようと提案して、チェンバースを驚喜させた。そして、廃倉庫の中にドラム缶とガソリンを用意させると、背後からブラックジャック（代用品ではなく、手縫いの革製）で頭部を一撃し、ドラム缶に入れてガソリンをかけ、火を点けたのだった。

蓮実は、英語の勉強のために読んだ"Fahrenheit 451"というSF小説を思い出していた。"It was a pleasure to burn."という冒頭は、後に読んだ翻訳では『火の色は愉しかった』と訳されており、大いに感心したものである。

爆発するように上がった炎の柱は、真っ白だった。チェンバースは、熱さに意識を取り戻し、両手を振り回して大暴れしたが、ドラム缶からは抜け出すことができず、とうとう横倒しになって、動かなくなった。やがて火勢は落ち着き、炎色はオレンジ色に変わる。蓮実が立ち去ったときには、チェンバースの遺体はまだ燃え続けていた。

書き損じが灰になってしまうと、光が消えた空間に、再び闇がなだれ込んでくる。

今思えば、アメリカにいたときは、毎日が充実していた。蓮実は、溜め息をついた。

最後は儚《はかな》く燃え尽きてしまったが、クレイ・チェンバースは、数少ない友達といってもいい存在だったかもしれない。

二人で射撃場に通って、ライフルとハンドガンの扱いに習熟したのも、懐かしい思い出である。そのときに痛感したのは、銃器とは、徹頭徹尾、襲撃者側に有利な武器であり、自衛のために必要だというアメリカ人の倒錯した論理は、噴飯ものだということだった。本当に自衛に役立つとすれば、宇宙から侵略者がやって来たときくらいだろう。

蚊が出てきたので、蓮実は、家の中に戻った。

空腹を覚える。スパゲッティを茹でて、ミートソースの缶詰を開け、夕食の準備をした。今日は根を詰めて仕事をしたので、ワインも一本くらいはいいだろう。

……成り行きとはいえ、あの国から閉め出されてしまったのは、かえすがえすも痛恨の極みだった。

絶妙なアルデンテのスパゲッティを食べながら、蓮実は思った。

感傷旅行に行けなくなってしまったからではない。国際金融界以外でも、ＭＢＡという資格や英語力を活かして仕事をしようとするときに、アメリカに入国できないというのは致命的なハンディキャップになる。しかも、自分がテロリスト・リストに載っている理由は、誰にも説明できないのだ。

今年の修学旅行も、去年、本当はLAに決まりそうだったと高塚教諭に聞いたときは、あらためて幸運に感謝したものである。釣井教諭が、何らかの思惑で強引に京都に変えたらしいが、もしLAになっていたら、困った立場に追い込まれていただろう。このときとばかり英語力の発揮を期待されたはずだが、何と言われようと欠席するよりないからだ。

あのときは、実際、それで思い悩んだものだった。


モルゲンシュテルンを辞めて帰国したとき、蓮実は、人生で初めてと言っていい挫折に意気消沈していた。

アメリカに入国できないというだけのことで、驚いたことに今後の人生における大半の選択肢が消去されてしまう。国内のメガバンクや証券会社、輸出企業などは軒並みアウトだった。百パーセント国内向け《ドメスティック》の企業もないことはないだろうが、そんな地味な職場で一生を送る気にはなれない。一時は裏社会で生きていくしかないかとも思ったが、たぶん、そこですら国際化の尖兵の役割を求められるだろう。それに、自分の経歴は、少なくとも表面上は傷ついていないことを考えると、もったいない気がする。

一年ほど、あてもなくぶらぶらしていたが、そんなとき声をかけてくれたのは、一歳年下の従妹、松崎《まつざき》みのりだった。

中学二年で松崎家に引き取られてからは、仲の良い兄妹のような存在だったみのりは、教育大を卒業した後、東京都で英語の教師をしていた。ハーバードに留学してＭＢＡまで取得した蓮実は、みのりにとっては自慢のお兄ちゃんだった。蓮実が、人間性を無視したビジネスの世界に馴染めず傷心の帰国をした（というストーリーにしてあった）ときは、彼女も心を痛めたようだった。

おりもおり、みのりの学校で臨時に英語の講師が必要になって、アルバイトのつもりで教壇に立ってくれないかと頼まれたのだった。教員免許がなくても、特別非常勤講師として教育委員会の許可を受けさえすれば授業を行うことができるらしく、実践の場で培った生きた英語を教えて、生徒たちに刺激を与えてほしいということだった。

蓮実は、さして気乗りはしなかったが、引き受けた。そして、最初の一コマで、それが天職であることに気がついた。

プレゼン能力に長《た》け、マインド・コントロールの達人でもある蓮実にとって、クラスを意のままに操ることは造作もなく、快感でもあった。生徒たちを心服させるには、二つの要素で事足りる。楽しいことと、かっこいいことである。どちらも、蓮実には、はなから十二分に備わっている属性だった。

蓮実は、たちまち学校中の人気者になった。生徒たちを虜《とりこ》にすることで短期間に成果を上げた授業は、教育委員会でも評判だったらしい。いかに学力を向上させるか悩んでいた当時の教育長は、わざわざ蓮実に面談を求めたほどである。そして、蓮実の歯切れのいい話しぶりと人柄に、すっかり魅了されてしまったようだった。

そのときには、蓮実も、教育の世界に身を投じる決心ができていた。

ここには、ライバルはいない。それが、周囲の教員たちを見回したときの感想だった。

彼らは、誰一人として、本物の競争に晒されたこともなければ、本当に恐ろしい相手と向き合った経験もなかった。学校とは、よどんだ池のようなものだ。ザリガニやナマズが威勢をふるい、せいぜい、何かの間違いで棲みついたワニガメやブラックバスがいる程度の場所なのだ。怪物鮫《メガロドン》との戦いで傷つき、しばし海から撤退して身体を癒そうとしているオオメジロザメにとっては、周囲がすべて餌ばかりという理想的な隠れ場所である。

もちろん、教師の薄給に甘んじるつもりはなかった。自分の王国を作り上げさえすれば、金はいくらでも湧いてくる。それに、毎年年頃の女子を集めてくれる高校なら、思う存分性的な欲望を満たすこともできるだろう。

そして、蓮実は特別免許状を取得し、三顧の礼をもって、都立＊＊高校に迎えられたのだった。

気がつくと、ワインを一本空けてしまっていた。今日は、珍しく感傷的になっているのかもしれないと思う。こうやって昔のことをしみじみ思い出すのは、久々のことだった。

まだ飲み足りないので、ウィスキーの水割りを作って、つまみなしでちびちびとやる。アルコールは好きだが、体質なのか、いくら呑んでも微酔以上の状態にはならなかった。

蓮実は、柄にもなく、一期一会という言葉を噛みしめていた。人と出会い、同じ時間と経験を共有し、最後は、自ら、その生命の火を吹き消してやる。それこそが、有限の生を生きる人と人との、最も濃密な関わり方ではないだろうか。

「水落《みずおち》先生」

廊下で後ろ姿を見かけて、蓮実は、声をかけた。夏休み中の登校日で、生徒たちはもう帰った後である。まさか、今日会えるとは思っていなかった。

「こんにちは」

白衣を着た水落聡子《さとこ》は、振り返って笑顔を見せたが、どこか雰囲気が固かった。

「今日は、どうされたんですか?」

「カウンセリングですよ。新学期になる前に、登校日に何度か分けてやることになってたじゃないですか?」

「ああ、そうでしたね」

蓮実は、うなずいた。釣井教諭の首吊り事件に伴って、悪戯に荷担していた生徒たちの心のケアのため、一通り面接をして、必要な生徒に対してはカウンセリングを続ける手筈になっていたのだ。

「それで、要注意な生徒はいましたか?」

「……だいじょうぶだと思います。みんな、それほどは気にしてないみたいで。あんまり罪の意識が希薄なのも、どうかと思いますけど」

聡子は、複雑な表情になった。

「まあ、あの釣井先生が、生徒が何かちょっかいを出したくらいのことで、死を選ぶとは思えませんからね」

「それは、そうですけど。でも、わたしは、生徒たちには、人の死ということに対して、もっと厳粛な気持ちを抱いてほしいんです。……事件がトラウマにならないようにカウンセリングしているのとは、矛盾するかもしれませんけど」

「いや、その通りだと思いますよ」

蓮実は、何気なく聡子に一歩近づいた。上目遣いになった彼女の顔に、かすかな怯えのようなものが走ったように見えたのは、気のせいだろうか。

「今の子は、感情のレベルが浅いような気がしますね。しかも、現実感というか、生きている実感があやふやで、身の回りで悲劇が起こっても、それを自分自身と結びつけて考えることができない。一昔前と比べると、あきらかに共感する能力が弱くなっているんじゃないでしょうか？」

聡子は、うなずいた。自分の方が心理学のプロなのだが、蓮実に対したときは無意識に圧倒されて、教えを請うような態度になってしまっている。

「それより、清田梨奈のことでは、お世話になりました。もう、すっかり立ち直ったみたいですね」

聡子は、これにもまた、眉をひそめた。

「わたしは、たいしたことはしてません。ただ、彼女自身が、お父さんに対する気持ちの整理がついたみたいですから」

「もともと、あまりいい親子関係じゃなかったようですね」

「そうですね。わたしとしては、お父さんの死を悼むことで辛い思いを乗り越えていってほしいと思ってたんですが、梨奈さんは、どちらかというと、今はまだ解放されたという気持ちの方が強いようです」

一生懸命に話す聡子の顔は、健気でいじらしかった。このまま保健室にでも連れ込んでレイプしたら、さぞ楽しいだろう。

「あの……蓮実先生？」

聡子が、おずおずと問いかける。どうも、彼女の顔を穴があくほど見つめていたようだ。

「いや、失礼しました」

蓮実は、深い溜め息をついて見せた。

「このところ、何だか気持ちが落ち込むんですよ」

「そうなんですか？……あんまり頑張りすぎるのは、良くないですよ」

聡子は、心配そうな表情になった。

「たいして頑張ってるわけじゃありませんよ。次々に問題は起こるんですが、私にできることはあまりにも少ないし」

「そんなことありませんよ。蓮実先生のおかげで、この学校は何とかなってるんだと思います。あんまり大きな声では言えませんけど」

蓮実は、無数の表情のストックの中から、『寂しげな笑顔』を選んで見せた。

「そんなことはありませんよ。私は、ただ、自分の持ち場で悪戦苦闘してるだけで」

「蓮実先生は、責任感が強すぎるんだと思います。ときには弱音を吐いたり、愚痴を言ったりすることも、必要ですよ」

「そうですね。でも、なかなか愚痴を聞いてくれるような人はいないんですよ。独り身ですし、付き合ってる人もいませんからね」

少しあざとすぎるかもしれないが、フリーであることをアピールしておく。

「……もし、わたしでよければ、いつでも、お話をお聞きしますけど」

聡子は、自然な流れで、そう口にした。誘導されて、そう言わされたことは、自覚していないようだ。

「本当ですか?」

申し出を引っ込められないように、蓮実は、大げさに喜んで見せた。

「そう言ってもらえるだけで、少し気分が軽くなったような気がします」

さらに一歩、聡子の方に近づく。また、怯えの影のようなものがほの見えた。それは、必ずしも悪いサインではなかった。女性の場合は、恐怖と愛は両立する。ストックホルム症候群のように、むしろ補強し合うことも多い。

「どうかしたんですか?」

邪気のない顔で問いかけながら、じわじわと聡子を追い詰めていく。

「いえ……その」

聡子は、自然に防御姿勢になり、自分の身体を抱きしめるように両手をクロスしていた。

「水落先生が今言ってくれたことは、本当に嬉しかったです。優しい言葉に飢えていたのかもしれません。このところ、何だか非難されたり、拒絶されたりするようなことばかりだったんで、ほとほと疲れました」

先手を打って、拒絶の言葉をブロックしておくと、蓮実は、また少し近づいた。異性の同僚との間には、通常、1・2メートル以上のパーソナル・スペースを取るものだが、蓮実は、無頓着を装ってそれを踏み越えた。二人の間は、もはや45センチほどしかない。これは、家族か恋人にしか許されないはずの距離だった。聡子が後退しようにも、後ろはもう壁である。

「あの……ちょっと」

さすがに聡子もたしなめようとしたが、続きは言わせない。

「いつがいいでしょうか?」

「え?」

「話を聞いてほしいんです。お言葉に甘えるようですが、もう限界なんですよ」

「それは……でも」

聡子は、蓮実を押し返すように両の掌を向けた。

今がチャンスだ。一気に唇を奪ってやろう。怒るだろうが、その後は、向こうが当惑するくらい謝ればいい。

蓮実が襲いかかろうとしたとき、かちゃりと音がした。

蓮実は、何気ない動作で後退して、そちらに視線を向ける。保健室のドアが開いており、田浦潤子が、こちらを見ていた。なぜ潤子まで来てるんだと腹を立てたが、考えてみると、登校する生徒がいれば、中には怪我をしたり体調を崩す子も出てくる。養護教諭は、ずっと休みっぱなしというわけにはいかないのだ。

「では、カウンセリングの日程については、後ほどご連絡しますから」

蓮実は、にこやかに言った。聡子は、「わかりました」とつぶやくと、蓮実から逃れるように去っていった。

「蓮実先生。いくら夏休みだからって、学校の廊下で女性を口説くのは、どうかと思うんですけど？」

聡子の姿が見えなくなると、田浦教諭が、皮肉な口調で言う。

「別に、そんなんじゃないよ」

蓮実は、照れ隠しに笑った。どんな嘘の名手でも、こういう状況で女性の目をごまかすのは不可能に近い。

「前に言ったでしょう？　あんな純真な子をひどい目に遭わせたら、承知しないって」

「ひどいな。いったい誰が、ひどい目に遭わせるんだよ？」

女の悦びを教えてやるのは、むしろ、善意のボランティアのようなものだ。

「田浦先生こそ、特定の男子生徒を可愛がりすぎなんじゃないのか？」

蓮実は、大股に歩み寄って、田浦教諭を保健室の中に押し戻し、ドアを閉めた。

「だって、最近、ちっとも可愛がってくれないんだもん」

田浦教諭は、甘えた声で言うと、自分から唇を押しつけてきた。これは、最後まで行かないと収まらないだろう。性衝動が抑えようもなく高まっていたから、渡りに船である。蓮実は、ドアに鍵をかけると、田浦教諭を抱き上げてベッドに運んだ。

「ねえ、一つ訊いてもいい？」

田浦教諭は、艶然と身体の力を抜いて、ベッドに横たわりながら言う。

「いいよ。何？」

「圭介に何かした？」

一瞬だけ、動きが止まりかけたが、蓮実は、「いや、何も」と言いながら、覆い被さっていった。

「本当？　だって、あれ以来、全然連絡が取れないんだけど」

蓮実は、気勢をそがれて、ベッドの端に腰をかけて、頭を掻いた。

「あの晩は、本当に何もなかったよ。早水は、何かを調べてるみたいだったけど、面倒くさいから声はかけなかった。……そういえば、他にも校内をうろついてるやつがいたな」

「えっ、誰？」

「一人は、柴原だった。もう一人は、女生徒みたいだったけど」

「どうして、それを見過ごすのよ？　助けてあげないと」

田浦教諭は、むっとしたように言う。

「教師と生徒とはいえ、自由恋愛には口出ししない主義なんだ」

「ありえないでしょう？　どう考えたって、あいつが脅迫まがいの淫行を……」

蓮実は、田浦教諭の唇を塞いで、黙らせた。それからしばらくは、濃厚で淫靡《いんび》なキスが続く。

この味わいは、捨てがたかった。聡子は、まだ白紙の状態だし、美彌もこの域には達していない。素質は充分だが、絶対的な経験が不足している。

それから、残念ながら、美彌にはもう、経験を積むだけの時間が残されていないことを思い出した。

第九章

PM6:25

「はい、それではここで、柏原亜里《かしわばらあり》さんに聞いてみましょう。今、どんな感じですか？　すっかり暗くなってしまいましたが、作業は捗《はかど》ってるんでしょうか？」

白地に赤いラグラン袖のTシャツを着た学年一の美少女は、ハンディカムのレンズを向けられて、一瞬、またかとうんざりした表情を見せたが、この映像が後々までずっと残るんだと思い直したのだろう、少し首をかしげ、セミロングの髪を掻き上げると、色白の頬に深い笑窪《えくぼ》を刻むとっておきの微笑を作った。

「そうですねー。全体に、予定より遅れ気味なんですけど……。でも、四組の歴史に残るような、すごいお化け屋敷を作れるよう頑張ります」

「はーい、どうもありがとうございましたー」

白の無地Tシャツに緑色のアロハをだらしなく羽織った中村尚志《なかむらひさし》は、嬉しそうに締めくくる。

後で亜里の映っている部分だけを編集して、自分用のDVDを作るつもりかもしれない。体育の水色のジャージーを着た怜花は、小道具に使うマネキンの首に血糊のメイクを施しながら考えていた。一年生のときから、尚志はそれを商売にしていたようだから、今回も、ダビングして男子たちに売りさばくつもりに違いない。体育祭や修学旅行など、イベントがあるごとに亜里の映像を撮り溜めていたから、ちょっとしたアイドルのイメージDVDっぽいものができるかもしれない。尚志は、これまでは黒子に徹して撮影に専念していたが、文化祭篇はクライマックスにする意気込みらしく、幾度となく短いインタビューも交えていた。

「ちょっとー。あんたも仕事しなさいよ!」

やはりジャージーを着た林美穂《はやしみほ》が、尚志に向かって文句を言う。天井から吊すためのビニールを細かく切るという単調な仕事に、飽き飽きしているらしい。

「みんな頑張って作業してるのに、なんであんただけ、そうやって遊んでるわけ?」

「遊んでねえって。今、メイキング映像の撮影《シューティング》中なんだから」

尚志は、薄笑いでごまかそうとしたが、クラスの女子全員から冷たい視線を浴びていることに気づいたようだった。

「だけど、亜里ばっかり撮ってるのって、ちょっとおかしいんじゃないの?」

Tシャツにジャージーパンツで窓に暗幕を張っていた阿部美咲《あべみさき》が、振り返って低い声で言う。

大柄な美咲は、蓮実教諭の親衛隊《SS》の中でもリーダー格であり、女子では安原美彌に次ぐ迫力の持ち主だけに、尚志はたじろいだ。同じようないでたちの親衛隊《SS》のメンバー、佐藤《さとう》真優《まゆ》と三田《みた》彩音《あやね》が、たちまち美咲に同調する。

「そうだよ。メイキングとか言って、結局、あんたの趣味でやってるだけでしょう？」

「何か、むかつくー。この人一人だけ、勝手なことやってるんですけど」

尚志は、助けを求めるようにまわりを見回したが、孤立無援であることを確認するだけに終わった。

「いやさあ、こういうのって、後になれば貴重な思い出になるんだよ？　二度と戻らない青春の日々のさ。それに、柏原さんだけじゃなくて、だいたい、みんな均等に撮ってるし」

「何、堂々と嘘ついてんのよ？」

親衛隊の応援に意を強くしたらしく、美穂が、再び尚志に噛みついた。

「どこが均等よ？　見てたら、半分は亜里でしょう？　その他も、狙ってるのは、舞《まい》とか、まどかとか、楓子とか、怜花とかばっかじゃない！」

自分も、そのメンバーに入れられているのかと思い、怜花は驚いた。光栄ではあるが、引き合いに出されるのは迷惑だった。だいいち、尚志のインタビューなど一度も受けていないが、美穂がそう言うのであれば、半ば隠し撮りされていたのかもしれない。

「男子も、なんで文句言わないの？　四組の文化祭のメイキングなのに、全然無視されてるんですけど？」

美穂の矛先は、今度は、クラスの他の男子たちに向かった。

「あー。俺たちは、別にいいわ」

「映されるのって、あんまし好きじゃねえし」

紺に白いラインの入ったジャージーを着ている山口卓馬《やまぐちたくま》と松本弘《まつもとひろし》が、異口同音に言う。こいつら、ＤＶＤの顧客だなと、怜花は思う。

「まあさ……いいから、とっとと作業進めようぜ。このペースじゃ、今晩中に終わんないもんな」

机に乗って教室の天井にロープを張っていた渡会健吾《わたらいけんご》が、なぜか事態を収拾しようとする。小洒落た紫色のＴシャツにグレイのスラックスという格好だった。表情を見て、ここにも尚志の客がいたと確信する。あんたは亜里が好きだったんじゃないのと、怜花は呆れた。告白しても玉砕するだけだと諦めて、せめて映像を所有しようと割り切ったのだろうか。

「だったらさあ、なんで中村は手伝わなくていいわけ？」

美穂は、健吾にも喰い下がる。

「中村。ほら、林さんも撮ってやれよ」

健吾は、細い目に策士じみた光を湛《たた》えて尚志に指示する。

「おう。じゃあ、次は林美穂さんに聞きます。やっぱり、こういう地道な作業が文化祭を成功に導くんですよね？」

いきなり正面から映されて、美穂は、気勢をそがれたようだった。

「ええと……まあ、そうかも。裏方の仕事って、どこでも大事だし」

しかたなく、強張った笑みを浮かべる。映されただけで舞い上がるほど能天気ではないだろうが、さすがに、クラスの思い出に仏頂面の映像を残されるのは嫌だったらしい。

ビデオカメラには、どんなに小うるさい女子も骨抜きにしてしまう魔力があるようだ。即座にそれを見抜いた健吾には、感心するしかない。

それにしても、面倒なことになってしまったものだと思う。教室の窓（廊下側も）は、段ボールでぴったりと塞ぎ、上から暗幕を張って完全な暗室にするだけではなく、天井に張り渡したロープからも幕を垂らして、複雑な迷路を作らなければならない。足下も不気味な感触にするために、マットの上に段ボールを敷き詰める。視界ゼロの入場者を導くためのロープも必要だった。そこまで準備した上で、ようやく怖がらせるための小道具を仕掛けられるのである。

とはいえ、こうなったのは誰のせいでもない。文化祭での四組の演《だ》し物にお化け屋敷を提案したのは、怜花だったのだから。

クラスで案をつのっているときに、たまたま当てられて、定番中の定番として言ったにすぎなかったが、自分なりに一応のイメージはあった。

ふつうのお化け屋敷の中途半端な暗さでは、大がかりな仕掛けなしに入場者を怖がらせるのは難しい。しかし、修学旅行のとき、清水寺の随求堂《ずいぐどう》でやっていた『胎内めぐり』は、ひと味違っていた。

中は、完璧な暗闇で、ロープの代わりに張られた数珠《じゅず》だけを頼りに階段を下りていくのだが、完全に視界を奪われたとき、心の深奥にある恐怖を刺激された気がした。あれと同じように完全に光を遮断しておき、音や触感など視覚以外の要素でじわじわと攻めれば、洒落にならないくらい怖いお化け屋敷ができるはずだと思ったのだ。

『胎内めぐり』の暗闇の中で、どれほど不安に駆られたかは、今も鮮明に覚えている。

あのとき、自分は、前を歩いていた圭介の背中を摑んで、ようやく気持ちを落ち着けることができた。

……圭介は、今頃、どうしているのだろうか。

いつのまにか、物思いに耽《ふけ》っていたらしい。怜花は、雄一郎に肩を叩かれて、ようやく我に返る。

「どうしたの？」

黄色いTシャツを着て、ジャージーの上着を腰に巻き付けた雄一郎は、懸念するような表情を浮かべていた。

「ううん、何でもない」

怜花は首を振ったが、何を考えていたのかは、雄一郎には丸わかりだったらしい。

「夏休みが終わったら、圭介は、何ごともなかったみたいな顔で登校してくるよ」

「うん……きっと、そうだよね」

怜花は、うなずく。一時は、圭介の身に何かがあったに違いないと思い込んでいたが、日がたつにつれ、すべては自分の妄想ではないかという気がしてきた。圭介からのメールに不自然な点があったことや、保健室のベッドの下にお守りが落ちていたという事実は、どれも不吉な印象を与えるが、決定的な証拠ではない。事情を説明したときの下鶴刑事の反応は、まっとうなものだったのかもしれない。補習に出て来ないのはいつものことだし、圭介がずっと行方不明だったら、いくら何でも、家族はもう少し心配するだろうし。

『モリタート』に出てくるジェニー・タウラーという名前に反応して、田浦教諭が蓮実教諭の手先だと疑ったり、やっぱり、どうかしていたのかもしれないと思う。

怜花は、メイクを施したマネキンの首を眺めて、顔をしかめた。一番最後に、闇の中に浮かび上がる重要なアイテムである。頭から血が垂れている様子を表現してみたのだが、赤い縞のフェイス・ペイントをしたサッカーのサポーターみたいで、全然怖くない。

「前島くん。美術部でしょう？　ちょっと手伝ってくれる？」

青いTシャツにバミューダ・パンツ姿の前島雅彦は、マネキンの首を見るなり噴き出した。

「これじゃ、だめだよ。もっと本物っぽくやらないと」

「お願い。わたし、美術……っていうより、ホラーっぽいセンスはゼロみたいで」

マネキンの首を雅彦に押しつけて、怜花は、天井に張ったロープから幕を垂らす作業を手伝うことにした。

「このアンプとかスピーカー、どうすんだ？」

ジャージーの二人、伊佐田直樹《いさだなおき》と有馬透《ありまとおる》が、お手上げというふうに声を上げる。暗闇の中を歩かされて神経過敏になっている入場者に、思いっきり歪《ひず》ませた電子音を浴びせて、飛び上がらせるための音響装置だった。

「それ、泉《いずみ》が持ってきたやつだろ？　泉に訊けよ」と、健吾。

「泉がいねえから、困ってるんだよ」

直樹は、頭を掻いた。

「あいつら、ここ放り出して、勝手に練習に行っちゃったからな」

ギターの泉哲也《てつや》と、キーボードの芹沢理沙子《せりざわりさこ》、それに、ベースを弾く二組の松井翼《まついつばさ》という生徒は、文化祭で演奏する曲の練習のために、北校舎の音楽室へ行ったらしい。

怜花は、ふと、ドラムスは誰がやるんだろうと思った。

「おーい、中村。電器屋の息子。これ、セッティングするのって、どうやるんだ？」

尚志は、ちらりとこちらを見ただけで、すぐにハンディカムの液晶画面に目を落とした。

「それ、俺、わかんねえよ」

「何でだよ？」

「ギターアンプだろう？　オーディオアンプならともかく、そんなの触ったことないし」

「マジかよ……」

直樹たちが溜め息をついていると、雄一郎が救援に乗り出した。

「別に、接続するだけだったら、ふつうのアンプと同じだろう？　とりあえず、一度繋《つな》いでみようぜ」

直樹と透が、スピーカーを教壇の両脇に設置し、雄一郎が、ギターをアンプに接続した。それから、無造作にアンプのプラグをコンセントに差し込もうとする。

「あ、馬鹿！　やめろ！」

横目で見ていた尚志が、飛んでくる。

「それ、管球《たま》のアンプだろう？　スピーカーを接続する前に電源を入れるなよ！　一発でぶっ壊れるぞ」

「わかるか、そんなこと。先に言えよ」

雄一郎は、珍しくむっとする。

「オーディオだって、ふつう、アンプだけ電源入れたりなんかしねえだろ？　壊れなかったとしても、あとでスピーカーケーブル繋ぐとき、感電するぞ」

「中村ー。やっぱさあ、おまえが一番詳しいってことじゃん」

「だったら、最初から、おまえがやれって」

三人に責め立てられたあげく、尚志は、泣く泣くメイキング映像の撮影をあきらめて、音響装置の設置を担当することになった。代わって、お調子者の透が、お化け屋敷の設営風景を撮影する。

「みんな、頑張ってるな」

蓮実教諭が、にこにこしながら現れた。赤いポロシャツにチノパンというラフな格好で、手には、出席簿と人数を確認するためのポケットカウンターを持っている。

「ハスミン。これ、終わんないよー」

「勘弁してよ、まったく」

「もう、疲れて死にそう」

親衛隊やＥＳＳの子たちだけでなく、クラスの生徒の大半は蓮実教諭に笑顔を向けたが、怜花と雄一郎だけは、目をそらした。

「まあまあ、まだ一応予備日もあるから、どうしても残った作業は、その日にやろう」

蓮実教諭は、両手を挙げて生徒たちを宥《なだ》めた。

怜花は、ふと違和感を感じた。いつもなら真っ先に蓮実教諭にまとわりつく安原美彌が、今日は、後ろの方でおとなしくしている。熱が冷めたのだろうかと思ったとき、美彌が、意味ありげな視線を送り、それに対して、蓮実教諭が、目立たないようにうなずいたのに気がついた。

「一応、出欠を確認しとこうか」と、蓮実は出席簿を開きかける。

「四組全員来てます」

クラス委員の小野寺楓子が、代表して答える。同じジャージー姿でも、楓子だときちんと見えるのはなぜだろう。

「全員？　今年はすごいな。あと、これから家に帰らなきゃならないやつはいないな？　もう終バスは出たから、駅まで歩いて帰るしかないぞ。二、三人なら送ってってやるけど」

「だいじょうぶ」

「みんな、燃えてるから」

「じゃあ、全員、泊まりだな。……教頭先生から、弁当とお菓子の差し入れがあります。作業が一段落したら、みんなで食べよう」

拍手と歓声がわいた。晨光町田高校では、九月一日に行われる文化祭の準備のために、例年、夏休み中の一日だけ学校に泊まって騒ぐことが許されているのだ。

体育館に併設された合宿所にはかなりの数の寝袋が常備されているものの、一学年全員が泊まるにはスペースが足りないため、できるだけクラスがダブらないように実施するのが通例となっている。

この晩、泊まる予定になっていたのは、二年四組だけだった。

PM6：44

「OK。じゃあ、イントロから、もう一回行ってみよう」

北校舎の音楽室で、細身の身体を黒いTシャツで包んだ泉哲也は、アーニー・ボールの7弦ギターを調整しながら言った。

「いいけど……」

本番と同じ真珠のような光沢のあるチュニックを着て、シンセサイザーを演奏していた芹沢理沙子が、溜め息をついた。

「何だ？」

「やっぱり、ドラムがいないとつまんない。ドリーム・シアターの曲をリズムボックスでごまかして演《や》るなんて、最低だよ」

ドリーム・シアターは、超絶技巧が売り物のプログレ・メタル・バンドで、ドラムスのマイク・ポートノイが叩き出す正確無比な変拍子は聴きどころの一つだった。泉らが結成しているのは、主にドリーム・シアターをコピーしている、ドレッド・シアターというバンドである。

「うーん。そうだよなー。俺も、そう思うよ」

冷房が効いているのに、鍛えた上半身を見せるためタンクトップ一枚でベースを弾いている二組の松井翼も、理沙子に同調する。

「だけど、蓼沼《タデ》の代わりができるやつは、いねえだろうしなあ」

哲也は、額に垂れかかった前髪を払いながら、にやりと笑った。

「まあ、黙って待ってろって……。とりあえず、〝The Best Of Times〟、頭から」

PM7:01

「うわー。何、これ?」

怜花は、こわごわと前島雅彦からマネキンの首を受け取った。頭から血糊をぶっかけたらしく赤黒く染まっている。一見芸がないようだが、その下には瘡蓋《かさぶた》みたいな凹凸がある物体を貼ったり、血と埃が混じったような黒い汚れを施したりしてあり、さらに地肌には油のようなものを塗って照りを出してあるため、大惨事の犠牲者の生首のようなリアルな迫力がある。

「こんなんで、いいかな? 暗闇の中を歩いてて、いきなり照らし出されたら、けっこうインパクトあると思うんだ」

雅彦は、はにかみながら話す。本人は可愛らしいのに、このえぐさは洒落にならない。お化け屋敷で心臓麻痺を起こす人がいたら、責任を問われないだろうかと心配になる。

「はい。こちらは、特殊メイク班です。世にも恐ろしい生首を制作した、片桐怜花さんと、前島雅彦君に、お話を伺いましょう」

ようやくハンディカムを取り戻した中村尚志が、インタビューにやって来た。

「げっ。これは、また……やり過ぎっていうか」

「ええと、わたしが作ったんじゃありません。これは、全部、前島くんの仕業ですから」

怜花は、自分のイメージがホラー大好き少女になるのを恐れて、早口に弁解する。

「まあ、応急だと、こんなもんですよね。血糊も、もうちょっと片栗粉を混ぜるとかして、あと、電動カッターとグラインダーがあれば、顔を切り刻んで、もっとずっと怖くできるんですけど」

雅彦は、好評であることを微塵も疑っていないらしく、にこやかに謙遜する。

「いやいやー。もう、充分っすよ」

尚志の笑みは引き攣《つ》っており、内心、どん引きなのがわかる。

「わっ。ひどい。ちょっと、これ、あと落ちるの？」

実家の美容院からマネキンの首を提供した塚原悠希《つかはらゆうき》が、目を剝いて口を押さえた。

「落ちる？」

雅彦は、ぽかんとしていた。

「ちゃんと元通りになるのかって」

悠希は、肥満しているためか額に汗を滲ませ、恨めしそうな上目遣いで雅彦を見る。

「それは……原状回復が必要とか、聞いてなかったから」

「絵の具は水性だから、たぶん落ちると思う」

怜花は、あわてて発言を引き取った。水性でも、いったん乾いてしまったら落ちないだろうなと思いながら。まあ、上から肌色を塗り直せばいいかもしれない。

「たぶんじゃ、困るんだけど……」

悠希は、大きな身体から絞り出すように、深い溜め息をついた。

「おーい。飯にすんべ」

蓮実教諭と数人の男子が、弁当とお茶を運んできた。

仕出し屋から取ったような、けっこうちゃんとした弁当だった。本当に教頭のおごりだとしたら、太っ腹なことである。

教室の中は足の踏み場もないため、みな、思い思いの場所で弁当を食べることになる。廊下では、蓮実教諭を中心に十数人が車座になっていた。怜花は、雄一郎ら数人と、隣の三組の机を借りることにした。

「あれ、もう食べないの?」

吉田《よしだ》桃子《ももこ》が弁当の蓋を閉じたのを見て、怜花は訊く。おかずは半分以上、飯に至っては七、八割方残っている。

「どうしたの? 体調でも悪い?」

怜花が訊ねても、ただ首を振るだけで、桃子は三組の教室を出て行った。そういえば、桃子の顔色はずっとすぐれなかったような気がする。ちょっと内気なところがある子で、そのせいか、怜花とは比較的話しやすい間柄なのだが。

「吉田さん、どうしたんだろう？」

怜花は意見を求めたが、雄一郎は、あまり関心がないような顔つきだった。

「さあ……。あの日とか？」

「最っ低」

怜花は、雄一郎を睨む。

「本当に、男子って！」

「何だよ」

「ねえねえ！　今晩宿直してるの、誰か知ってる？」

永井《ながい》あゆみが、縮毛矯正でさらさらした髪をなびかせながら、教室に飛び込んでくる。噂やゴシップが大好物で、都市伝説のような話まで本当だと言い張るのが困ったところだが、正確な情報をいち早く仕入れていることも多いので、ついつい耳を傾けてしまう。

「宿直？　は、くだらねえ。そんなの別に、誰でもいいじゃん」

鈴木章《すずきあきら》が飯をほおばりながら言う。空気というものをまったく読まず、無神経な発言をすることが多々あって、クラスの中では浮いた存在だった。案の定、あゆみは、凄い目で章を睨んだ。

「で、誰だったの？」

怜花が、フォローするように訊ねる。

「それがさ、何と、羆殺《くま》しよ。さっき、一階で呼び止められて、こんな時間に何してるんだって……何にも悪いことしてないのに、びびったから思わず謝っちゃったわよ」

あゆみは、勢い込んで話し始める。羆殺しというのは、園田《そのだ》教諭の渾名の一つだった。

「蓮実先生、園田先生に話通してないのかな?」

黙々と弁当を食べながら参考書を読んでいた塩見《しおみ》大輔《だいすけ》が、ふいに顔を上げて発言する。五分刈り頭に黒縁眼鏡という絶滅危惧種のような風体で、雄一郎に言わせれば、「意識のある間は」ずっと勉強しているらしい。それでも、成績は渡会健吾や去来川舞には及ばないのだが、けっしてめげることなく努力し続けている姿は尊敬に値した。

それにしても、この部屋で弁当を食べている面々は、ある意味クラスのはぐれ者ばかりという気がする。

「羆殺し、急に宿直に代わったみたい……」

ジャージーのファスナーを首元まで上げた星田《ほしだ》亜衣《あい》が、ぽつりと言う。内気で引っ込み思案な少女で、クラスで自分から意見を言うことはめったになかった。

「急に代わった?　誰に聞いたの?　なんで?」

自分の聞いていない情報を亜衣が知っていたことにプライドを傷つけられたのだろう。あゆみは、尖った声を出した。

「夕方頃、羆殺しが学校に来て、下の公衆電話で話してるのが聞こえたから。夏休み中の宿直は、猫祟《ねこたた》りが一手に引き受けてたらしいんだけど、食中毒になったとか言ってた」

「食中毒？　いったい何を食べたわけ？」

「詳しくは知らないけど、拾った鳥かなんかだって」

ちょうど鶏の唐揚げを食べかけていた怜花は、ひどくむせた。

PM7：34

音楽室のドアが開いた。演奏に熱中していた三人は、思わず手を止める。一瞬の静寂が訪れた。入ってきたのは、髑髏《どくろ》の絵の描かれた黒いTシャツにデニムショーツを穿《は》き、キャップを目深に被った、いかつい感じの若者だった。

「蓼沼《タデ》！」

蓼沼将大《たでぬままさひろ》は、ポケットに手を入れて突っ立ったまま、軽くうなずいた。

「うす」

「どうしたの？　久しぶり！　元気だった？」

芹沢理沙子と松井翼が、歓声を上げて駆け寄る。

「遅かったな。もう、来ないかと思ったぜ」

泉哲也は、右手を差し出した。

「来づれえってんだよ。いくら夏休みだからって、この学校《ガッコ》に呼び出すな」

言葉とは裏腹に、哲也と握手する将大の表情は、久しぶりに見る学校に懐かしさを感じているようだった。

「今、どうしてるの？」

理沙子が訊ねる。

「一応、アホ高校へ編入してみたんだけどな。あんまりアホばっかなんで、意味ねえからやめたよ。今はプーだ」

将大は、自嘲気味に唇を歪める。あまり目立たないが、顔に新しい傷がいくつかできていることに、哲也は気がついた。

「それより、みんな、腕上げたんじゃねえか？　リフも、完璧決まってた」

「外に聞こえてた？」

理沙子の質問に、うなずく。

「いくら防音でも、あれだけの音量を出しゃあな。扉のすぐ外で、しばらく聴いてた」

「中で聴けばいいのに」

「そうかー。じゃあ、俺たち、ドリーム・シアターを超える日も近いかな」

翼が、嬉しそうに言う。

「まあ、けっこう迫ってるかもな。ドラムパートのしょぼさだけは、ひでえもんだけど」

「それだよ」

哲也は、蓼沼の肩を叩いた。さほど体格は大きくないものの、ボクサーのような良質の柔らかい筋肉が盛り上がっているのが感じられる。

「やっぱ、おまえがいないとな。そこでだ。今度の文化祭、一緒に演奏してくれ」

将大は、眉を寄せた。

「馬鹿言ってんじゃねえよ。俺は、ここ退学になったんだぞ」

「関係ねえっての」

哲也は、にやりと片頬で笑う。

「演奏が始まっちったら、こっちの勝ちだ。客が大勢入ってんのに、途中で止められるわけねえだろ」

「でもなあ……」

将大は、柄にもなく弱気になっているようだった。

「おまえらはともかく、他のやつらは、俺が乱入したって、しらけるだけだろうし」

「そんなことないって！　みんな、タデのドラム・リフ、絶対聴きたがってるよ」

理沙子が、力強く請け合う。

「ありえねえ。俺は、クラス全員からバッシングされてたんだぞ？」

「それなんだけどな。書き込みしてたのは、ごく一部のやつだけじゃないのか」

哲也が、額にかかった前髪を払って、腕組みをする。

「あのときのことは、どう考えても、おかしいんだよ」

「そうそう。あたしも、納得いかない」

「俺も……噂で聞いただけだけど、おかしいと思う」

「おまえらは、そう言うけどな」

将大は、鋭い目でじろりと哲也を見る。

「俺は、俺をやめさせろっていう手紙の束を、蓮実に見せられた。あれは、どう見たって、一クラス分丸々はあった」

「なんだ、そりゃ?」

哲也は、顔をしかめる。

「それこそ、ありえねえだろう。そんな話、俺は知らねえぞ」

「タデは、あのとき、そんなこと言ってたよね……。でも、あたしも知らないよ」

理沙子も、首を振る。

「まあ、おまえらも、仲間《ハ》はずれ《ブ》にされてたのかもな。バンドで俺とつるんでたの知ってたから」

「……だったら、確認してみよう」

哲也は、決然と言った。

「どうすんだ?」

「簡単だよ。今からみんなのとこ行って、訊いてみようぜ」

「うー」

将大は、唸った。

「いいから、行こう」

哲也は、強引に将大を引き摺《ず》っていこうとする。

「ちょっと待てって。ここへ来る途中で、下に園田がいて、もうちょっとで鉢合わせするところだった。見つかるとヤバい」

さすがの将大も、園田教諭だけは怖いらしい。

「園田？　宿直かな。……わかった、俺が先に行く。誰もいないのを確認して合図したら、後からおまえが来ればいい」

「頑張って」

理沙子が、声をかける。

「柚香《ゆずか》も、会いたがってるから」

将大の顔が、ほんのり赤くなったような気がした。

「……あのさあ、タデが見たのって、園田じゃなくて、柴原《しばはら》じゃなかったのか？」

さっきから首を捻っていた翼が言う。

「馬鹿。ジャージ着てたって、園田と柴原を見間違うわけねえだろ？」

将大は、口を尖らせる。

「あれ。俺は、柴原の後ろ姿を見たと思ったけどな。さっき、ジュース買い行ったとき」

「へ？　なんで、あの猿までいるんだ？……まあいい。おら、行くぞ」

哲也は、音楽室の防音扉を開け、誰もいないことを確認すると、将大の腕を引っ張って出て行った。

PM7：40

お化け屋敷は、着々と完成に近づいているようだった。

蓮実は、一人一人をねぎらいながら、見て回る。思ったより本格的で、良くできている。本心から、生徒たちを褒めてやりたいと思った。

残念なことに、今年の文化祭が中止になることは、ほぼ確実だが。

一学期に、あれだけ不祥事が続発したことで、もともと文化祭の開催は風前の灯火《ともしび》だったのだが、今晩、生徒が一人学校で自殺することで、完全にとどめを刺されることだろう。

「これ、どのくらい電気喰うんだ？　電源が落ちたりしねえのか？」

伊佐田直樹が、中村尚志に真剣に質問している。

「ふつう一系統20A《アン》だから、だいじょうぶだって……」

尚志の方は、女子の作業風景を撮るのに熱中していて、うるさそうに答える。

「アンって、何だ？」

「アンペアだよ、アンペア」

「でもさあ、隣のクラスで電気使ったら、合計でアウトってことはないのか？」

夏越雄一郎が、至極もっともな疑問を呈する。

「アンプなら、2A《アン》も見とけば充分だから、たぶん、だいじょうぶだろ」

「たぶんじゃ、困るんだけどな」

「絶対ってことは、絶対に言えませーん。隣だけで容量オーバーしたら、こっちが何もしなくても、ブレイカーは落ちまーす」

尚志は、液晶画面を見ながら、猫山教諭の口真似で答える。

「廊下の分電盤を見りゃわかるけど、たぶん四、五、六組で一系統になってるはずでーす。だから、あと二組が何やるか次第でーす」

「……五組と六組で何をするのかは、俺の方で確認しとくよ」

蓮実は、助け船を出した。

「万一、容量オーバーしそうだったら、よそから延長コードを引っ張ってくればいいんだろう?」

「すみません」

「そうでーす。お願いしまーす」

尚志は、撮影した映像から目を離さずに答える。

「ハスミン」

美彌が、前から手招きした。

「どうした、安原?」

蓮実は、周囲の不審を買わないように、自然な口調で応えて歩み寄る。

「こっちも見てよ」

それから、声を出さずに唇の形だけで伝える。

「早く、二人っきりになりたい」

「そうかー。安原も、珍しく真面目に頑張ってるじゃないか」

蓮実は、大きな声で言うと、美彌が仕掛けた鈴を見るふりをしながら、こっそり耳元で囁《ささや》く。

「あとで、屋上へ行こう。合図したら、二、三分待ってから付いてくるんだ」

美彌は、黙ってうなずいた。

蓮実は、美彌のそばを離れながら、あらためて、お化け屋敷を見回す。

一度も観客を入れずに撤去される運命にあるという点では、無駄の極みでしかないが、予定していたアリバイ工作のためには、願ってもない好都合な状況を提供してくれるかもしれない。

方法は、いたってシンプルだった。美彌を殺害した後で、迷路のようになったお化け屋敷のどこかで、彼女に話しかけるふりをするのである。

生徒たちは、それが信頼する教師の言葉であれば、簡単に暗示にかかるはずだ。そこに美彌がいるものだと思い込むだろう。自分自身も美彌の声を聴いたような錯覚に陥るかもしれない。それ以降、必ず誰か生徒のそばにいるようにすれば、アリバイは完成である。頃合いを見計らって美彌がいないことに注意を向けてやり、遺体を発見するときも一緒にいるようにすればいいのだ。

このやり方のミソは、騙す相手が一人だけではなく、一クラス全員だという点にある。大勢であれば騙されにくいだろうという先入観に反し、実際には、誰か一人が美彌の声を聴いたと言えば、自分も聴いたと思い込みやすくなる。お互いに錯覚を強化し合うのだ。

誰にでもできる方法ではないだろうが、蓮実は、自分の演技力には自信を持っていた。生徒たちを思いのままに誘導する術《すべ》にも。

自殺というお膳立ては、完璧に整えてある。その上、現場を密室にして、アリバイまで用意すれば、よもや疑われることはないだろう。

PM7：41

本館二階の一年生の教室で待っている間、蓼沼将大は、落ち着かなかった。

ちょっと前までは通っていた学校だが、今ではアウェイにいるという感じがひしひしとしてくる。まず誰も来ることはないだろうが、今晩学校にいるらしい三人の教師、園田、蓮実、柴原の誰かと出くわしたら、ひと悶着は避けられそうにない。

教室の引き戸を叩く音がして、びくりとする。

「俺だ。高橋と一緒だ」

哲也の声だった。

引き戸が開けられ、哲也と一緒に高橋柚香が入ってくる。

将大は、立ち上がった。

「蓼沼くん……」

Tシャツにジャージー姿の柚香は、蓼沼の前に立つ。顔も見えないほど暗い教室でも、特徴的な声とポニーテイルにしたシルエットで、まちがいなく柚香だとわかった。

鼓動が速くなる。

「今、泉くんから聞いたんだけど、あのときの話でしょう？　クラスみんなで、蓼沼くんを追放してくれなんて文章、書いたことないよ！」

将大は、しばらく無言だった。

「それ、間違いないのか？」

「うん」

「おまえだけ知らなかったってことはないか？」

柚香は、強く首を振った。

「それから、沙織《さおり》の掲示板に蓼沼くんを中傷するみたいなこと書いたのも、山口《やまぐち》くんじゃないから」

「本当か？」

「うん。あとで聞いたんだけど、山口くん、蓼沼くんに殴られたことより、信じてもらえなかったことの方がショックだったみたい」

「そうか」

たしかに、前からソリは合わなかったが、そんな卑怯なことをするやつではなかった。ひどく頭が混乱していたが、やがて、一つの真実が浮かび上がってくる。

……蓮実だ。あいつが、俺を嵌《は》めやがったんだ。

「蓼沼くん。わたし、蓼沼くんが文化祭でドラム叩いてくれたら、嬉しい」

ふいに、柚香が言う。まるで、告白だった。顔が熱くなった。たぶん、真っ赤になっていることだろう。このときばかりは、教室が暗くてよかったと思った。

「タデ。やろうぜ！」

哲也も、柚香の後ろから言う。

「まだ親には言ってないけど、俺は、本気でプロを目指してる。今度の文化祭で演《や》るのも、ただみんなに聴いてもらいたいってだけじゃないんだ」

「どういうことだ？」

「会場代もかからないし、タダで、大勢の人にアピールできるチャンスだろう？　実は、先輩の伝手《つて》で、音楽関係の人にも何人か聴きに来てくれるよう頼んであるんだ」

「マジかよ」

将大は、つぶやいていた。

高校を退学になって、将来への希望など、消え失せたと思っていた。ミュージシャンというのは、あまりにも現実離れした夢であり、本気で目指すガッツは湧いてこなかった。

しかし、こいつらと一緒にやるのなら、ひょっとしたら、実現できるのかもしれない。哲也のギターは、贔屓目《ひいきめ》なしに聴いても天才的だと思う。ドリーム・シアターのジョン・ペトルッチには及ばないにしても、日本のロック・シーンなら、すでに五本の指に入るのではないか。

「だったら、俺も……」

「よし、決まりだ！」

哲也は、将大のかすかなつぶやきも聞き逃さず、強引に手を取って握手する。

「男に二言はないな？　手始めは、文化祭だ。おまえを退学にしたやつらに、泡喰わせてやろうぜ」

「おし。やったろうじゃねえか！」

腹の底から力が湧いてくる。これほど胸がわくわくしているのは、退学させられて以来初めてのことだった。

PM7：43

蓮実は、屋上への扉に手をかけた。必要な道具は、ふだん教材を持ち運ぶための帆布《はんぷ》のバッグに入っている。

鉄製の扉を開くと、生ぬるい空気に包まれる。蓮実は、屋上に出ると、音がしないようそっと扉を閉めた。

新月なのか、雲によって覆い隠されているのか、月は見えなかった。

少し風が出てきているようだ。雲は厚く垂れ込めており、ひと雨来るのかもしれない。すぐに降り出されると、少々都合が悪い。しばらく保《も》ってくれればいいのだが。

屋上には夜間の照明がなく、校舎の横にある外灯の光で、かろうじて真っ暗にはなっていない。目が慣れるのに、しばらく時間がかかりそうだった。

蓮実は、帆布のバッグから手製のブラックジャックを取り出した。

釣井教諭を昏倒させたのとほぼ同じで、五重のポリエチレンのゴミ袋に校庭の砂を詰め、ガムテープを巻いて補強したものである。

蓮実は、ブラックジャックを持って、扉の真横の壁にぴったりと身を寄せた。

待っている間、不思議な感覚に襲われる。

前にも、これと同じようなことがあったのではないか。俺は、ちょうどこんな場所に立っていた。

もちろん、つい先日も、ここで早水圭介を待ち伏せしたばかりだ。短期間に同じ場所で犯行に及ぶというのは、初めての経験ではある。

だが、今感じているのは、それとはまったく別種の感情だ。

蓮実は、目を瞬いた。

ゆっくりと記憶が甦ってくる。そうだ、あの晩のことだった。

高校一年生の夏休み。夜中に憂実《ゆみ》を連れ出して、高校の中を見せてやったとき。

京都の夜は蒸し暑いが、夜風があったおかげで、何とか我慢できた。月は沈んでいて、空には薄墨を流したような雲がたなびいていた。

あのとき、憂実は、本気で殺してくれと言ったのだろうか。

そして、いったいなぜ、俺は憂実を殺せなかったのか。

そのとき、校舎の中から階段を上がってくる足音が聞こえた。蓮実は、瞬時に我に返り、ブラックジャックを肩の高さまで持ち上げる。

かすかな軋《きし》みを立てながら、鉄扉が開いた。

「ハスミン！　どこ？」

美彌が、数歩、屋上に踏み出した。

今だ。

蓮実は、美彌の後頭部にブラックジャックを振り下ろそうとした。

だが、できない。

蓮実は、驚愕した。まるで見えない手で押さえられているように、どうしても右手を動かすことができないのだ。

「ハスミーン？」

美彌は、左右を見回す。まずい。もうすぐ振り返る……。

その瞬間、ふっと呪縛が解けた。蓮実は、砂の詰まった袋で、愛人である少女の頭部を一撃する。

美彌の足から力が抜けると、その場に崩れ落ちた。コンクリートの床にぶつかる前に、すばやく抱き止める。よけいな傷があっては、自殺というシナリオに齟齬《そご》が生じてしまうからだ。

だが、腕の中で力を失っている少女を見て、しまったと思う。

少量だが、頭から血を流している。

ボクサーのパンチでカットするように、柔らかい物体による衝撃でも皮膚が割れることがある。焦りのために、ヒットする箇所がずれたのか。あるいは、力が入りすぎたのかもしれない。

フェンスにロープをかけて、釣井と同様、首を吊らせる予定だったのだが、これでは、当初のシナリオは使えなくなってしまった。頭に新しい傷があれば、検死を行う警察官か監察医は、必ずや不審を抱くだろう。

美彌を抱き上げると、蓮実は、片手を伸ばして鉄扉の鍵をかけた。

さて、どうするべきか。

美彌は、気を失っているだけだから、今から計画を中止にすることはできる。しかし、その場合、誰が彼女を殴ったのかについて、納得のいく説明が必要だろう。

「うう……」

美彌が、かすかに呻《うめ》いた。

「ハスミン……どうして?」

だめだ。美彌は、気がついている。

やはり、ここまで来たら、やるしかないようだ。さいわい、美彌は、完全に意識が戻ったわけではなく、身体を動かすこともできない状態だ。だとすると、今から二分以内に、犯行を完遂しなければならない。

蓮実は、校舎の屋上を見回した。

答えは、すぐに見つかった。

女子高生が自殺するのに不自然でない方法で、しかも頭部の外傷を疑われないためには、やり方は一つしかない。

蓮実は、美彌の身体を抱えたまま、屋上を横切って、中庭の側へ向かった。

正面玄関の方へ身投げさせれば、落ちる瞬間は見られないかもしれないが、地面に横たわっている死体は外灯に照らされて丸見えになる。とてもアリバイ工作をする時間は稼げないだろう。中庭の、それも植え込みの陰に落ちるようにすればいい。そうすれば、こちらの都合がいいときに発見させることができる。蓮実は、ふと今晩の宿直が園田教諭だったことを思い出して顔をしかめた。だが、冷静に考えれば、何一つ問題はないはずだ。空手馬鹿に、この計画《スキーム》が見抜けるはずがない。

……とにかく、今は思い煩《わずら》っている暇はない。

蓮実は、美彌を抱いたまま、高さ2メートルほどのフェンスによじ登ろうとしたが、さすがに無理であることがわかった。そこで、美彌の身体を肩に担ぎ、片手を自由にして金網を登る。それでも容易なことではなかったが、何とかフェンスの上に腰掛けることができた。

誰かに目撃されるリスクを考えてみた。学校の近くには民家はなく、この時間、こんな辺鄙《へんぴ》な場所の道路を通る車もほとんどない。しかも、正面玄関側ではなく中庭側だから、中庭か北校舎の窓からでなければ見えないはずだ。その場合も、明るい月夜の晩だったらともかく、これだけ暗ければ、真っ黒なシルエットしか見えないだろう。

蓮実は、美彌を肩に担いだまま、フェンスの外側に降り立つ。

美彌の身体を、そっと足から下ろして、脇の下から手を回して上体を支える。

あとは、このまま、ダイブさせるだけでいい。

そう思ったが、なぜか、身体が言うことを聞かなかった。

またか。いったい、どうしたというんだ。

美彌が、かすかな呻き声を上げた。

もう、時間がない。あと十秒もすれば、正気を取り戻し、大声を上げるかもしれない。やるなら、今だ。

蓮実は、固く強張《こわば》った両手をほぐそうと努力した。まず、右手が言うことを聞くようになった。今度は、右手を使って、しっかりと美彌を抱え込んでいる左手を外しにかかる。

実際には十秒に満たない時間だったろうが、永遠にも等しく感じられた。しかし、最後に、蓮実は、自分の身体の支配権を取り戻した。

美彌の身体は、蓮実の手を離れて、力なく崩れ落ちる。そのまま、コンクリートの張り出しを越えて、暗がりに落下していく。

下は土と芝生のはずだが、どすんという、思ったより大きな音が響いた。

蓮実は、フェンスを乗り越え、屋上に戻った。まだ、手足がぎくしゃくしているように感じられる。自分の身体が自分の意思に逆らったという事実は、かつてないような不安を感じさせた。

しかし、すばやく思考停止する。生き延びるために、今は、よけいなことを考えるべきではない。

蓮実は、帆布のバッグから、美彌のカバンを出した。中には捏造《ねつぞう》した遺書が入っている。ひたすら柴原に陵辱《りょうじょく》されたことを恨む内容で、この生き地獄から抜け出すために死を選ぶと記し、最後は、母親と蓮実に対する感謝で締め括られていた。

首吊りに使うロープは不要になったが、もう一つのロープ——先端にモンキーレンチを結びつけてある——を取り出す。

屋上へ出るドアは、屋上側にあるつまみ《サムターン》により、施錠と解錠ができるようになっている。内側にある鍵穴は、誰か不心得者がガムを詰め、それが黒くカチカチになっているため、鍵による施錠・解錠は不可能である。つまり、この鍵を閉めておくことができれば、屋上は密室になるのだ。サムターンは、平べったい板状で、縦にすると解錠、右に回して横にすれば施錠できるようになっていた。

蓮実は、一階まで届く長さのロープを排水パイプの縦樋（雨水立て管）に通し、適当な間隔で開きネジを接着剤で固定してあるモンキーレンチで、上からサムターンを挟んだ。モンキーレンチは、ドアに沿って倒立している形である。

モンキーレンチの形は左右非対称なため、手を放すと、自重《じじゅう》でサムターンを回すことになる。サムターンが横に回ると、回転した勢いで、モンキーレンチは下に落ちる。あとは、校舎の下にある縦樋の出口からロープを引っ張って、モンキーレンチを回収すればいい。

蓮実は、校舎に入ると、ドアのデッドボルトを押さえながら、すばやくドアを閉めた。デッドボルトから指が離れると同時に、屋上側でサムターンが回転し、ドアに鍵がかかった。

これでよし。そう思った蓮実の耳に、階段を駆け下りていく足音が聞こえた。

誰だ。蓮実は、ぎょっとする。

一瞬、追いかけて捕まえようかと思ったが、間に合わないことは、あきらかだった。

ぱたぱたというゴム底の上履き特有の足音からすると、生徒だろう。

こんなところで、いったい何をしていたのだろうか。

ＰＭ７：４７

一瞬躊躇《ちゅうちょ》した後、蓮実は、弾かれたように飛び出して、後を追った。

捕まえるのは無理でも、誰だったのかは確かめなくてはならない。

屋上から四階までの暗い階段を、肉食獣のようにしなやかな動きで駆け下りる。階段の角――滑り止めの部分に足をかけているため、上履きにしているナイキのスニーカーは、まったく足音を立てない。

四階から三階までは、波形の手摺りをつかんで、ほとんど飛び降りるような速度で下りた。その甲斐あって、三階でようやく後ろ姿を視界に捉えることができた。

セミロングのストレートヘアが揺れている、小柄な女子。両手をほとんど動かさず、ちょこまかと走る姿は、見間違えようがない。

永井あゆみだ。ふだん、クラスではあまり目立たないが、噂を広めるのが何より好きな芸能レポーターのような生徒である。秘密を知られるには、最悪の相手かもしれない。

蓮実は、三階の廊下に入ると、はやる心を抑えて歩調を緩めた。極力急いでいる様子は見せないようにしなければならない。廊下には、立ち話をしている生徒の姿もあったし、中央付近には監視カメラがあり、映像に動きがあればすべて録画されるのだ。

あゆみの方は、いっさい頓着せず、後ろを振り返ることもないまま、ぱたぱたと廊下を走り抜けると、四組の教室に飛び込んでいく。

蓮実が四組の入り口に着いたのは、あゆみから数秒遅れだった。あゆみは、今まさに、仕入れたばかりの大ニュースを、クラスメイトに披露しかけている。

「だからあ、本当に見たんだって！　ハスミンが屋上から出てくるとこ。ちょっと前に、美彌が上がってってたからさ、何しに行ったんだろうと思って……」

こいつは、ただの一秒も黙っていられないのか。蓮実が姿を見せると、あゆみは、はっとしたように口をつぐんだ。他の生徒たちも、気まずい雰囲気になって視線をそらす。

「おーい。捗《はかど》ってるかあ？　そろそろ、休憩終わりな。今晩中に、しっかりメドだけ付けとこう」

蓮実が、何ごともなかったかのように声をかけると、ほっとしたような空気が流れる。生徒たちは、それぞれ生返事をしながら、動き始めた。そのうち数人——親衛隊やＥＳＳの生徒らが、あゆみに向かって非難するようなまなざしを投げかけたが、特にそれ以上のできごとはなかった。

蓮実は、生徒たちの作業を見守るような顔をしながら、あゆみを徹底マークしていた。とにかく、何らかの方法で本人に口止めする前に、これ以上、よけいなことを喋られては困る。

教室に蓮実がいることが、無言のプレッシャーになったらしく、あゆみも、大人しくしていた。

「足下を不安定にするのはいいけど、お化け屋敷の中を、完全に真っ暗にするのはどうかなあ？　お客さんが転倒したりしたら、パニックになるぞ」

蓮実は、意識をあゆみへロックオンさせつつ、作業中の生徒たちの間を回っていた。

「だからー、ロープをつかんで、すごくゆっくりと歩いてもらうんですよ。そうしたら、狭い教室でも、けっこう長く感じるじゃないですか」

才色兼備を絵に描いたような理想の生徒、去《い》来《さ》川《がわ》舞は、にこにこと答える。彼女の態度からは、あゆみの爆弾発言の影響は感じられなかった。

「でも、やっぱり、万一に備えて見守ってる人間が必要だよな。当日は、中村のハンディカムを借りたらどうかな？　暗視機能が付いてるはずだから」

アドバイスを送りながら、一方で頭をフル回転させて現状を分析する。

とにかく、まずい状況であることは、まちがいない。あゆみが美彌の名前を出したため、この場に安原美彌がいないことが生徒たちの記憶に強く印象づけられてしまった。つまり、当初予定していた暗示によるアリバイ工作が、完全に無効になってしまったのである。

そればかりか、自分が屋上にいたことまで喋られてしまったために、美彌と自分の関係を疑われることになった。後で、美彌が『飛び降り自殺』しているのが発見されたとき、疑惑の目で見られるのは必至だろう。

ミステリー小説とは違い、密室トリックなどを弄《ろう》したところで、身を守る楯には不充分である。本気で疑われれば、必ず解明されてしまうはずだ。

それでは、予定を変更して、中庭にある美彌の遺体を処分するか。自殺したのではなく、ふらりといなくなってしまったということにすれば……。

いや、とても無理だ。早水圭介の時とは、状況が違う。

今晩、四組の生徒たちは、学校に一泊する。しかも、宿直は、よりによって園田教諭に代わっている。中庭で遺体を移動しているところを誰かに見られたら、それで一巻の終わりなのだ。かりに今晩、美彌がいないことを誤魔化せたとしても、明朝、遺体が発見されることは、もはや防ぎようがない。

だとすれば、使えるシナリオは一つしかない。蓮実は、悩みがあるという美彌と屋上で話をしていたが、しばらく一人になりたいと言うので彼女を残して戻った。その直後に、美彌は飛び降り自殺をした……。

落ちたのは校舎の北側——中庭である。教室の窓はすべてカーテンが閉まっているし、特に四組の窓は、段ボールと暗幕で塞がれているから、生徒に目撃された可能性はない。校舎の窓は、厚木基地を離発着する米軍機の騒音を防ぐために二重ガラスになっている。地面にぶつかった際の衝撃音も、まず聞こえなかったはずだ。

やはり、問題は、あゆみだった。どこまで見たのか。自分が行く前にクラスで何を言ったのかを、たしかめておかなくてはならない。
四、五分後、あゆみは、単調な作業に飽きたのか、ふらりと教室から出て行った。
蓮実は、我慢して一分間待った。それから、後を追う。

あゆみの姿は、どこにも見あたらない。もしかしたらと思って階段を上がると、あゆみは、屋上へ通じるドアの前にいた。ドアを開けようとして、鍵がかかっているのに気づき、当惑しているようだ。ふだん、鍵は開けっ放しで、鍵穴には黒くかちかちになったガムが詰まっているから、ふつうに考えれば、屋上に人がいることになる。

蓮実がその場に放置していた帆布のバッグに気がついたようだった。おっかなびっくり手を伸ばして、中を見ようとする。

「あゆみー。何してるんだ?」

蓮実が、のんびりした声で後ろから声をかけると、あゆみは、飛び上がりそうになった。

「ちょっと、新鮮な空気でも吸おうかなって」

指先で前髪をいじる。どこか、ぎこちない態度だった。けっして蓮実と目を合わせようとはしない。

「そうか。でも、そこ、閉まったままだろう?」

「うん。……でも、どうして?」

階段室には非常用照明と兼用になった誘導灯しか点いていなかったが、あゆみの表情に浮き上がっている感情ははっきりと読み取れた。不信感である。美彌との仲を疑っているというより、何か正体のわからない疑惑にとらわれているようだ。

四組の担任になってから、生徒全員に目配りするようにしていたつもりだが、やはり、濃淡、軽重は生まれるものである。これまで、永井あゆみには、その他大勢という扱いしかしてこなかった。何となく面白くない気持ちが鬱積しているのかもしれない。

「美彌が、鍵をかけたんだ」

あゆみは、眉をひそめた。

「美彌は、屋上で何してるの?」

「悩みがあるみたいなんだよ。今は、一人になりたいんだろう」

「へえー。……じゃあ、ハスミンは、さっき何してたの?」

あゆみは、上目遣いで訊ねる。何気ない口調の裏には、棘《とげ》が隠れているようだった。

「美彌の様子が変だったから、相談に乗ろうと思ったんだよ。たまたま、屋上へ行くのを見かけたからね」

「え? だけど、ハスミンの方が、先に屋上へ行ってたんでしょう?」

しまった。そういえば、あゆみは、美彌が屋上へ行き、その後、俺が出てくるところを見ているのだ。これでは、嘘をついているのがばればれである。単純な矛盾ほど、言い繕うのが難しい。これ以上は、弁解すればするほど、深みにはまるだけだろう。

「……まあ、とにかくだ。今は、あいつを一人にしといてやれ」

蓮実は、その場を離れようとした。

「あれ? ちょっと待って。何か付いてるよ」

きびすを返して階段を下りかけた蓮実を、あゆみが呼び止めた。背中に手を伸ばす。

「これ、何?」

あゆみの指先には、微量だが乾きかけの血が付いているのが見えた。フェンスを乗り越えるために、美彌を肩に担いだときに付着したのだろう。赤いポロシャツの背中についていたから、教室では目立たなかったのだろう。この薄暗さなのに、誘導灯の光の加減か、それとも、ごく間近で見たからわかったのか。

「ああ、血糊だろう。さっき、前島が作ってた生首のが付いたんだ」

「違う……これ、血糊じゃない。本物の血だ」

あゆみは、指先の臭いを嗅ぎながら、眉をひそめる。

「ハスミン、どっか、怪我してるわけじゃないよね?」

答えに窮して、蓮実は黙っていた。あゆみは、何を思ったのか、大きく目を見開く。

背中に少々血が付いていたからといって、何の証拠にもならない……待て、待てって。だから、女の直感というやつは、始末に。

叫び出しそうな気配を感じて、蓮実は階段を跳躍した。あゆみの顔を胸に押しつけて、左手で口を塞ぐ。あゆみは、息ができなくなって必死に暴れ、蓮実の脇腹を激しく叩いた。もはや、口を自由にしたとたん、大声を出すのは避けられないだろう。

蓮実は、右腕であゆみの頭を深く抱え直し、力を込めて首を捻った。一瞬髪が広がって小枝が折れるような音がすると、あゆみの身体から力が失われる。

ぐにゃりと崩れ落ちそうになる肉体を抱き止めながら、蓮実は、首を振った。

騒ぎになるのはまずいと思い、とっさに取った行動だったが、結果は、ますます事態を悪化させてしまった。

蓮実は、まず四階に誰もいないのを確認してから、あゆみの遺体を抱いて階段を下り、男子トイレに入った。隠し場所は、清掃用具入れしかない。中の物をいったん取り出すと、遺体を体育座りの姿勢にして押し込んで、その上にバケツやモップを載せて扉を閉めた。あいにく鍵は付いていないが、今晩、こんなところをわざわざ開けようという物好きは、いないだろう。

あゆみは、日頃からふらふら立ち歩くことが多いから、しばらく姿を見かけなくても、不審に思われることはないはずだ。

しかし、この事態を、どう収拾すればいいのか。

二つ目の死体を処分することよりも、クラス全員の意識をどう誘導するかが難題だった。あゆみは、わずか数秒の間に、彼らの頭に美彌に関する疑惑の種子を植え付けてしまった。その直後に、今度はあゆみが失踪したということになれば、疑うなという方が無理だろう。

蓮実は、しばらく考え込んだが、妙案は出ない。とりあえずは、クラスの雰囲気を確認しておいた方が良さそうだと思う。

美彌に関するアリバイ工作に有用だと思ったために、あらかじめ教室の盗聴器《バグ》はオンにしてあった。蓮実は、四階と三階の間の階段の踊り場で帆布のバッグから受信機を出すと、イヤホンを耳に嵌めた。

教室にいる生徒たちの様子を確認する。いつもと変わらない、他愛ない会話と笑い声。別段、変わった様子はない。

イヤホンを耳から外そうと思ったとき、女子の声が飛び込んできた。他の生徒の声より鮮明に聞こえ始めたのは、盗聴器《バグ》を隠してある窓際に接近してきたからだろう。

『……よ。絶対、逢い引きだって』

蓮実は、即座に音声に意識を集中した。

『そうかな』

答えたのは、男子の声だった。

『そうだよ。さっき、見たんだもん。二人が目で合図し合ってるとこ』

『マジかよ』

緊張が高まるのを感じる。この二人は、誰だろうか。ふだんなら、生徒の声は全員聞き分けられる自信があったが、声を潜めた囁き声なので、特定は難しかった。

『もしかしたら、安原を屋上に呼び出して、殺してたりしてな』

冗談めかした男子の発言に、ぎょっとする。どうして、そんな話が出てくるのか。

『まさか。それはないよ。あの子、親衛隊より蓮実にべったりだし』

そうでなければ、殺してもおかしくないとでもいうのか。女子の方の声音は、大まじめだった。

『でも、そういうやつの方が、かえって危ないのかもな』と、男子が言う。

『どうして？』


「深く関われば関わるほど、見たらまずいものを見る機会も増えるはずじゃん」

雄一郎が言う。軽い調子だが、あながち冗談とも思えない表情だった。

「だけど、これまでの事件って、そういうんじゃないじゃない」

怜花は、蓮実に殺害されたり、陥れられた可能性のある人たちを、一人ずつ思い返してみた。

「＊＊高校の四人だって、蓮実とは敵対してたんでしょう?」

蓮実は、愕然とした。なぜ、そんなことまで知っているのだろうか。まさか、釣井から聞いたとは考えにくいが。

『でも、それでいうと、圭介もさあ……』

男子が言いかけると、女子が厳しい声で遮った。

『一緒にしないで!　圭介は、生きてるんだから!』

『そうだよな。ごめん』

しばらく、沈黙があった。

『……わたし、明日、あの刑事さんに、もう一回会いに行ってくる』

『下鶴?　だったら、俺も行くよ。新しい証拠が……』

二人は、歩き出したらしく、徐々に声が聞こえにくくなってしまった。しばらく粘ってみたが、聞くことができたのは、林美穂が誰かに向かってぶつぶつ文句を言っている声だけだった。

蓮実は、耳からイヤホンを取った。

どうやら、今日は厄日らしい。すでに事態は、中途半端な手段では取り繕いようがないところまで来ている。まさか、すでに刑事と接触している生徒がいるとは思わなかった。それも、あの下鶴と。気がつかないうちに、足下に火が付いていた——いや、炎はすでに大きく燃え上がり、身体を焼こうとしているのかもしれない。

久しぶりに、都立＊＊高校のことを思い出した。園部祥子《そのべしょうこ》。頭がよく行動力もある生徒だった。過剰な正義感からよけいなことを嗅ぎ回ったりしなければ、あたら若い命を散らすこともなかったのだが。残りの三人は、祥子さえいなければ、放置しておいて差し支えなかったのだ。

いずれにせよ、この二人を生かしておくことはできないが、現時点では、誰だかわからないため、対処のしようがなかった。疑わしい生徒は数人いるものの、確証が持てない。だが、この二人が祥子と同程度かそれ以上の脅威になることに、疑問の余地はなかった。頭の中では、警戒警報が鳴り響いている。即刻、手を打たなければならない。

いや、今は、美彌の自殺に対する疑惑を先んじて払拭しておくことと、四階のトイレに置きっぱなしになっている、あゆみの死体を始末することの方が先決だ。

蓮実は、ポロシャツを脱ぎ、水に濡らしたハンカチで背中に付いていた血痕を拭き取りながら善後策を考えたが、問題が複雑になりすぎていて、妙案は出なかった。

生徒たちを長時間放置するのは得策ではない。彼らが騒ぎ、園田教諭が介入してくると、あと動きづらくなる。とりあえずは四組の教室に戻ることにした。

「なんだ、全然進んでないじゃないか？　よし、俺も手伝うから、気合い入れて頑張ろう」

蓮実は、生徒たちと一緒になって、お化け屋敷を作る作業に没頭する。その間ずっと、耳元に不気味な響きが迫ってきているような気分だった。雪山の頂上で聞こえるかすかな軋み。雪崩が始まる直前の鳴動が。

このままでは破滅だが、回避する方法は見つからなかった。何かできるとしたら、せいぜい今晩のうちだ。明朝には、雪崩はコントロール不能の大きさにまで膨れ上がり、すべてを呑み込んでしまうだろう。

蓮実がいる間は、サボっていた生徒たちも、まじめにお化け屋敷の完成に向けて取り組んでいた。

「木の葉は森に隠せ……か」

三十分ほどたった頃、蓮実は、生徒たちの姿を眺めてつぶやいた。

「それ、何のこと？」

そばにいた親衛隊の三田彩音が、媚《こ》びるような笑みを浮かべて訊ねる。

「ああ、チェスタトンの名言だよ。チェスタトンのことは、一度授業で話しただろう？　覚えてるよな？」

「うーんと、何となく、かなー」

彩音は、舌を出すと、そろそろと離れていった。彩音は、話が教科や学習内容に及ぶと、すぐに逃げ腰になるのだ。

……木の葉は森に隠せ。あたりまえのことだが、真理を衝いている。

死体を隠したければ、死体の山を築くしかない。

PM8：25

蓮実は、無人の職員室に戻ると、目立たない一角に設置されたモニターの前に座った。校内の監視カメラの映像は、すべてここでチェックすることができる。

昨年、酒井教頭の指示で監視システムの導入を行ったのは、着任早々の蓮実本人だった。カメラの位置から録画の方式に至るまで、知らないことはないといってもいい。

校舎の外に設置されているカメラは、全部で四台だった。正門。通用口。グラウンド。それに、真田教諭の事件以降、駐車場も監視するようになっている。いたずらによる故障を防ぐため、すべて耐衝撃ボディの屋外用カプセルカメラだった。

一方、校内を監視するカメラは、本館の一階から四階まで各一台きりである。こちらは、目立たないことを重視したドーム型のカメラだが、可動式の広角レンズとはいえ、一台でワンフロアをすべてカバーするのは不可能だから、死角も多い。カメラがあるのは廊下のほぼ中央なので、たとえば、階段室を通って屋上へ行くときには映されずにすむのだ。

そもそも、校内に侵入した不審者を追跡するというのは建前にすぎず、実際は生徒を監視するための設備なので、要所だけを押さえておけばいいという考え方だった。

監視カメラの映像は、リアルタイムでモニターに映し出されるが、画面に動きがあったときだけモーション・センサーが働き、HD《ハードディスク》フレームレコーダーに録画されるようになっている。

蓮実は、八分割されていた画面を、三階の廊下にあるカメラの映像だけに切り替えた。生徒たちの様子を観察していると、かなりだれてきたのがわかったが、教室を出るとき、あまり騒ぐと園田《ナマハゲ》教諭が来るぞと脅しておいたので、当分は放っておいてもだいじょうぶだろう。

問題は、これから自分が取る行動も、逐一監視カメラに記録されてしまうことだった。蓮実は、HDフレームレコーダーの電源を切って録画を中断しようかとも考えたが、結局、そのままにしておくことにした。あゆみの遺体を抱いて四階のトイレに入ったところは、しっかりと録画されているはずだから、どうせ最終的に記録を消去しなければならない。それよりも、計画を遂行する過程では、録画機能を活用して生徒の動きを把握する必要が出てくるかもしれない。

職員室に下りる前に、すべての盗聴器《バグ》をオンにしてきた。これも、リアルタイムで生徒の様子を知るためだが、弱点は、監視カメラの映像と盗聴器《バグ》の音声を同時に確認できないという点だった。早水圭介をおびき寄せた囮の電波とは違い、盗聴器《バグ》の発する電波は微弱で、鉄筋コンクリート造りの校舎の中では、フロアが違うと受信できないからだ。

蓮実は、インスタントコーヒーを淹《い》れると、応接用の椅子に座って目を閉じた。映画のようなイメージを脳裏に描きながら、計画を細部まで再検討してみる。

たぶん、やれる。……いや、やれるはずだ。

同じことを成功させた人間は、未だかつていないだろう。だが、外部からの侵入者とは違い、校舎の中のことは知悉《ちしつ》しているし、マスターキーも使える。最後までやり抜くのに必要な頭脳と体力、精神力も備えている。

それでも、さすがに躊躇があった。これまで、一度として犯行に臆したことはないが、今度ばかりは、やりすぎではないかという気もする。

……しかし、ほかに代案がない以上は、やるよりない。

蓮実は、コーヒーを飲みながら考える。

このままでは、自分は、美彌とあゆみの二人を殺害したという嫌疑をかけられることになる。警察はターゲットを自分に絞って徹底的な捜査を行うだろう。そうなれば、過去のすべての事件の疑惑が再燃する可能性もある。だめだ。そういう事態だけは、何としても防がないと。

蓮実は、頭を振ると、煮つまったときによくやるように明るい側面に目を転じてみた。それに、実行のハードルは高いものの、この計画には明白な利点も数多く存在する。

第一に、永井あゆみの死体の処理は不要になる。これからやることの手間を考えると、あゆみの死体を何とかする方が、はるかに簡単だろうが。

第二に、美彌とあゆみに関して、クラスの生徒たちが抱くであろう不審を、前もって、きれいさっぱり消去してしまえる。

第三に、盗聴器《バグ》で聞いた二人の生徒が誰だったのかという点についても、これ以上頭を悩ます必要がなくなるのだ。

これこそ、究極のリセットなのだから。

蓮実は、立ち上がって、職員室の中を、動物園の虎のように歩き回った。

刑事罰については、今さら顧慮すべきことはなかった。近年の厳罰化の流れに照らせば、美彌とあゆみの二人の殺人罪だけで、死刑になる公算は高い。だとすれば、一クラス全員抹殺しても同じことである。

では、この犯行は露見するだろうか。常識では、ほとんどの人間が、まさかそこまでやるとは思わないだろう。その裏をかくことで、かなりの程度、疑いをそらすことができるだろうが……。

最大の関門は、物理的に実行できるかどうかだった。いったん着手したら、完璧にやり遂げなければならない。一人たりとも生き残らせてはならないのだ。

全員の口を塞ぐためには、尋常ではない思い切った手段が必要である。火事についても一応考慮してみたが、若く体力のある高校生が、ただの一人も生き残らないような火事は、どう考えてもありえない。

結局は、大量殺人というシナリオしか残らなかった。では、どうやるか。

日本刀を用意したとしても、ものの数人も斬れれば血脂で使用不能になる。宮本武蔵じゃないのだから、四十人も殺すのは体力的にも不可能だろう。したがって、銃器を使用するよりない。好都合なことに、手元には充分な殺傷能力を持つ銃器——散弾銃《ショットガン》がある。

そして、大量殺人には説得力のある犯人を用意する必要があるが、凶器が散弾銃なら、候補者は必然的に一人に絞られることになる。

そうだ。容疑者がいないままでは、いつ自分に捜査の手が伸びるかわからないが、明白な犯人を用意してやれば、警察はダボハゼのように喰い付くだろう。官僚機構である以上、筋の通った解決さえできれば、彼らは満足してファイルを閉じるはずだ。過去に起こった多くの冤罪《えんざい》事件が、警察のそうした習性を物語っているではないか。

蓮実は、ようやく成功を確信した。意を決して受話器を取ろうとして、思い直す。学校の電話を使って、記録が残るのはまずい。自分の携帯電話では、もっと不都合だ。

そっと職員室を出ると、廊下の灯りを点けないまま、一階ロビーに置いてある緑色の公衆電話へ向かう。

ＮＴＴは、採算の取れない公衆電話は撤廃する方針だが、災害時などの緊急連絡には、一般の電話よりつながりやすいというメリットがある。そのため、教職員に無理やり使わせることで、何とか維持している最後の一台だった。

テレカではなく十円玉をいくつも入れて、携帯電話の画面で番号を見てコールすると、すぐに目指す相手が出た。

「久米先生。蓮実です。申し訳ありませんが、これからすぐに学校へ来てほしいんです」

「えっ、これからですか？　でも、あいにく私は、今……」

「緊急なんです。前島君が、ちょっと困ったことになってるんですよ」

「困ったこと？　あの、どういうことでしょうか？　その、彼が」

久米教諭の声は、心配からか裏返りかける。

「電話では、これ以上、詳しいことは言えません。とにかく、来ていただければわかります」

蓮実は、相手に有無を言わさなかった。

「今、ご自宅ですか？　そちらからだと、三十分以内に来られますよね？」

少し前に、久米教諭に懇願されたため、黒いポルシェ・ケイマンは返してやっている。やはり、いいことはしておくものだ。

「……たぶん。でも、あのですね、せめて、どういう種類の問題なのかだけ」

「急いでください。できるだけ人には見られないように。それから、学校へ来ることは、誰にも言ってはいけません。着いたら、とにかく、まっすぐ職員室に来てください」

久米教諭は、しばらく沈黙したが、「わかりました」と言って、電話を切った。

PM9:02

七国山の借家に戻り、必要な装備を掻き集めて取って返すのに、二十数分を要した。急がなければならない。久米教諭は、すぐにやってくるはずだ。蓮実は、軽トラックを駐車場に止めると、耳を澄ませる。特に、変わったことはないようだ。

軽トラックを下りて、荷台の荷物を下ろす。青い防水シートを丸めた筒は、大きすぎて散弾銃が入っているようには見えないだろう。その他の物は、ナイロンのバックパックに詰め込んであった。

この瞬間も、自分の姿は監視カメラに映され、録画されている。見ている者はいないと知っていても、あまりいい気持ちはしない。

職員室に戻ると、まずはモニターで生徒たちの様子をチェックしてみた。あいかわらず、だらだらとした作業が続く中、完全に手を止めて談笑している生徒も多い。弛緩しきったその姿は、蓮実の目には、草を食《は》んでリラックスしている鹿のように映っていた。

蓮実は、防水シートの筒を開いて、散弾銃《ショットガン》を取り出した。

ベレッタ682ゴールドEトラップ。全長119センチの、上下二連中折れ式の銃である。同じ散弾銃でも、先台《フォアエンド》をスライドすれば新しい弾を装弾できるポンプアクションなら、ハリウッド映画のようにクールに決められるのだが、贅沢は言えない。

銃器の扱いには、アメリカにいたときに習熟していた。流れるような手つきで、トップレバーを右に押し、中央のヒンジで銃身とフレームを二つ折りにして、銃身後端の薬室に二発の散弾を込める。銃身を持ち上げてフレームに嵌め込むと、発砲準備完了である。

散弾銃と一緒に久米教諭から巻き上げた散弾は、五十発以上あった。鹿狩りに使われる12番径ダブルオー・バックで、対人用としても最も有効だと言われている。それから、熊や猪など大型動物の狩猟に使われる一粒弾《スラッグ》も十発ほど。加えて、なぜか空砲《ブランク・カートリッジ》も数発含まれていた。一応、数は充分にあるようだが、獲物が異例なほど高い智能を備えていることを考えると、できるだけ無駄弾は撃たないよう節約を心がけなければならない。

表で車の音がした。借りている間にすっかりお馴染みになった、ポルシェ・ケイマンのエンジン音だ。夜聞くと、いつも以上にうるさく感じられる。生徒たちに気づかれないかと心配になったが、すぐにエンジン音は止まった。

蓮実は、装弾した散弾銃を机に置くと、防水シートを適切なサイズに折りたたんでから、帆布のバッグに入っていたブラックジャックを取り出す。屋上で美彌に使ったものだが、ポリエチレンの袋は破れておらず、中の砂も捨てていない。再利用するのが、一番地球にやさしいやり方だろう。

かすかな足音は、廊下が暗いままなのを訝っているようだ。やがて職員室の入り口に、久米教諭が姿を現した。表情や態度は、いかにも慌ててすっ飛んできたという風情ながら、腰を絞った黒いサファリジャケットに、紫の細身のパンツ、素足にモカシンという格好は、本人の芸術家然とした風貌やサイドを刈り上げた変わった髪型と、よくマッチしていた。難を言うなら、あまり大量殺人犯らしく見えないことぐらいだろう。

「蓮実先生！　いったい、どうしたんですか？」

久米教諭は、息せき切って訊ねる。

「雅彦……前島君は？」

蓮実は、沈痛な表情を作って、うなずいて見せた。

「まあ、とにかく、そこに座ってください」

職員室の小さな応接セットのソファを指さす。

「いや、それより、早く教えてください！　何があったんですか？」

「今、ご説明します。とにかく、そこへ」

蓮実が再度ソファを示すと、久米教諭は、眉間に深い縦じわを刻んだが、黙ってソファに浅く腰をかけた。

「実は、こういうことなんですよ」

蓮実は、立ったまま久米教諭に近づくと、背後に隠し持っていたブラックジャックを、振り下ろした。

久米教諭は、小さく呻いてソファの上に崩れ落ちた。蓮実は、防水シートを床に敷き、脳震盪を起こした久米教諭を寝かせ、転がしながら首から足首までぐるぐる巻きにした。その上から、強靭な銀色のダクトテープを何重にも巻いて固定する。手間はかかったが、縛られた跡を残さずに拘束するためには、しかたがない。

それから、久米教諭の口いっぱいにハンドタオルを詰め込んだ。口の中で唾液を吸って膨れ上がるために、手を使わずに吐き出すのは不可能であり、テープで口を塞がなくても立派に猿轡《さるぐつわ》の役目を果たす。

蓮実は、久米教諭の身体を肩に担いで、職員室の隣にある生徒相談室へと運んだ。

「先生には、後で出番が来ますから、それまで、おとなしくここで待っていてください」

ようやく意識を取り戻した久米教諭は、蓑虫のような格好で床に横たわったまま蓮実を睨んだ。憤怒のためか、顔を真っ赤に染めている。

「それから、忠告しておきますが、くれぐれもよけいなことはしないように。先生が変な物音を立てたりすると、前島君に危害が及ぶことになりますよ。……私は今、何とかして問題を解決しようとしているんです。小一時間じっとしていてくれたら、二人とも無事に帰してあげますから」

およそ馬鹿げた口約束だったが、たぶん、久米教諭は信じることだろう。人は誰でも、自分が信じたいものを信じる権利がある。

蓮実は、そのまま生徒相談室を出ようとして気がつき、戻ってくる。

これから校舎中に血染めの足跡を残すことになるかもしれない。いくら動きやすくても、ナイキのスニーカーをそのまま履いて行くわけにはいかなかった。

久米教諭の足から、モカシンを脱がせる。見るからに高級品で、革はコードバンらしい。蓮実のスニーカーよりワンサイズ大きいようだが、履き心地はまずまずで、行動に支障はなさそうだった。

前もってやっておくべきことが、まだいくつか残っていた。

まず、玄関から外に出て、一階から雨樋に通してあるロープを引っ張り、屋上の施錠に使ったモンキーレンチを回収した。レンチとロープは、校務員室の所定の場所にしまって、代わりに、一部が赤く塗られた大型のバールとボルトカッターを持ち出した。

ここが、引き返し不能点《ポイント・オブ・ノー・リターン》だった。

今ならまだ、止めることができる。久米教諭だけなら、こちらが弱みを握っているのだから、頭を殴って縛り上げたのは冗談だったと言って謝れば、（さぞかし激怒するに違いないが）事態を収拾することはできるだろう。しかし、この先へ進むと、もう取り返しがつかない。

蓮実は、薄く笑って首を振った。我ながら、寝ぼけたことを考えているものだ。今さら引き返したところで、他に進むべき道はないのだ。

まず、障碍者へのバリアフリーというお題目のために設置されている、エレベーターのかご室を一階に呼び、管理用のキーを使って休止状態にした。生徒たちがエレベーターを使って逃げる可能性はほとんどないだろうが、よけいな退路は一つでも潰しておかなければならない。

次に、バールとボルトカッターを携えて、事務室へ行く。いつのまにか、口笛でモリタートのメロディを吹いていた。

事務室の中には、配電盤や電灯盤、受信盤、校内のシステムを管理するパソコンなどがずらりと並んでおり、蓮実は、主配線盤《MDF》の鍵を開けた。

学校内の電話回線は、NTTの電柱から校内の電柱へ張り渡した電線を、地中の配管を通して事務室に設置されたMDFまで引き込み、そこから、それぞれの電話に配線される仕組みになっている。蓮実は、バールの尖った先端でMDFの中にある端子類を粉々に破壊し、ボルトカッターで全部の線を切断した。これで、校内にある固定電話は、すべて死んだはずだ。念のため、事務室の電話のハンドセットを取って耳に当ててみたが、何の音もしない。プッシュボタンを押して一一七にかけると、プッシュ音はするものの反応はなかった。

次は、北校舎に行かなくてはならない。今ならまだ園田教諭に遭っても問題はないが、できることなら顔を合わせたくない。一階の渡り廊下から足音を忍ばせて北校舎に入り、物理準備室の隣にあるアマチュア無線部の部室に向かった。マスターキーで鍵を開け、カンニング対策で使った機器を持ち出す。八木沢《やぎさわ》教諭がやったのを、中間試験と期末試験の二回も見ていたので、要領はわかっていた。

機器の接続を完了して、リニアアンプの電源をオンにした瞬間に、本館の屋上と各階に設置されたアンテナから強力な妨害電波が発信されて、校舎にバリアーを張ったように、携帯電話の基地局との交信を断ち切った。

学校は、通信に関するかぎり、陸の孤島も同然となった。

PM9：08

蓮実教諭が四十分近く不在にしている間に、生徒たちは、勝手なことをやり始めていた。一部のまじめな女子――小野寺楓子や去来川舞らが、作業をしようと呼びかけるものの、大半の生徒は、雑談に興じたり携帯電話をいじったりしており、中には空き教室へ行ってタバコを吸う者もいた。渡会健吾に至っては、『大学への数学』を読みながら、くるくるシャープペンシルを回している始末だったが、それを見た塩見大輔も、負けじと参考書を取り出して、床の上で本格的に受験勉強を始めている。

蓮実教諭は何をしてるのだろう。怜花は、疑問を感じたが、この機会を活かそうと思い、携帯電話を持って教室を出ると、廊下の隅へ行った。

「あ。もしもし。わたし、先日お目にかかった片桐と申しますけど」

相手は、すぐに思い出したようだった。

「ああ、君ね。早水君のことで来た……ちょっと待って」

下鶴刑事は、同僚らしき人間と一言二言会話を交わす。どうやら、まだ警察署にいるようだった。

「実は、こちらから連絡しようかと思ってたとこなんだ」

何かわかったのだろうか。期待と不安が高まる。

「まず、早水君のメールね。発信されたのは、渋谷駅の周辺だった」

「そうですか」

圭介の、いつもの遊び場所である。では、やはり単なる家出だったのだろうか。

「ただね、あれから、ちょっと調べてみたんだけど」

下鶴刑事は、生活安全課の業務の合間に、圭介の遊び仲間に聞き込みをしていたらしい。その結果、不可解な事実があきらかになったのだという。

「とにかく、誰も、早水君の居場所を知らないんだ。今までの家出の場合は、知り合いのヤサに泊まることが多かったらしいんだけどね」

胸が締め付けられるような感覚。圭介は、どこへ行ってしまったのか。

「しかも、約束をすっぽかしてるらしいんだ。まあ、そいつはろくでもない売人だから、早水君はあまり付き合わない方がいいんだけど。とにかく、こんなことは、今まで一度もなかったと言ってたよ」

「……何があったと思いますか？」

「それはまだ、わからない」

下鶴刑事は、口を濁した。

「ただまあ、早水君の家族も、彼の居場所がわからないのを認めて、捜索願を出すことになってね。夏休みも終わりだっていうのに、何の連絡もないんで、ようやく心配になったらしい」

それで、本格的に警察は動いてくれるのだろうか。

「何だ、これ？　おい、ちょっと……大ニュース！」

教室の入り口付近に立って、携帯電話でネットのニュースを見ていた有馬透が、大声を出した。

「どうしたんだよ？」

山口卓馬や、鳴瀬修平《なるせしゅうへい》、伊佐田直樹らが集まってくる。

「釣井の家を解体してたら、床下から死体が出たらしい」

「マジかよ？」

「死体って……誰の？」

「それは、まだわかんねえ」

「失踪したって言ってた奥さんじゃねえの？」

周辺が、いっぺんに騒がしくなった。数人が、携帯電話を出して知り合いにかけ始める。様々な着メロも鳴り響きだした。

「……あの、わたし、後でもう一度かけます」

そう言ってから、怜花は、もう九時を過ぎていることに気がついた。

「うん、わかった。こっちは、携帯はずっとオンにしてるから、何時でもいいよ。あとね、こんなことを言って怖がらせるつもりはないんだけど、くれぐれも」

唐突に、通話が途絶える。どうしたのだろうと思って携帯電話を見ると、なぜか圏外の表示になっていた。

「あ、切れた」

「あれ？」

「もしもし……?」

周囲でも、いっせいに同じ状況が起きていた。全部の携帯電話が、つながらなくなってしまったらしい。

「どうなってんだ、これ?」

卓馬が、忌々しげに唸る。

「……妨害電波だな」

健吾が、みんなの携帯電話を順番に覗き込んで、つぶやいた。

「妨害電波? 何だよ、それ?」

「だって、全員同時に圏外になるなんて、それしかないじゃん。そうだろ、中村?」

健吾から話を振られた中村尚志は、うなずいた。

「携帯ジャマーとかあるけど、これは、めちゃくちゃ強力なやつだな。市販の機器じゃ、こんなことできるわけねえよ」

「あのなあ、おまえら、今さら何言ってんだよ? こうなったの、初めてじゃねえんだぞ」

伊佐田直樹が、唇を歪めて言う。

「どういうことだ?」

卓馬が、直樹に詰め寄った。

「一学期の中間と期末。両方とも、試験中はケータイが圏外になってたんだよ」

「試験中って……何の話だよ?」

「はあー。そうか」

健吾が、話を引き取る。

「つまり、おまえらは、ケータイを使ってカンニングしようとしてたわけだ。ところが、それを察知した学校側が、妨害電波を使ったってことだな?」

「おれたちがカンニングしてたかどうかは、わからないだろう?」

直樹は、健吾の頭の回転の速さに、少したじろいだようだった。

「試験中はケータイがつながらないっていう噂を聞いたから、本当かどうか試してみただけだって」

「噂? それ、誰から聞いたんだ?」

「一組の、早水ってやつだけどよ」

圭介の名前が出るのを聞いて、怜花は口を開きかけたが、雄一郎が、何も言うなというように首を振る。

携帯電話が使えなくなった理由は何となくわかったが、妙な胸騒ぎがしてならなかった。知りたいのは、むしろ、誰も説明してくれない事柄だったのだ。

なぜ、今。誰が。いったい何のために。

PM9:11

蓮実は、必要な装備を調《ととの》えると、最初に北校舎の四階にある音楽室へ向かった。

アメリカのような強力なガンロビーがあるわけでもない日本で、猟銃が野放しになっているのは、つくづく理解できなかった。個人の保管は、あまりにもリスクが大きすぎる。泥棒に易々と盗み出されてしまったり、車に置きっぱなしの銃が行方不明になったりしている現況は、寒心に堪えない。

せめて、この事件が銃規制を巡る論議に一石を投じてくれたらと、願うばかりだった。

PM9：12

蓼沼将大は、学校から少し離れた場所に止めてあったホンダ・リード110の、メットイン・スペースを開けた。

布でくるまれた長さ40センチほどの包みを開く。中には、黒塗りのアルミ製スティックが二本入っていた。

哲也は、音楽室にドラムセットを用意してくれていたが、しばらく叩いているうちに、ドラムスティックが軽すぎるのが、どうしても気になりだして、わざわざここまで愛用の品を取りに来たのだ。

もっとも、常に自分のスティックを携帯しているのは、音楽への情熱からではなかった。

ボクシング経験者にとっては、アルミ製のドラムスティックは強力な護身用具となる。握りの分を差し引いても30センチ近くはリーチが延びる上に、きわめて軽いため、拳と変わらない速度で繰り出すことができる。

とはいえ、顔面を狙ったら、洒落にならない。いくら先が丸くても、目に入った場合、失明させるか、下手をすると殺してしまう可能性がある。ボディ打ちの要領で脇腹か鳩尾《みぞおち》、あるいは腕や太腿を突くのだ。それでも、自分のパンチ力だったら、一撃で悶絶させるか、戦意を喪失させることができる。

それに、警察の職務質問を受けたとき、バケツやドラム缶など、街にあるものを何でも叩くストリートドラマーをやってると言えば、棒状の凶器を携帯している言い訳ができる。実際にそんなものを叩いたらドラムスティックが傷んでしまうので、絶対にやるつもりはなかったが。

今考えると、ドラムスティックをそんな目的で持ち歩いていたのは申し訳なかったと思う。やっぱり俺は、荒れていた。今こそ、本来の使い方をさせてやれる。

将大の心の中は、哲也の友情への静かな感謝で満たされていた。

PM9：13

「タデ、張り切ってたねー。あたしも、嬉しいよー」

芹沢理沙子は、ミュージカルのようにセリフに伴奏を付けながら言う。

「あのワイルドなリズムラインが、がつんと立っててこそ、あたしの繊細なフィンガー・テクニックが生きるってもんだし」

「何か、その言い方、エロいな」

松井翼が、ベースの弦を調整しながらつぶやく。

「タデを待ってる間に、別の曲の練習やっとこう。もう遅いから、あんまり時間がない」

泉哲也は、二人に楽譜のコピーを配る。

「エマーソン、レイク&パーマー？　なんで、こんな古い曲ー？」

理沙子は、きれいにカーブした眉を上げた。

「文化祭では、キーボード・ソロもフィーチャーしときたいからな」

哲也は、できるだけさりげない口調で言ったが、理沙子は、哲也の想いを感じたのか、うっすらと紅潮した顔に笑みを浮かべる。

「試しに、とりあえず頭から行ってみようか。『悪の教典＃9』……ワン、」

哲也が合図をしかけたとき、何の前触れもなく音楽室の扉が開く。

「早かったな」と言いながら哲也が顔を上げると、蓼沼ではなく蓮実教諭が入って来た。

「みんな、ちょっと、そのまま動かないでくれ」

哲也は、ぽかんと口を開けた。蓮実教諭が手にしているのは、どう見ても猟銃のようだ。しかも、手には透明なビニールの手袋を嵌めている。

蓮実教諭は、後ろ手に扉を閉めると、銃を構えた。

ＰＭ９：１４

蓮実は、標的である三人の位置を目測する。互いに離れすぎているため、一発の散弾で二人を斃《たお》すのは難しそうだった。

上下二連銃は、一度に二発しか弾を込められない。つまり、一発で一人ずつ射殺すると、三人目を撃つ前に、新しい弾を装塡《そうてん》しなければならない。音楽しか知らない子供たちが、その間に効果的な反撃ができるとは思えなかったが、やはり、危険そうな相手から順番に処理していくのが定石だろう。

「あの、先生……何ですか?」

泉哲也が、銃を向けられながら、危機感のかけらもない呆《ほう》けた顔で言う。

「うん。ちょっと待って」

蓮実は、最初に、タンクトップ姿の松井翼を狙撃した。

音楽室の中に、耳をつんざく轟音が響いた。身体の前面に霰《あられ》のような散弾を受けた翼は、血煙を上げて、射的の的のように後ろに吹っ飛んだ。

続いて、泉哲也に向けて発砲する。

狙いが偏ったために、ひょろりとした長身の高校生ギタリストは、身体を半回転させ、向こう向きに倒れた。散弾がいくつかエレクトリック・ギターの鉄弦をかすめたらしく、アンプが仰天したような不協和音を発する。

二発撃ち終わったので、トップレバーを横に押して銃を二つに折った。エジェクターによって脱包が行われ、二個の空薬莢《からやっきょう》が勢いよく飛び出てきて、音楽室の木の床で跳ねる。

薬室に新しい弾丸を込めて、銃身を元通りにすると、きらきらと光るチュニックを着てシンセサイザーの後ろで立ち竦《すく》んでいる芹沢理沙子に、銃口を向けた。

理沙子の血の気を失った唇がかすかに動いたが、結局、言葉を形作ることはなかった。何かを訊きたかったはずだが、何を質問したらいいのかわからなかったのだろう。

三発目の引き金を引いて、理沙子を撃ち倒す。蓮実は、鼓膜にかすかな痛みを感じた。キーンという耳鳴りが止まらない。

うっかりしていた。しばらく銃を撃つ機会から遠ざかっていたので、音のことを軽視していた。撃つ前には、やはり耳栓が必要だった。

しかも、これでは、いくら音楽室が完全防音で、航空機騒音のため校舎自体の遮音性を高めてあるとはいえ、若干は音が漏れてしまったはずだ。先を急がなくてはならない。

蓮実は、首から提げていたポケットカウンターを手に取る。二連式で、男女それぞれの加算と減算ができるようになっている。男子が二組の松井翼を加えて20、女子が美彌とあゆみを引いて18からのスタートである。

カチカチと音を立ててマイナスのボタンを押し、男子から2、女子から1を引く。

残りは男子18、女子17。全員を無事『卒業』させるまでは、長い道のりだった。

PM9:15

「今、何か聞こえなかった?」

怜花は、雄一郎に訊ねる。どこからか、ドン、ドン、ドンという太鼓みたいな音がしたのだ。

全部で三回。

「え？　ああ、どっかで花火でもやってんじゃね？」

雄一郎は、あまり興味がなさそうな顔で答える。さっきから、ずっと別のことを考えているようだ。

ふいに携帯電話が圏外になってしまったことは、常に何かとつながっていないと不安になる高校生たちに、さざ波のような動揺をもたらしていた。

だからといって、特に何か行動を起こそうという雰囲気にもならなかった。妨害電波が発射されたとしても、何か機器の不具合によるものか、生徒たちに携帯電話を使わせないようにするためか、穿《うが》った見方をする子でも、釣井教諭の家から死体が発見されたというニュースを見せないようにするため……その程度の想像しかできなかったのだ。

PM9：17

銃声は、本館までは、それほど響かなかっただろうが、同じ北校舎の中では、はっきり聞こえた可能性がある。

蓮実は、少し考えてから散弾銃に二発目の弾丸を補充し、一階の宿直室へと急いだ。

まずは、最大の脅威である園田教諭を始末しておかなければならない。

忍び足で宿直室の戸口に立ち、中を覗き込んでみたが、姿がない。校内の見回りにでも行ったのだろうか。それとも、今の音を聞いて……。

蓮実は、はっとして振り返った。背後に、人の気配を感じたのだ。

廊下の向こうに、園田教諭の巨軀《きょく》が立っていた。右手にはサスマタ、左手に透明な楯を掲げている姿は、中世か未来からタイムスリップしてきた戦士のようだった。暗い廊下で野生動物のように鋭く光る目は、蓮実が手にしている散弾銃を凝視している。

園田教諭が、低い声で誰何《すいか》したようだが、耳が変になっているので聴き取れない。

蓮実は、すばやく銃口を上げ、腰だめで発砲した。廊下に銃声が反響する。散弾は面で標的を捉えるので、この距離なら正確な狙いは不要だ。

仕留めたと思った瞬間、硝煙を吹き飛ばすような風圧を感じる。ふいに目の前に現れた園田教諭の体当たりで、蓮実は真後ろへ弾き飛ばされていた。

仰向けに倒れて二発目を発射しようとしたときには、相手の姿は視界から消えていた。すくい上げるような園田教諭の蹴りで、散弾銃はどこかに吹っ飛んでしまう。

蓮実は、慌てて後ろにいざった。

なぜ、一発目で斃《たお》せなかったのか。

蓮実の疑問への答えは、園田教諭が提げている楯にあった。数発の散弾が食い込んで、放射状に白いヒビが入っている。園田教諭は、ポリカーボネイト製の防弾楯で、とっさに急所である顔面と胸部を守ったのだ。だとしても、手足や胴体には何箇所か被弾しているはずだが……。

園田教諭は、スニーカーを履いた特大の足を上げて蓮実を踏みつけようとする。本来の園田教諭のスピードであれば、やられていただろう。だが、その動作はわずかに緩慢だったため、蓮実は、ぎりぎりで身を躱《かわ》すことができた。

やはり、ダメージは与えた。それも、かなりの重傷だ。蓮実は、そう直観した。

何とか飛び起きると、数メートルの距離をおいて園田教諭と睨み合う。

園田教諭は、今やはっきりと蓮実の姿を認め、怒りと驚愕に目を剝いていた。

「この……外道が！」

突発性の難聴に陥っている蓮実の耳でさえ、びりびりと震えるほどの音量だった。

園田教諭は、左手に楯を持って、じりじりと前に出てきたが、右腕はだらりと垂らしたままで、ぽたぽたと血が滴っている。どうやら腕に散弾が当たり、サスマタは取り落としたらしい。

蓮実は、後ずさりながら、何か得物はないかと、視野の隅で床の上を探す。

散弾銃はなかったが、サスマタは、蓮実の足下に落ちていた。蓮実は、屈んでサスマタを握った瞬間、伸び上がるようにして園田教諭に必殺の突きを見舞う。同じU字形でも、パイプではなく金属板が付いているサスマタは、刃がなくても致命的な凶器になりうるのだ。

しかし、園田教諭は、左手に持った楯で、がっちりと受け止めた。

蓮実は、いったんステップバックして、今度は横殴りに攻撃を仕掛ける。これも難なくブロックされてしまう。

園田教諭は、利き手である右腕を使えないだけでなく、腹部と右脚も負傷しているようだった。にもかかわらず、仁王のような形相に圧倒的な気迫を漲《みなぎ》らせて蓮実を押しまくる。両手を使える上にサスマタを手にしていて、有利なはずの蓮実が、ただじりじりと後退するしかなかった。

気がついたときには、壁を背にしていた。園田教諭は、蓮実の身体を壁に押しつけると、楯を放し、左手で喉をつかんだ。蓮実は、サスマタを捨てて、両手でもぎ離そうとするが、怪力は緩まない。

「儂《わし》が生きている限り、生徒には、指一本触れさせんぞ！」

園田教諭の声は、まるで羆《ヒグマ》の咆哮《ほうこう》だった。蓮実は、ビニールの手袋を着けた右手の指を伸ばして、相手の目を狙う。園田教諭は、顔を背けるのではなく、逆に、蓮実に向かって額を叩き付けた。

意識がブラックアウトしそうな衝撃を受け、蓮実は崩れ落ちる。たぶん、鼻骨が折れているだろう。今度は、凄まじいサッカーボールキックが、頬をかすめた。まともに入っていたら、即、失神KOだったに違いない。

蓮実は、懸命に立ち上がろうとしたが、そこへ唸りを上げる園田教諭の左フックが襲う。蓮実の右腕のガードを弾き飛ばして、とてつもなく堅く重い拳が頬骨の上に炸裂した。

だめだ。こいつには何も通用しない。

いったいなんで、高校教師なんかやってるんだ。ＵＦＣへ行け。

蓮実は、再び倒れ込み、追撃を避けるために真横に転がる。すると、幸運にも散弾銃が手に触れた。神業のような速度で拾い上げて逃げると、すばやく向き直って、銃口を園田教諭に向ける。

園田教諭もまた、反応は迅速だった。楯を拾って顔面をカバーすると、即座に間合いを詰めてくる。

蓮実は、落ち着いて、至近距離から発砲した。

園田教諭の動きが、ぴたりと止まった。

ポリカーボネイト製の防弾楯には大穴が開いており、内側は鮮血の滴で曇っている。

蓮実が、二発目に散弾銃に込めておいたのは、一粒弾《スラッグ》だった。スラッグ弾は、散弾ではなく文字通り一粒の大きな弾丸であり、本来は熊や猪などの大型動物を仕留めるための弾だが、重量があるため、大口径ライフル並みの運動エネルギーと、それを凌ぐ貫通力を持っている。アメリカの法執行機関では、突入のためドアの蝶番《ちょうつがい》を破壊するのに使われており、ドア破り《ドア・ブリーチャー》や、マスターキーという異名があった。

強力なスラッグ弾は、一発目の発砲で弱っていたポリカーボネイト製の楯を貫通して、園田教諭の顔面を吹き飛ばし、真っ赤なクレーターに変えてしまっていた。

園田教諭は、それでも数秒間、その場に立っていた。それから、蓮見に向かって左手を伸ばそうとして、ぐらりと揺れると、大木のように前のめりに倒れた。

「化け物め」

蓮実は、笑った。顔がなくなっても戦おうという執念には、まったく恐れ入るしかない。つくづく、この男は、生まれてくる時代を間違えたと思う。

PM9：18

今度の音は、さっきより遥かに大きく響いた。

生徒たちは、ぎょっとして、辺りを見回す。

「向こうからだ！」

音は、中庭の方角から聞こえたようだった。生徒たちは、廊下に鈴なりになる。

すると、突然、獣の唸り声のような凄まじい声が響いてきた。出元は、どうやら北校舎らしい。

「何なんだ、いったい？」

誰もが、固唾《かたず》を呑んで見守っていると、再び、低い爆発音が轟《とどろ》いた。

「あっ。あれ！」

雄一郎が叫んで、北校舎の一階を指さした。怜花も、たしかに見た。たった一瞬だが、暗い窓に鈍い光が閃《ひらめ》いたのを。

「やっぱり、銃声だったんだ」

前島雅彦が、つぶやく。

「なんで、おまえに、そんなことわかるんだよ？」

鳴瀬修平が、横目で雅彦を睨む。

「この音、前にも聞いたことあるから。クレー射撃に連れてってもらったことがあって」

「おい。だったら、窓際は危ないぞ！　流れ弾が飛んでくるかもな」

渡会健吾の声で、みな、いっせいに窓から離れた。

「どうする？」

「すぐに、警察呼ぼう」

誰かが言う。それで、全員が気がついたようだった。携帯電話は圏外であり、どこにも通報できなくなっていることを。

ＰＭ９：１９

蓼沼将大は、北校舎に戻る途中で、銃声のような音を聞いた。

ぎょっとして立ち竦み、とっさに駐車している軽トラックの陰に身を隠す。

誰かが、北校舎から出てきたようだった。一階の渡り廊下を通って、本館の方へやって来る。将大は、軽トラックの荷台の陰に頭を引っ込めたので、その人物の顔までは見えなかった。

本館の通用口のドアが開き、そして、閉まる音がした。さらに、施錠される音まで。

何か異常なことが起きているのは、たしかだった。将大は、慎重に様子を窺ってから、北校舎に向かって走った。

北校舎の一階のドアは、開けっ放しだった。中に入ると、火薬が燃えた後のような奇妙な臭いのする煙が漂っている。これは、硝煙だろうか。まさか。

階段を駆け上がり、音楽室に急ぐ。

防音扉を開けたとき、信じられない光景を目にして、その場に立ち尽くす。

音楽室の床は、血の海だった。そして、倒れているのは、三人の無残な遺体だった。

足が震え、喉がからからになった。将大は、一人ずつ順番に、息をたしかめた。全員、事切れている。

そんな馬鹿な……。なんでだ。こんなことが。

将大は、茫然として立ち上がった。

ただ、底なし沼に沈んでいくような喪失感に支配されていた。

将大は、ふらふらと音楽室を出ると、一階の宿直室に向かった。すると、廊下に大男が横たわっているのを見つける。体格から、園田教諭であることはすぐにわかった。まさか。

死んでいる。遺体には、顔がなかった。爆発したように吹き飛ばされている。

さっきから感じていた非現実感は、さらに大きくなった。心のどこかで、園田教諭は不死身だと信じていたのかもしれない。

将大は、力なく首を振ると、廊下の端で、胃袋の中にあったものをすべて吐いた。

それから、半ば無意識に携帯電話を出して、一一〇番にかけようとした。

かからない。圏外になっている。

なぜなのかは、わからない。すっかり思考能力が麻痺してしまったようだった。

どうすればいいんだ。将大は、ショックのあまり無感動《アパシー》に陥りかけていた。

それから、はっと気がつく。

……柚香。本館には、クラスのみんなもいる。

助けなきゃ。危機感が、将大を覚醒させた。

たぶん、さっき見たやつが犯人だ。俺が行かなきゃ、全員、殺されてしまう。

急に恐怖を感じて、身体中に戦慄が広がった。この、あまりにも残虐で異常な犯行と、こんなことが平気で行える怪物に対して。

だが、すぐに、焼けつくような怒りが身の裡《うち》に湧き上がり、恐怖心を払拭してくれた。

なぜだ。あいつらが、何したっていうんだ。どうして、あんなことができる。

よくも、よくもやってくれたな……。俺の友達を。

将大は、ドラムスティックを握りしめた。

いいんだろう、殺しても。どう考えても、もう、許されるよな。こんな場合、殺すしかねえだろう。生かしておけるか。俺が、この手で犯人をぶっ殺してやる。

哲也。翼。理沙子……。それに園田先生も。見ててくれ。必ず、仇は討ってやる。

柚香。待っててくれよ。おまえだけは、絶対に助けてやるから。

第十章

PM9：21

校内放送用のスピーカーが、鋭い金属音を発した。生徒全員が、そちらを注視する。

「……みなさん、よく聞いてください。校内に、不審者が侵入しました。繰り返します。不審者が侵入しました。危険なので、絶対に、一階へは下りないように」

蓮実教諭の声だった。みな、しわぶき一つせずに、聞き入っている。

「パニックにならず、冷静に対応してください。できるだけ、上の階へ移動するように。屋上へ待避して、ドアの鍵をかけ、助けを待ってください」

「行こう！」

女子生徒を中心に、早くも動きがあった。

「犯人は、猟銃を持っています。近づくと危険です。繰り返します。冷静に対応してください。

絶対に、一階へは下りないように。そして、すみやかに、屋上へ待避してください」

校内放送は、唐突に終わった。

怜花は、蓮実教諭の声が、いつもとは違うことに気づいていた。緊張で上ずっているのではない。蓮実教諭は、自分の声の響きは隅々まで意識しており、聞き手に与える効果を計算し尽くしたような喋り方をする。それが今は、まるで密閉型のヘッドホンを付けた若者か、自分の声がよく聞こえない老人のような、ぎこちない声の出し方なのだ。それに、発音そのものが、口の中を怪我しているように不明瞭だった。

「みんな、何してるの？　早く逃げなきゃ！」

阿部美咲らが声をかけ合って、言われたとおり、屋上へ向かおうとする。

「ちょっと待て！　おかしいと思わねえか？」

待ったをかけたのは、渡会健吾だった。

「おかしいって、何がよ？」

「今の放送は、その不審者も、当然聞いてるはずだろう？　それなのに、なんで、屋上へ逃げろなんて指示するんだよ？　こんなの聞いたら、絶対、そいつも上がってくるじゃねえか？」

「それは……」

美咲は、反論しようとしたが、うまく考えがまとまらないようだった。

「だから、その前に急いで屋上へ逃げろってことでしょう？　放送がなくたって、どうせ不審者は上がってくるかもしれないし」

去来川舞が、美咲に代わって反駁《はんばく》する。

「だとしても、変だよ」

雄一郎が、静かに言う。控えめな喋り方が、かえってクラス全員の注意を引きつけた。

「放送室は、一階だろう？　その不審者ってのが、一階をうろついてるんなら、どうして、今みたいに放送できたんだ？」

ざわめきが広がった。みな、言われてみれば、たしかにそうだと思ったのだろう。だが、事態は一刻を争うのだ。のんびりと議論している余裕はなかった。

「何言ってるの？　あんたたち、ハスミンを疑ってるわけ？　わたしたちを助けるために、危険を冒して放送してくれたんじゃない！」

語気鋭く、佐藤真優が吐き捨てる。

「早く行こう！　こんな人たちに付き合ってる暇ないって！」

親衛隊、ＥＳＳのメンバーを中心にして、多くの生徒が走り出しそうになる。

「待って。これ、罠だわ！」

怜花は、思わず、叫んでいた。

「罠？　あんた、何言ってんの？」

美咲が、眉間にしわを寄せて振り返った。

「ケータイのこと、思い出して！　どうして、このタイミングで圏外になるの？　とても偶然とは思えないでしょう？　わたしたちが、どこへも通報できないようにしておいて、上へ追い詰めようとしてるとしか……」

「その罠っていうの、いったい、誰の仕業なわけ？」

「それは、もしかしたら、蓮……」

美咲が、激昂して蒼白な顔になり、怜花の襟首をつかんだ。

「いい加減にしろよ！　誰も、おまえの意見なんか訊いてねえんだよ！」

親衛隊の真優と彩音も、険悪な表情で怜花を取り囲む。

「やめろって！　喧嘩してる場合じゃないだろう？」

怜花が殴られずにすんだのは、雄一郎が割って入ってくれたおかげだった。

「みんな、とにかく、ハスミンの言ったとおりにしようよ！」

牛尾まどかと、柏原亜里が訴える。ＥＳＳのメンバーでも、小野寺楓子だけは、怜花の言葉もあって少し迷っているような表情だった。

「いや、やっぱり待て！　罠かどうかはともかく、俺も、上へ行くのはやめた方がいいと思う」

いったん傾きかけた流れを引き戻したのは、山口卓馬だった。

「屋上なんか行ったら、全員、どこにも逃げ場がなくなるぞ」

「ハスミンが言ってたじゃない。ドアに鍵をかけろって……」

舞が、取りなすように言う。

「犯人は、銃を持ってるって言ってんだろう？　あんな鍵なんか、銃でぶち抜かれたら、それで終わりだ」

しんとした。

「じゃあ、どうしろって言うのよ？」

美咲が、逆切れしたように叫ぶ。

「わからねえ」

卓馬は、腕組みをして言う。

「でも、俺は、下へ行ってみる」

「そんなの……危ない」

楓子が、震え声で諫《いさ》めるようにつぶやくと、卓馬は、ちらりと彼女の顔を見た。

「危険は承知の上だ。ケータイが使えないなら、ふつうの電話で助けを呼ぶしかない」

「犯人が、電話線を切ってるかも……」

怜花は、独り言のように言った。

「だとしても、こんな短時間に学校の中の電話を全部つぶせたとは思えねえ。どっかに、一個くらい、生きてる電話があるはずだ」

そうだろうかと、怜花は思った。妨害電波を使って携帯電話を圏外にするくらい狡猾《こうかつ》な犯人が、そんな単純な見落としをやるだろうか。

「誰か、俺と一緒に行くやつはいねえか？」

卓馬の呼びかけに応じたのは、鳴瀬修平、加藤拓人《かとうたくと》、佐々木涼太《ささきりょうた》の三人だった。

「みんな、何やってんだよ？　このままじゃ、みんな殺されるぞ！」

緊張に耐えかねたのか、ふいに、有馬透が叫び出した。

「知らせなきゃ……早く！　非常事態！」

止める間もなく、透は、廊下へ走り出ると、非常ベルのスイッチを押してしまう。

ぎょっとして、全員が凍りつく。たしかに、救助を求めるためには有効かもしれないが、不審者を刺激して呼び寄せてしまうことを恐れていたからだ。

校舎の中に、神経を逆なでするような、けたたましいベルの音が鳴り響いた。ところが、ものの二十秒ほどで、ぴたりと止まってしまう。

「あれ……どうしたんだ？」

透は、ボタンを押し直そうとしたが、押し込まれたままで、戻っていなかった。

「な？　やっぱ、おかしいだろうが」

健吾が、皮肉な口調で言った。

「非常ベルは、事務室かどっかの、根本のスイッチで切られたんだ。ふらっと入ってきた不審者に、こんなことできるか？」

PM9：23

蓮実は、職員室で、三階の監視カメラから送られる映像を見ていた。

同時に盗聴器の音声が聞けないのは残念だったものの、生徒たちが、教室と廊下の間で激論を交わしながら右往左往している様子は、なかなか面白かった。お調子者の有馬透が非常ベルを鳴らしたときも、映像を見ていたおかげで、すぐに対処できた。

ただ、生徒たちが、なかなか屋上へ向けて移動しようとしないのは、やや計算外だった。

現在残っている三十五名の生徒を全員射殺するためには、上階へ追い詰める必要がある。一番まずいシナリオは、生徒たちが、後先考えず、草食獣の暴走《スタンピード》のようにいっせいに逃げ出すことだった。階段は東西に二箇所あるから、大半は殺せたとしても、混乱の中で、一部は撃ち漏らす可能性が高くなる。

まずは校内放送を聞かせることで落ち着かせ、冷静な対応を取るよう言い聞かせたのも、そのためだった。

屋上へ通じるドアは、美彌の殺害を自殺に見せかけるためのトリックで施錠されている。そこへ生徒たちを集められれば、まさに袋のネズミであり、一網打尽にできるのだが。

廊下からかすかな音が聞こえ、蓮実は、はっと緊張した。

どういうことだ。監視カメラの映像を見ながら、出席簿でチェックしていたが、残りの生徒は、全員三階に集まっているはずなのに。

装弾した散弾銃を構えると、蓮実は、足音を立てないように職員室の戸口に近づいた。

いる。誰かが、廊下を歩いていた。

そっと引き戸を開け、顔を出す。

誰だ、あれは。

見るからにびくびくした足取りで暗い廊下を歩いているのは、柴原教諭だった。

なんで、こいつがいるんだ。それから、早水圭介を殺した晩も、柴原が校内をうろついていたことを思い出す。

まあ、どうでもいい。死ね。

蓮実は、銃で狙いを付けた。

その瞬間、何かを感じたのか、柴原教諭は脱兎のごとく走り出した。蓮実は、後ろ姿に向かって発砲するが、仕留めることはできなかった。柴原教諭は、そのまま階段を駆け上がって、姿を消してしまう。

蓮実は、舌打ちした。

上下二連銃は、下の銃口から先に発射するように設定してあるが、上下の銃口の絞りが違うため、散弾の拡がり方にも差が出る。下側のチョークは近距離用で緩いため、散弾は必要以上に広範囲に拡散してしまい、柴原を取り逃がしてしまったのだった。

PM9：24

痛い痛い痛い……。柴原教諭は、必死に階段を駆け上がりながら呻いた。

俺は、撃たれた。不審者がいるというのは、本当だった。いきなり、撃ってきやがった。

弾は、左のふくらはぎに命中したようだ。激痛が走り、もう一歩も上れないと思う。

しかし、ここで止まったら、追いつかれる。……殺されてしまう。

嫌だ。死にたくない。

柴原教諭は、右脚一本でステップを踏み、死に物狂いで階段を上がり続けた。

こんなはずじゃなかった。今晩は、女子高生の若い身体を心ゆくまで弄《もてあそ》ぶつもりだった。吉田桃子の、やや翳《かげ》がある幼い顔と、豊満な胸のコントラストが、脳裏に浮かぶ。それも、学校の中の、日頃は授業をやっている教室や廊下で、屈辱を味わわせながら、たっぷりと陵辱してやるつもりだった。

それなのに、なぜ、こんなことに。

思いがけず、天敵の園田が宿直になったため、あわてて北校舎から逃げ出して、本館でしばらく隠れているつもりだった。たまたま、校長室のドアの鍵が開いており、革張りのソファの上でうとうとしていたら、銃声のような音が聞こえて目が醒めた。

驚いて、どうしようかと思案していたら、蓮実の声の校内放送で、とんでもない事態になっていることがわかったのだった。

助けてくれ。誰か。

二階には、誰もいない。脂汗を流しながら、懸命に三階を目指す。負担が集中した右脚の筋肉が、悲鳴を上げていた。ようやく、踊り場を過ぎた。もうすぐ三階に辿り着く。

三階に上がった瞬間だった。ロープで足下を掬《すく》われる。右脚にしか体重をかけられず、その右脚が限界に来ていた柴原教諭には、ひとたまりもなかった。

あっと思ったときには、床が目の前に迫っていた。

柴原教諭は、前のめりに転倒した。次の瞬間、たくさんの手が伸びてきて、柴原教諭を押さえつけ、したたかに殴りつけた。

PM9：25

「捕まえたぞ！」

「こいつが、不審者だ！」

「ボコれ！　ボコれ！」

「逃がすな！　脚を折れ！」

「腕もいっとく？」

生徒たちの凶悪なかけ声と歓声とが、柴原教諭を包み込む。

やめろ。違う。俺じゃない。痛い。やめてくれ……。

柴原教諭の悲鳴は、誰の耳にも届かないようだった。

「こらあ！　俺だ！　柴原だ！　おまえたち、やめろ！」

喉が破れそうな声で絶叫すると、ようやく、彼らも気がついたようだった。少しだけ、周囲が静かになる。

「おい……何しやがんだ？　ああ？　おまえたちは……」

柴原教諭の声を遮ったのは、山口卓馬だった。

「柴原。ここで、何してる？」

「何だあ、その口の利き方は？　俺は、教師だぞ！　てめえらみたいな糞餓鬼が、舐めた口を」

いきなり、鳩尾《みぞおち》を蹴られる。柴原教諭は、息が詰まって、その先を続けられなかった。亀のように身体を丸めて、ひたすら痛みに耐えるしかない。

「いいから、答えろ！　おまえは、なんでここにいるんだ？」

卓馬は、これまでに見たことのないような冷酷な表情で、柴原教諭を見下ろす。

「……それは」

「とぼけんじゃねえぞ！　やっぱ、てめえが不審者なんだろうが？」

加藤拓人が、柴原教諭の髪をつかんで、バックハンドで殴りつけた。

「違う……俺は」

「おまえ、宿直じゃねえよな？」

「こいつ、今晩、ここにいるはずねえじゃん」

「今聞こえた銃声は、おまえが撃ったんだろう？」

「やっぱり、こいつだって！」

「違う。待って……待ってくれ」

柴原教諭は、必死に自分を取り囲む生徒たちを見渡した。誰か……誰か、話をわかってくれるやつは。

真っ青な顔をした吉田桃子が、目に入った。そうだ。こいつなら、俺の無実を。

「吉田。みんなに説明してくれ。俺たちは、今夜……」

その瞬間、桃子は、まわりを見渡して大声で叫んだ。

「みんな、騙されないで！　こいつが不審者よ！」

おい、何を言うんだ。違うだろう。俺たちは、そんな……。

だが、再び、容赦ない暴力が柴原教諭を襲い始めた。

「やめてくれ！　違う。おい、吉田……頼むから本当の」

「こいつ、前から、生徒を皆殺しにしてやるって言ってたもん！　今晩、みんなを殺すつもりだったんだ！」

桃子は、何かに取り憑かれたような表情で、信じられないことを喚《わめ》いている。

「外から入って来た不審者じゃできないことも、こいつはできるでしょう？　非常ベルのスイッチを切ったのも、絶対こいつだって！」

「てめえ！」

「やっぱり、そうだったのか！」

その後は、殴る蹴るの袋叩きになった。恐怖から逃れようとする暴力は、柴原教諭への日頃の恨みと不信感も手伝い、エスカレートしていく。少数ながら止めようとする生徒もいたが、群集心理によって、ますます手が付けられない状態になるばかりだった。

柴原教諭は、意識が遠くなりかけた。俺は、このまま殺されるのだろうかと思う。

「おい、みんな。ちょっと待て！　やめろ！」

渡会健吾が、柴原教諭の足下に屈み込んだ。

「こいつ、犯人じゃない」

「なんで、そんなことわかんのよ?」と、桃子が健吾に食ってかかる。

「見ろって」

健吾は、柴原教諭のふくらはぎを指さした。

「脚を撃たれてる」

いっぺんに、まわりが静かになった。

「そんなの、自作自演かもしれないでしょう?」

桃子だけは、それでもなお柴原犯人説に固執していた。何人かは、柴原教諭を糾弾した桃子に対して奇異な視線を向けたが、大半の生徒は興味を失って、まるで潮が引くようにいなくなってしまう。

手当をしようとする者もなく、柴原教諭は、その場に放置された。

「助けてくれ……助け」

「殺される」

もはや意識は飛びかけていたが、原初的な生存への欲求だけで、柴原教諭は、男子トイレの中に這いずっていった。

PM9:25

「だめ！　鍵かかってるよ！　開かない！」

阿部美咲は、屋上へ通じるドアのノブを、ガチャガチャ回した。

「鍵は……？　どこにあるんだろう？」

去来川舞が、まわりを見回して言う。

「ハスミンが持ってるんじゃない？」と、柏原亜里。

「でも、ハスミン、どこにいるかわかんないし」

牛尾まどかが、溜め息をついた。

「あれ？　でも、これ、鍵があってもダメじゃん」

高橋柚香が、舞の手元を覗き込みながら、口走った。

「なんでよ？　変なこと言わないで！」

三田彩音が噛みつく。恐怖とストレスのために、神経がぴりぴりしているようだ。

「まだ、鍵穴にガム詰まってる」

「あ……？」

「それ、変だよ。このドア、ずっと開いてたでしょう？　鍵穴にガムを詰められてたから、鍵をかけられなかったんだし」

小野寺楓子は、考え込みながら額に手を当てた。

「今、そんなこと、どうでもいいでしょう？」

林美穂が、いらいらしたように遮った。

「待って！　楓子の言うとおり、やっぱり変だって！　鍵穴がずっと塞がってたんなら、どうやって鍵かけたのよ？」

舞が、はっとしたように言う。

全員が、黙り込んでしまった。誰もが答えを求めてまわりを見回すが、目に入るのは、自分と同じ当惑した表情ばかりである。

「……やっぱり、今、屋上に誰かいるんだ！　そうとしか考えられないよ」

楓子は、全身の皮膚がぴりぴりするような異様な戦慄《せんりつ》を感じていた。何か異常なことが起きているのは、まちがいない。もちろん、夏休みの夜、学校に不審者が侵入しているだけで、五百パーセント異常なんだけど。

「マジで？……そりゃあさあ、向こう側からだったら、鍵はかけられるけど」

美咲が、当惑したように言う。

「でも、そいつは、これだけの騒ぎになってんのに、何でシカトしてんの？」

「さあ……」

「誰誰？　もしかして、不審者？」

横田沙織《よこたさおり》がつぶやいたため、みな、ぎょっとしてドアから離れた。

「違うと思う。わたしたちがまだ三階にいるときに、犯人がスルーして屋上に行って鍵をかけて閉じこもるって、意味がわかんないよ」

楓子は、懸命に状況を整理しようとした。そのとき、下から、大勢の叫び声が聞こえてきた。三階だ。一気に緊張が走る。

「ふ、不審者？　いやだ！　上がってきた？」

「どうすんの？　ここにいたら、どこにも逃げられないじゃない！」

「ちょっと待って。様子がおかしいよ。みんな騒いでるけど、銃声もしないし」

「わたし、ちょっと見てくる」

柚香が、止める間もなく身を翻し、階段を駆け下りていった。楓子は、後ろ姿を見送りながら、「危ないから行かない方がいいよ！」という声を呑み込んでしまう。三階には、親友の怜花もいる。たとえ少々危険を冒してでも状況をたしかめてきてほしいというのが、正直なところだった。

「ねえ、誰よ？　いるんでしょう？　おい、返事しろよ！　鍵を開けてって！」

長身の美咲が、バレーボールのアタッカーのように激しくドアを叩きながら叫ぶ。

「もしかしたら、安原さんじゃない？　ずっといないし」

柏原亜里が、つぶやいた。

「それか、あゆみかも」と、横田沙織が言う。

蓮実教諭の放送を信じて屋上へ向かったのは、ＥＳＳや親衛隊《SS》のメンバーを中核にした十七名だった。一応、有馬透や鈴木章ら五名の男子も含まれていたが、場を仕切っている女子の勢いの前で、気を呑まれたように沈黙している。

そのとき、誰かが階段を上がってくる気配があった。みな、ぎょっとしてパニック寸前になったが、上がってきたのは柚香だった。

「柴原だった」

「変態マントヒヒ？　なんで、ここにいるの？」

「え？　じゃあ、もしかして、あいつが不審者？」

「それ、ありえるって！　もともと変質者だし」

「あいつ、しょっちゅう女子の着替え覗いてたじゃん！」

全員が、いっせいに柚香に質問を浴びせ、興奮して喋り出す。

「……そう思って、男子がボコボコにしたみたい。でも、たぶん、違う。銃だって持ってなかったし」

柚香の答えに、少女たちは、溜め息をついた。

「ねえ！　誰か、細い棒みたいなもの持ってない？」

美咲が、鍵穴を覗き込んで言う。

「棒って？　どうするの？」

「くっついてるガムを取ろう。入り口を塞いでるだけみたいだから、剝がしたら鍵を開けられるかも」

「でも、どっちみち、鍵はないでしょう？」

「ハスミンが、絶対、わたしたちを助けに来てくれる！　その前に、わたしたちにできることは、やっとかなきゃ」

美咲の確信に満ちた口調で、大半の生徒は、ほんのわずかだが希望を取り戻したようだった。

楓子だけは、教室で山口卓馬が吐いた言葉を思い出していた。

屋上なんか行ったら、全員、どこにも逃げ場がなくなるぞ。……あんな鍵なんか、銃でぶち抜かれたら、それで終わりだ。

銃の威力については何も知らないので、鉄板を撃ち抜けるのかどうか見当も付かないが、考えるだけで、背中に冷や汗が滲むような気がする。

だけど、今は、そんなよけいなことは言わない方がいい。楓子は、清田梨奈が提供した金色のヘアピンを鍵穴に突っ込んでいる美咲の作業を、黙って見守った。

PM9：27

蓮実教諭の校内放送から、五分以上が経過している。校内に侵入したという不審者は、階段を上がってくる様子もなかったし、柴原教諭が現れる前に一発聞こえてから、銃声も途絶えたままだった。

「なんで、来ないんだろう?」

怜花は、つぶやいた。来てほしくはないが、こんなふうに音無しの構えを続けられると、気が変になりそうだった。

「もしかして、もう逃げたとか?」

雄一郎が、首を振った。

「いや、わざわざケータイや電話まで潰しといて、これで終わりとは思えない。たぶん、こっちの出方を窺ってるんだ」

「何のために?」

たまたまそばに来た渡会健吾が、ふんと鼻を鳴らして、雄一郎の代わりに怜花の質問に答える。

「そんなの、どう考えたって、理由は一個きゃないじゃん」

「どういうこと？」

「学校を襲撃するようなサイコってさ、もっと衝動的っていうか、行き当たりばったりに行動するもんだろう？　ところが、こいつはじっくり一階で待ってる。銃を乱射しながら突っ込めば、さくさく殺す快感はあるだろうが、混乱に乗じて何人かは逃げ出す可能性が高くなるはずだ。たぶん、それが気に入らないんだろうな」

怜花は、雄一郎と目を見合わせた。

「気に入らない？」

「一人も逃したくないんだろう。百点満点が取りたい。完璧に、皆殺しにしたいわけだ」

怜花は、ぞっと背筋が寒くなった。

「なんでよ？　どうして、わたしたちを皆殺しにしなくちゃならないの？　そんなの……どう考えたって、めちゃくちゃだし、何の意味もないじゃない？」

「そんなこと、俺にはわからねえよ。現実的な計算があるのか、オカルトみたいな狂った論理に従ってるのか。ただ、ケータイを圏外にしたやり方からしても、この犯人はただのサイコ野郎じゃないな。殺人鬼《サイコ》と反社会性人格障害《サイコパス》は、完全な別物だって考えとかねえと。……夏越は、どう思うよ？」

健吾が他人に意見を求めるのは、あまりないことだった。

「俺もそう思う」

雄一郎は、言葉少なに答えた。

「で？　犯人は、誰だと思う？」

健吾は、雄一郎の耳元に顔を寄せて囁いた。

「誰って……知ってるやつだっていうのか？」

「とぼけんなよ。さっきの放送は、おまえもおかしいって思ったんだろう？　二択だよ。誰かが蓮実を脅して、さっきの放送をさせたのか――そいつは、学校のことをよく知ってるやつだ。そうでなきゃ、蓮実本人が犯人なのか」

雄一郎は、ちらりと怜花の方を見た。その視線は、何も言うなと告げているようだった。ここで蓮実教諭に対する過去の疑惑を持ち出しても、事態が紛糾するだけだと考えているのだろう。

「俺は、八二で、誰かが蓮実を脅してると見た。声がおかしかったろ？　たぶん、あれは、殴られたからだ」

たしかに健吾の言うとおりだったと、怜花は思った。とはいえ、そのことが、ただちに蓮実教諭をシロだとする根拠にはならない。

「じゃあ、俺たち、行ってくるわ」

山口卓馬、鳴瀬修平、加藤拓人、佐々木涼太の四人が、廊下に現れた。教室の中で武器を探していたのだが、大したものは見つからなかった。それでも、お化け屋敷を作るのに使った大型のカッターや鋏《はさみ》に加えて、先にたくさんの釘を打ち付けた角材を携えていた。涼太は、廊下に備え付けられた消火器も取り上げる。

「行くって、どうするつもりなんだよ?」

健吾が、腕組みをして訊ねる。

「さっき言ったじゃねえか。一階のロビーには公衆電話があるし、職員室とか事務室には普通の電話もある。それで、助けを呼ぶ」

卓馬は、きっぱりと答えた。

「電話がだめでも、学校の外に逃げ出せれば、助けを呼びにいけるしな」

「マジかよ。相手は銃を持ってんだぞ?」

「だから、西階段と東階段の二手に分かれて下りる。最悪、片方が犯人に見つかっても、逃げながら犯人を引きつけてる間に、もう一方が一階から外に脱出できるはずだ」

怜花には、とても成算がある話とは思えなかった。犯人は、当然、そのくらいのことは予想しているはずだ。

卓馬を止めようとしたとき、健吾が、溜め息混じりに言う。

「おまえさあ、さっきあんなこと言って、引っ込みつかなくなったからって、やめてもいいんだぞ?」

「そんなんじゃねえよ!」

卓馬は、語気鋭く言うと、健吾を無視して、まわりに向かって確認を求める。

「小野寺たちは、上へ行ったんだよな?」

「うん。結局、止められなかった」と雄一郎。

「あいつら、蓮実教の信者だからな」

健吾が、嘲笑《あざわら》うように口を挟んだ。

「もし小野寺に会ったら伝えてくれねえか。もし無事にここを切り抜けられたら、デートしようって」

卓馬は、雄一郎に向かって言った。周囲がしんとした中で、健吾が噴き出した。全員が信じられない目で健吾を見る。

「おいおい、この状況でそんなこと言うのは、まずいんじゃねえの？　今、思いっきり、死亡フラグ立ったぞ」

卓馬の顔色が変わった。健吾に詰め寄って胸ぐらをつかもうとしたが、寸前で、そんなことをしている場合ではないと思い直したらしい。

「……おい、行くぞ！」

卓馬と修平は東階段、拓人と涼太が西階段へ向かう。

怜花は、固唾《かたず》を呑んで、その行方を見守った。かりに、どちらか一方が擦り抜けられたとしても、不審者に出くわしたもう一方は、助かる可能性は低いのではないだろうか。

「あーあ、知らねえぞ。……とはいえ、俺たちも、このままじゃまずいか。行動《アクション》を起こさねえとな」

健吾が、つぶやく。

「どうするんだ？」

雄一郎が訊くと、健吾は、子豚のようなぽっちゃりした顔に謎めいた笑みを浮かべた。

「東から来たら西、西から来たら東へ逃げるつもりにしてたが、そんな適当なやり方じゃ助からねえだろうな。とりあえず、守りを固めよう。今なら、ある程度時間の猶予があるはずだ」

なぜ、今なら時間があるのだろう。怜花は訝《いぶか》ったが、質問する機会を逸してしまった。健吾は、三階に残った十三人の生徒たちを呼び集め、矢継ぎ早に指示を出し始める。

怜花の眼の隅に、健吾の指示を無視して一人だけ離れていく男子の姿が映った。高木翔《たかぎかける》。アーチェリー部のキャプテンで、インターハイにも出場して好成績を収めたらしい。

どこへ行くのだろう。後ろから声をかけようとした怜花を、健吾が怒鳴りつける。

「片桐！　ぼやっとしてんなよ！　死にたくなかったら働け！」

PM9：28

職員室で、ずっとモニターを見ていた蓮実は、大きく伸びをすると、時刻を確認する。生徒たちは、ようやく三派に分裂し、動き始めた。予想通りだが、あまり悠長には構えていられない。

「United we stand, divided we fall. ……団結すれば助かるが、分裂すれば倒れる。授業では、まだ教えてなかったっけ」

蓮実は、腫れていない左頬だけで薄く笑うと、出席簿に鉛筆で印を付けていく。

校内放送の指示通りに屋上へ向かったのは、十七名だった。

ＥＳＳが、去来川《いさがわ》舞、牛尾まどか、小野寺楓子、柏原亜里の四名。親衛隊《ＳＳ》が、阿部美咲、佐藤真優、三田彩音の三名。その他が、清田梨奈、高橋柚香、塚原悠希、林美穂、横田沙織、有馬透、鈴木章、田尻幸夫《たじりゆきお》、坪内匠《つぼうちたくみ》、脇村肇《わきむらはじめ》の十名である。

十七名の従順な子羊たちについては、心配は要らない。いつでも一気に片付けられる。

それに対して、頑固に三階に留まっているのが十四名。

伊佐田直樹、木下聡、塩見大輔、高木翔、中村尚志、夏越雄一郎、前島雅彦、松本弘、渡会健吾、片桐怜花、久保田菜々《くぼたなな》、白井《しらい》さとみ、星田亜衣、吉田桃子。

この連中の中には、要注意の生徒や跳ねっ返りが多数含まれているため、絶えず出方を注視しておく必要があるだろう。

そして、今まさに一階に下りてこようとしている向こう見ず《デアデビル》が、山口卓馬、鳴瀬修平、加藤拓人、佐々木涼太の四名だった。

蓮実は、散弾銃を取り上げた。

ＰＭ９：２８

「くそっ！」

ナイフの先端が滑って、左手の指を浅く切ってしまった。

蓼沼将大は、うめいた。たかが南京錠一個に、これほど手こずるとは思っていなかった。大きな音を立てるわけにいかないので、あまり無茶苦茶なこともできない。

このために、貴重な数分を浪費してしまったが、どうしても武器は必要だった。ドラムスティックなど、しょせんはルールのあるケンカのための道具である。これからやるのはケンカじゃない。殺し合いなのだ。

剣道部の部室には、たしか木刀があった。土産物屋で売っているような安物ではなく、ずっしりと重いすぬけの高級品だった。一撃で頭を砕く自信はあったが、銃を持っている犯人が、やすやすと木刀の間合いに入らせてくれるはずもない。

野球部にある鉄パイプ型マスコットバットも同じだ。おもりを外せば、長さ80センチ以上のグリップ付き鉄パイプになる。ふつうなら充分すぎるほど強力な武器だが、相手が銃では、やっぱりどうにもならない。

カフェテリアの厨房には包丁くらいは置いてあるはずだが、これもアウトだ。殺傷力だけでなく、ある程度は遠間から狙えるリーチが必要なのである。

そう考えると、学校で入手可能な最強の武器はアーチェリーだろう。アーチェリー部のエースである高木が持ったら、銃に対抗できる威力を発揮するかもしれない。とはいえ、将大自身は一度も触ったことがなかった。いきなり射ようとしたところで、まっすぐ矢を飛ばすことさえおぼつかないだろう。

となると、残されたのは、これしかない。将大がドアをこじ開けようとしていたのは、陸上部の部室だった。

ようやく、ナイフの刃の先端でネジを回すことに成功した。南京錠が付いている掛け金の方を外して、傷ついた指を舐めながらドアを開ける。

あった。ナイロンのケースに入れて壁に立てかけてあるのは、やり投げのやりだった。ケースから出してみると、ジュラルミンのような軽い合金製で、長さは2メートル半ほどあるが、重さは1キロを切っているだろう。馬鹿でかいドラムスティックのようなものだが、先端はスパイク状に鋭く尖っていた。

前に一度だけ、ふとした気まぐれから、陸上部のやつを脅して投げてみたことがある。筋力だけでなく天性のセンスがあったのか、第一投から軽く50メートル以上は飛んだ。たまたまその様子を見た陸上部の顧問から、しつこく勧誘を受けたほどだった。

突然、自分のやろうとしていることの無謀さに気づいて、慄然《りつぜん》とする。

俺は、こんな原始的な武器で、銃を持っているサイコ野郎に立ち向かうつもりなのか。これは、そもそも武器ですらない。ただのスポーツ・ギアだ。

音楽室で見た凄惨な光景が脳裏に浮かんだ。とたんに膝ががくがくと震え出す。死ぬぞ。マジで。勝つどころか、命が助かったら奇跡だ。

今すぐ、ここから逃げろ。心の中から発せられた警告は、これまでに感じたことのない切迫感に満ちていた。今すぐ、ここから走って逃げるんだ。民家でも、通りかかった車でも、何でもいい。助けを求めろ。それしか、自分自身とみんなを救う方法はない。

……だが、それでいいのか。

将大の胸の奥に、突然、悲しみが溢れ出してきた。

もう二度と、哲也の華麗なギター・ソロを聴くことはできないのだ。

理沙子の繊細なキーボードも。翼のクリスピーなベースも。四人がそれぞれのサウンドで自己主張し、ときには火花を散らし、そして一つになって音楽を創り出していた時間は、永遠に失われてしまったのだ。

みんな、いいやつばかりだった。斜に構えていても、芯は熱いやつらだった。俺たちは四人で、世界のロック・シーンに殴り込みをかけるはずだったのに。

ちくしょう……。

目も眩《くら》むような怒りが込み上げてきて、やりを持った手が、ぶるぶると震える。

俺一人だけここから逃げて、それでどうすんだ。意味ねえだろう。

哲也が死んだことで、将来の夢は、粉々に砕け散ってしまった。

このサイコ野郎だけは、どんなことをしても、必ずぶっ殺してやる。

冷たい金属のやりを、固く握りしめる。

少なくとも、飛び道具だ。暗がりで後ろから狙えれば、射程も充分だ。暗闇を音もなく飛んで、相手の胸を貫通するイメージを思い描く。いよいよ最後のときは刺し違えてやる。吸血鬼の心臓には、しっかり杭を打ち込んでやらねえとな。

哲也。理沙子。翼。悪かったな、ほんの一瞬だけど、俺は臆病風に吹かれてた。でも、見てろ。必ず殺《や》ってやるから。

それに、柚香。おまえだけは、俺の命に代えても、絶対に守ってやる。

PM9:28

四階から屋上へ行く途中の踊り場で、田尻幸夫は、所在なく佇んでいた。

この場を仕切っているのは、全員が女子だった。頭がよくて口も達者なＥＳＳの子と、喧嘩っ早い蓮実教諭の親衛隊たち。それ以外にも、しっかり者の高橋柚香に、口うるさい林美穂、横田沙織、清田梨奈と、個性の強い子ばかりで、幸夫が何とか口をきけるのは、太っていて気の優しい塚原悠希くらいのものだった。

男子は、対照的に影が薄かった。お調子者の有馬透、ＫＹの鈴木章、いじめられっ子の坪内匠と脇村肇。幸夫も後者のグループの一員だった。

もともと屋上組に参加したのも、深く考えてのことではなかった。ただ、こちらの方が人数が多かったのと、少しでも襲撃者から遠ざかりたかったこと。それに、女子と一緒にいる方が、いじめられる機会が少ないだろうというだけの理由だった。

ところが、ここまで来て、屋上へ出るドアは閉ざされていることがわかった。十七名が、逃げ場のない狭い階段に固まっている状態は、幸夫の目から見ても、ひどく危険なことはあきらかだった。だからといって、今さら下へ行くのは、もっと怖かった。今はただ、できるだけ怖いことは考えないようにして、ひたすら危険が過ぎ去るのを待つしかない。

いったい、どんな恐ろしいやつが学校を襲ってきたのだろう。正体は想像もつかないが、誰だろうとかまわない。興味もないし、詮索するつもりもない。

ただ、自分のように何の取り柄もない人間には、襲撃者だって関心を持たないはずだと信じたかった。自分は、道ばたに転がっている石ころだ。ゴミのような存在だ。殺しても何の意味もないはずだ。だから、見逃してくれ。死にたくない。

クラスのみんなが殺されてもいい。そんなことは、別に何とも思わない。一晩寝たら、全部忘れられる。どんなことをしても、自分一人だけは助かりたかった。

神様。どうか、お願いします。

幸夫は、精神的に追い詰められたときはいつもやるように、『恋のホザンナ』の歌詞を心の中で唱え始めた。無事に三番まで暗唱できたら、どんな不幸や悪霊も追い払うことができるのである。稲田《いなだ》耀子《ようこ》というB級アイドルの歌で、何度聴いても耳に残らない微妙なメロディと意味不明な歌詞のため、まったくといっていいほどヒットしなかったが、この歌にはそういう不思議なパワーが宿っているというのが、幸夫のパーソナルな信仰でありジンクスなのだった。

PM9：29

高木翔は、こっそりと級友たちから離れると、四組の教室に入った。山口卓馬らの目に触れないよう、とっさにお化け屋敷に隠した荷物を取り出そうとしたときに、どやどやと他の生徒たちが入ってくる。どうやら、健吾の指示で、教室の後ろに寄せてある机と椅子を運び出そうとしているようだ。

ここで一人だけ別行動を取って、目立つのはまずい。翔は、率先して机と椅子を廊下に運ぶのを手伝った。

それから、隙《すき》を見てバックパック型のケースを持ち出した。誰にも見られてないことを確認して廊下に出ると、隣の三組の教室に滑り込む。教室の中はがらんとしていた。机や椅子はあらかた運び出されており、教卓もなくなっている。掃除用具を入れるロッカーに、バックパックを隠す。

自分が強力な武器を持っていることを知ったら、卓馬にせよ、健吾にせよ、必ず参加を強要してくるだろう。卓馬は一本気なやつで好感が持てたが、殺人鬼が徘徊《はいかい》しているかもしれない一階へ下りるというのは、体育会系特有の暴走で、正気の沙汰とは思えなかった。だからといって、健吾の命令で動くことなどまっぴらである。頭はいいのかもしれないが、人間としては、まるっきり信用できない。いつでも人を見下しているような目つきには、どうにも我慢できなかった。

バックパックの中には、アーチェリーの弓《リカーブボウ》とカーボン製の矢が入っている。午前中、学校の射場《いば》で練習をした後、明日の合宿あけに手入れをするため持って帰ろうと思って教室に置いてあったのだ。

自分のスキルがあれば、アーチェリーは恐るべき暗殺用の武器になり得る。とはいえ、相手が猟銃では、さすがに分が悪い。

勝機があるとすれば、待ち伏せしかない。チャンスは一回だけ。それも、誰にも口出しされず、自分のやり方、自分のタイミングでやればという条件が付いた。

高校に入学してからは、すべての時間とエネルギーをアーチェリー一筋に捧げてきた。インターハイの個人対抗戦優勝と、世界ジュニアで韓国勢を倒すことだけを目標にしてきたのだが、もしかしたら、何もかもが今日のためだったのかもしれないと思う。

この降って湧いたような危難に際して、銃を持って学校を襲撃してきた悪魔を射殺し、みんなの命を救うというのが、たぶん、天から俺に与えられた使命なのだ。

PM9：29

暗い階段を、息を殺して一段ずつ下りていく。

神経を研ぎ澄まし、虫の羽音にも耳をそばだて、階下にいる人間の息づかいも感じ取ろうとする。

三階から、二階へ向かう踊り場まで下りるだけで、一分以上かかっていた。

くそ。卓馬は、額を拭った。階段室にまでは冷房が入っていないため、ひどく蒸し暑い。全身から噴き出してくる水っぽい汗と緊張による脂汗が、混ざり合わずに、二層になって身体を流れ落ちているような気がする。

卓馬は、振り返って、すぐ後ろにぴったりくっついている修平を見た。非常灯の薄暗い明かりでも、緊張で引き攣《つ》った泣き笑いのような表情はわかった。俺も、きっとこんな顔をしているのだろう。

人差し指を振ってもう少し早く行くぞと合図して、さっきまでの倍くらいのスピードで階段を下り始める。

ゴム底の上履きは、ほとんど足音を立てないが、知覚が鋭敏になっているせいなのか、ほんのかすかな音が、階下まで響いているのではないかという疑心暗鬼に駆られる。

西階段へ行った拓人と涼太は、どこまで下りただろうか。打ち合わせでは、一階下りるごとに廊下の両端で相手を確認して先に進むことになっていた。こちらがあまり遅れると、かっこわるいだけでなく、西階段組に変なプレッシャーを与えることになる。

二階に着くと、暗い廊下を透かして、向こうの端を見た。

いた。人影は見えたものの、それが拓人か涼太だという確信は持てなかった。二人は、実は音もなく殺されてしまっていて、今、こちらを見ているのは不審者ではないかという理不尽な恐怖が襲ってくる。冷静に考えれば、まずありえないとは思うが。

向こうもまた、疑惑に囚われているような、ぎこちない動き方だった。しかし、二つの影が見えたので、卓馬は、ほっと息をついた。

もちろん、これで安心はしていられない。この先——二階から一階までは、さらに危険になる。そして、その先は。

考えてもしかたがない。考えるな。これ以上考えると、足が動かなくなる。

どんなときも、立ち止まって影に怯えているより、思い切って前に出る。それが、俺のやり方じゃないか。

卓馬は、奥歯を固く噛みしめて、再び階段を下り始めた。

しかし、これは何だ……。一歩ずつ地獄に近づいているような異様な感覚に襲われる。抑えつけていた後悔が徐々に力を増し、心の中に噴出してきた。

引き返したい。もう、やめたい。卓馬は、痛切に思った。勇気を振り絞って、ここまで下りてきて偵察したのだから、まったく無意味だったわけじゃない。

とはいえ、もはや、それは不可能である。西階段を下りている拓人と涼太だけ行かせることはできないし、ここから中止を伝える方法はない。犯人に聞かれてしまうと思うと、大声を出す勇気はなかった。最後のチャンスは、ついさっき、二階に着いたときだった。あのとき、やめて引き返そうと身振りで伝えていれば。

だが、もう取り返しがつかない。蓮実教諭が授業で言っていた、折り返し不能点《ポイント・オブ・ノー・リターン》を過ぎてしまったのだ。

だいたい、なぜ、こんな無茶なことを始めてしまったのだろう。

俺は、健吾が言ったように、ヒーローになって、楓子にかっこいいところを見せたかっただけなのだろうか。

誰でもいい、あのとき、俺たちが出発する前に、強く止めてくれていたらと思う。

健吾は、やめた方がいいと言ったが、揶揄《やゆ》するような言い方だったので、つい反発して、意地になってしまったのだ。

もし、あんな言い方をされていなかったら。

ふと、もしかしたら、健吾は、こうなることを予想していたのではないかという疑念が生まれる。すべてを計算した上で、自分が下りるのを後押ししたのではないか。しかし、卓馬は、すぐに首を振って打ち消した。そんなことをする理由がないだろう。あいつは、ひねくれ者だから、ああいう言い方になってしまったのだ。

ついに、二階と一階の間の踊り場を過ぎた。あと少しだ。掌の汗をジャージーの太腿で拭い、釘を打ち付けた角材を握りしめた。

犯人が待ち伏せしているとしたら、一階に下りた瞬間に、撃ってくるかもしれない。

卓馬は、ちらりと後ろを振り返った。修平が、うなずく。ゆっくりと階段を下りる。

鼓動が、全力疾走しているときのような激しいリズムを刻み始めた。

PM9：30

廊下には、教室から運び出された机と椅子が堆《うずたか》く積み重ねられていて、すれ違うのさえ、ままならないほどだった。

「……ええと、壁にくっついてる鉄の扉が防火扉で、スイングして廊下の半分を閉じる。あと半分は、天井から防火シャッターが下りてきて塞ぐ仕組みだ」

中村尚志は、困ったような顔で説明していた。電気関係には強くても、あまり知識のない分野なのだろう。

「なんで半分ずつになってるんだよ？　シャッター一枚の方が簡単じゃねえか？」

健吾は、東階段の前で尚志を質問攻めにしている。

「それだと、シャッターで閉じ込められたら焼け死ぬだろう？　消防法か何かの規定で、防火扉の方には脱出用のくぐり戸が付いてる。避難訓練のときに、くぐったやつだ」

「ふん。で、どうやったら閉められるんだ？」

「防火シャッターって、基本的に手動で閉鎖できるはずだけどな。そうじゃなかったら、停電のとき役に立たねえし」

尚志は、首を捻った。

「でも、手動のスイッチがどこにあるのか、わかんねえな。一番簡単なのは煙だよ」

「煙？」

「廊下の天井に、煙感知器が付いてるはずだ。家にもあるだろう……あ、あの丸いやつだ。あれが煙に反応すれば、自動的に防火扉とシャッターは閉まると思う」

「おい、誰か何か煙の出るもん持ってないか？　花火でもタバコでも大麻《ガンジャ》でも何でもいいぞ！」

健吾は、まだ机と椅子を運び出している生徒たちに向かって怒鳴った。

「タバコだったらあるぞ」

伊佐田直樹が、ポケットから青いマイルドセブンのパッケージを取り出した。

「あれだ！　煙感知器に煙を吹きかけろ！　急げ！」

直樹は、言われたとおり机の上に飛び乗った。慣れた仕草でタバコをくわえると、百円ライターで火をつけ、煙感知器に口を寄せて白い煙を吐きかける。

スイッチを切られているせいか警報は鳴らなかったが、壁にぴったりと収納されていた鉄の扉が、意思を持つもののように動き出して廊下の半分を閉ざした。同時に、天井から鉄製のシャッターが降下してくる。同じ動きは、廊下の反対側、西階段でも起きていた。廊下の両側が閉ざされて、三階は密室になった。歓声が起きる。

「まだだ！　これだけじゃ、封鎖したことにならない」

健吾は、防火扉を仔細に調べながら言う。スイングして閉まった大きな鉄の扉自体は、シャッターと一緒に下りてきた可動式の柱にしっかり固定されており、押してもびくともしなかったが、中に設《しつら》えられた小さな扉は、簡単に開け閉めできるようだった。避難訓練のときは、このくぐり戸から外へ出たのだ。

「誰か、紐を持ってこい！」

健吾は、椅子を一脚取ると、防火扉にあてがった。くぐり戸を開かないようにしようと考えているようだ。

「ちょっと待って！　何してるの？　山口くんたちが下へ行ってるのよ？」

「知ってるよ」

怜花が叫んでも、健吾は、上の空だった。くぐり戸に付いている平べったい円形をしたケースハンドルを調べている。弓形のハンドルを起こして回すと、ラッチが引っ込んで、ドアを開けられるらしい。

「やっぱり、そうか。鍵がなくても、こいつを固定すれば開かなくなるな」

「渡会くん！　そんなことしたら、山口くんたちが逃げてきたときに、中に入れないじゃない！」

怜花は、懸命に抗議したが、健吾にはまったく聞こえていないかのようだった。応援を求めてまわりを見回しても、みな視線をそらすばかりである。

「……あいつらはさあ、危険を承知で行ったんだよ。自力で何とかするだろう」

健吾は、三脚の椅子を積み重ねて高さを調節しながら言う。

「そんな……！」

「だいじょうぶだって。一階から逃げて、助けを呼びに行ってくれるはずだ。俺たちは、ここで籠城するしかないんだからな」

「でも、二組のうちどっちかは、上に逃げてくるかも……」

「その場合は、屋上へ行ったやつらと合流するだろう」

「そこ閉めたら、わたしたちも、屋上へ逃げられなくなっちゃう！」

怜花の後ろで声がした。振り返ると、吉田桃子が、泣きそうな顔をしている。

「そうか。だったら、今すぐ屋上へ行け」

健吾は、くぐり戸を開けて、顎をしゃくった。

桃子は、一瞬ためらったが、意を決したように、くぐり戸から外に出た。

健吾は、何ごともなかったようにくぐり戸を閉じ、ケースハンドルの下にスタックした椅子を置く。白井さとみが渡したビニール紐で弓形のハンドルを椅子の背にくくりつける。これで、向こうからハンドルを回そうとしても回転しないため、くぐり戸を開けることはできなくなった。

「ぼやっとしてんなよ！　バリケードを作るんだ！　時間がないぞ」

健吾は、生徒たちに指示を始める。

「西階段のくぐり戸も、ここと同じように縛り付けろ！　その手前に、机と椅子を積み上げるんだ。あ、待て！　塩見、モップ持って来い！　たらたらすんな、走れ！」

「おまえ。最初から、そのつもりだったのか？」

雄一郎が、低い声で訊ねる。

「は？　最初から、何だって？」

健吾は、うるさそうに応じた。

「山口たちを行かせたのは、時間稼ぎをするためか？」

怜花は、はっとした。そういえば、卓馬たちが出発するときの健吾の喋り方は、まるで挑発するようだった。

『今なら、ある程度時間の猶予があるはずだ』

健吾の言葉が、耳に甦る。もしかすると、そのために、平然と卓馬ら四人を死地に追いやったのだろうか。

「うるせえな。俺が強制したわけじゃねえだろ？　あいつらが、自分で行くって言い出したんだ」

健吾は、廊下の中央付近の天井にある、ドーム型の監視カメラを指さす。

「夏越。ごちゃごちゃ言ってる暇があったら、あれをぶっ壊せよ。俺たち、監視されてるんだぞ」

怜花は、はっとした。見慣れていたせいか、完全に意識の外だった。雄一郎も、思いは同じだったようだ。悔しそうな表情で机の上に乗ると、めちゃめちゃに椅子を叩き付ける。樹脂製のカバーが割れて吹っ飛ぶと、隠れていた小型カメラが数回殴られた方向に向きを変えてから、脱落して廊下に転がった。

ずっと犯人に見られていたのかと思うと、背筋が寒くなった。

でも、健吾は、いつから気づいていたのだろう。もっと前からだとすると、どうして、今まで黙っていたのか。

その健吾は、塩見大輔が持ってきたモップを、防火シャッターが下りてきた天井の隙間に挟み込むと、防火シャッターの前に机と椅子を並べようとしていた木下聡と前島雅彦を怒鳴りつけていた。

「馬鹿！　殺人鬼をブロックするバリケードだぞ？　ふつうに並べてどうするんだよ？　ひっくり返せ！」

たしかに、机を整然と積み上げただけでは、上に置いた物は押されれば滑り落ちるし、乗り越えるのも容易かもしれない。

生徒たちは、健吾の指示で、机をひっくり返すと、押しても動かないよう、天板を床に両面テープやガムテープで固定した。その上に、逆さまにした椅子や机を不規則に積み上げて、できるだけがっちりと絡み合わせる。さらに、簡単に崩されないよう、要所をガムテープと荷造り用のビニール紐、針金、ロープなどで補強した。

ただし、一箇所だけは、机を床に固定せず、紐も蝶結びにしてあった。いざというとき、机を取りのけて退路を作るためなのだという。

これで、両側の階段室を閉ざした防火シャッターの前には、乗り越えることは困難で、撤去して侵入するにも時間がかかるバリケードが完成した。

「やったな！　これでもう、俺たち、だいじょうぶだよな？」

松本弘が、ほっとしたように健吾に笑いかける。

「だいじょうぶだ？　はあ？　いったい何が、だいじょうぶなんだよ？」

健吾の意外な剣幕に、弘は鼻白む。

「だってよう、もう不審者は入って来れねえだろう？　シャッターとか机とか、弾避けになんだろうし」

「おまえ、脳味噌あるのか？　こんなペラペラの鉄板、銃で撃たれたら簡単に抜けるって想像できねえのか！」

健吾は、歯を剝き出した。優等生の仮面が剝がれ落ち、これまで見たことがないような猛悪な顔つきになっている。

「バリケードも、人間の侵入を防ぐためのもんだから、すかすかだろうが？　こんなもん、はなから弾避けになんかなんねえよ！」

「……じゃあ、どうすんだよ？」

弘は、すっかり毒気を抜かれていた。

「バリケードは、もう一個いるんだよ！　俺にばっか頼ってねえで、馬鹿は馬鹿なりに、ちょっとは頭使え！」

弘も、さすがにむっとした表情になり「てんめえ……！」と言いかけたとき、階下から凄まじい銃声が響いてきた。

PM9：30

「ガム、だいたい取れたと思う」

美咲が、鍵穴を覗き込んで言った。

「けっこう奥の方まで詰まってて、カチカチだったから……」

「じゃあ、これで鍵さえあったら、ドアは開くのね？」

塚原悠希が、期待を込めた目で訊ねる。階段室は蒸し暑く、鼻の頭には玉の汗が浮いていた。

「わかんないよ。たぶん、開けられるはずだけど」

美咲の顔色は、冴えなかった。ガムを取り始めたときの確信に満ちた表情は、すっかり影を潜めている。清田梨奈に金色のヘアピンを返そうとしたが、梨奈は顔をしかめて受け取らなかった。

「ハスミン、来てくれるかなあ」

牛尾まどかが、つぶやいた。

「絶対来てくれるって！　わたしたちを、見捨てるわけないいじゃない？」

去来川舞が、まどかの腕に手を載せる。

「でも、もしかしたら、もう犯人にやられちゃったかも……」

数人の女子が、啜《すす》り泣き始めた。

「じゃあ、誰も助けに来てくれないの?」

いつもは尖った声ばかり出している林美穂も、泣きそうな声で言った。

「……だいじょうぶだよ」

楓子は、静かな声がした方を見た。高橋柚香だった。顔色は青ざめているが、微笑みを浮かべている。

「だいじょうぶ? どうして?」

柏原亜里が、一縷《いちる》の望みを込めて訊ねる。

「蓼沼くんが、来てるから」

「タデが? なんで?」

美咲が、眉間にしわを寄せて訊く。

「文化祭で、泉くんたちと演奏するんだ。それで、練習に来てたんだよ」

「……でも、泉たちは、だいじょうぶなの? だって、銃声がしたのは、北校舎だったでしょう?」

楓子は、黙っていられなくなって、口を出した。

「それは……わかんないけど。でも、蓼沼くんは、ほかの子とは違う。さんざん修羅場もくぐってるし。絶対、わたしたちを助けに来てくれるよ」

柚香には、確信があるようだった。

「それが心配なんだよね……」

美咲が、ぽつりと言う。

「どういうこと?」

「むしろ、助けを呼びに行ってほしいんだけど。あいつの性格なら、自分で犯人をやっつけようとしそうだからさ」

沈黙が訪れた。

「……おまえさ、さっきから、ぶつぶつうるさいんだよ! 何言ってんだよ?」

三田彩音が、隣にいる男子に食ってかかっていた。胸ぐらをつかまれているのは、田尻幸夫だ。がくがくと揺すぶられながらも、口の中で呪文のようなものを唱えている。

「ホザンナ……ホザンナ……あなたの愛で……いと高きところで……天のいと高きところでホザンナ」

それから、いつもとは別人のような荒々しい動作で、彩音の手を振り払った。

「ああ、もう! どうしてくれるんだよ? 途中で、一番とごっちゃになっちゃったじゃないか!」

「おまえ、前から変だと思ってたけど、マジで頭おかしいみたいな」

ふだんは気が弱いキャラクターだとはいえ、振り払われた力の強さで、男子であるのを思い出したのだろう。彩音は、鼻の付け根にしわを寄せて不快感を示すと、幸夫から離れた。

「しっ。静かに」

去来川舞が、唇に手を当てる。何か聞きつけたらしい。全員、動きを止め口をつぐむと、聞き耳を立てた。

しだいに、はっきりと聞こえるようになってきた。金属が軋むような音。モーター音。シャッターが閉じる音。

「三階みたいだ……」と横田沙織。

たぶん、防火シャッターを下ろしたのだろう。そこまでは、楓子にも想像できた。

でも、そんなことで、銃を持った不審者をシャットアウトできるのだろうか。その前に、机や椅子をがたがたいわせていたから、積み上げて障壁を作っているのかもしれないが。

機械音が一段落してしばらくすると、別のかすかな音が聞こえてきた。足音のようだ。

誰かが、足音を忍ばせようともせず、ぱたぱたと階段を上がってくる。

全員が、恐怖に硬直して、暗い階段を見下ろしていた。

「みんな……いるの？」

吉田桃子の声だった。全員、ほっと息を吐《つ》く。

「どうしたんだよ？」

階段を上がってきた少女に、踊り場にいた佐藤真優が訊ねる。

「あいつらと一緒になんか、いられないよ！　渡会健吾《こぶた》が、何もかも仕切っててさ！」

桃子は、仲間と合流できた喜びからか、大声で喋り始める。

「もう、信じらんないよ！　偉そうに、上から目線で命令してくんだけどさ、だいたい、何の権利があって！」

「静かにしろよ」

　美咲が、低い声で言う。

「え？　あたしは……」

「静かにしろって言ってんだ。今どういう状況かわかってんのか？　銃を持った不審者が、校内をうろついてんだよ。静かにできないなら、ここから追放するよ」

　美咲の恫喝で、桃子は、いっぺんにしゅんとなった。

　それからしばらく、気が滅入るような沈黙が続いた。三階から、何かを叩き壊すような音と、机や椅子を乱雑に積み上げているような騒音が響いてきたものの、もう、どうでもよかった。

「わたしたち、いつまでここにいるの？」

　清田梨奈が、ぼそりとつぶやいた。口数が少なく目立たない子だったが、父親が死んで何かが吹っ切れたのか、妙にクラスの中での存在感を増していた。

「いつまでって……助けが来るまでだよ」

　この場のリーダーという自覚があるのだろう。美咲が応じる。

「でも、ここに銃を持ったやつが来たら、終わりじゃん」

「その前に、ハスミンが、助けに来るよ」

「来なかったら？」

「必ず来るって」

「でも、もし来なかったら？」

「うるせえな。じゃあ、おまえには何かいい考えが……」

その瞬間だった。耳をつんざくような銃声が轟き、階段室全体に反響した。

楓子は、両手で耳を覆うと、腰が抜けたように、その場に座り込んでしまった。

PM9：30

階段を下りて一階に近づくにつれて、廊下全体が視界に入ってきた。照明は消えていて、真っ暗である。あたりは静まりかえっていて、人の気配はない。

階段室は一階で終わりなので、身を隠す場所はなかった。卓馬は、四つん這《ば》いになって、闇を透かして廊下の反対側を確認する。心臓は、依然として早鐘を打っていた。廊下の向こうの端に佇む、加藤拓人と佐々木涼太のシルエットが見える。

一方、どこにも不審者らしき人影はない。

卓馬は、後ろにいる鳴瀬修平を手で制して、しばらく待ってみた。何の音も聞こえない。不審者は、もう、ここにはいないのだろうか。

いつまでも、ここにいてもしかたがない。卓馬は、立ち上がると、足音を立てないようにして、ゆっくりと暗い廊下を進んだ。修平は、卓馬が手振りで指示したとおり、階段室のところで待っている。

拓人と涼太は、西階段を下りた位置で佇んでいる。うっすら表情が見えるくらいの距離になったとき、拓人がロビーの方を指さす。

公衆電話だ。卓馬は、釘を打ち付けた角材をぎゅっと握りしめた。振り返って合図すると、修平も前進を始める。

ロビーに来たとき、背後からかすかな音が聞こえたような気がした。職員室のあたりだろうか。ガラスが割れるような金属的な響き。はっとして動きを止めたが、聞こえたのは、徐々に強くなってきた雨音だけだった。

卓馬は、職員室へ全神経を集中させながら、忍び足で、ステンレスのスタンドに載った公衆電話に近づいた。暗闇の中で赤いランプが輝いている。受話器を取ろうとして、ためらった。かすかな音でも、不審者に聞きつけられてしまうかもしれない。

ランプが点《つ》いているのだから、電気は来ているのだろう。見たところ、破壊された形跡はないが、問題は電話回線が無事かどうかだった。

いや、問題ない。公衆電話からは二本のコードが延びており、それぞれ壁のコンセントとジャックにつながっていた。

四人は、まわりの気配に耳をそばだてながら、ゆっくりと公衆電話の前に集まってきた。

三人がうなずき、卓馬は、そっと受話器に手をかけた。耳元に当てる。おかしい。何の音も聞こえないのだ。卓馬の人差し指は、何度も1、1、0を連打していたが、まったく反応がなかった。

この回線は、死んでいる。

電話機の周辺には手を付けずに、もっと根本のどこかで、電話線を切りやがったんだ。やっぱり、この犯人は、ただの頭のおかしいサイコなんかじゃない。

もしかしたら、これは罠なのか。卓馬が職員室の方を窺ったとき、ロビーの真横にある、正面玄関前に並んでいる背の高い靴箱の陰から、銃を持った人影が現れた。

相手の姿を確認する余裕はない。四人は、必死で駆け出した。

雷鳴のような音が轟いた。一発。二発。

撃たれた……。卓馬は、自分の身体を確認する。いや、弾は当たっていない。

後ろにいた修平が、床に崩れ落ちる。

「しっかりしろ！」

卓馬は、修平を抱え起こした。犯人は、猟銃を折って、新しい弾を込めているようだ。

涼太が、手に持った消火器を、犯人に向けて噴射した。

ただでさえ暗く見通しの利かない一階の廊下は、粉末の消火剤がもうもうと立ちこめて、一時的に視界ゼロになっている。

卓馬は、修平をかつぐと、できるだけ姿勢を低くして必死に廊下を逃げる。

くそ。修平は、完全に意識を失っていて、歩くこともできない。このままでは追いつかれる。

煙の中から拓人と涼太が現れて、反対側から修平を支える。

「保健室だ！」

拓人が、卓馬の耳元で囁いた。

保健室のドアは施錠されてはいるものの、ガラスの代わりにアクリル板が嵌《はま》っており、いざというとき、すぐに破って中に入れるようになっていた。保健室の中に、この学校で唯一の自動体外式除細動器《AED》を設置してあるためである。

卓馬の肘打ち一発で、アクリル板は内側に吹っ飛んだ。手を突っ込んで鍵を開けると、修平を担ぎ込む。

とりあえず、元通りにドアを閉めたが、ここに立て籠もったことは、隠しようもない。

「入り口を塞げ！」

卓馬は、修平を奥のベッドへと運んでいった。その間に、拓人と涼太がキャビネットをずらしてドアの前を塞ぐ。銃を持った犯人に対しては空しい抵抗かもしれないが、ここで死に物狂いで戦うしかない。拓人はカッターナイフを持っているが、涼太は、得物を落としたらしく手ぶらだった。弾が当たったらしく、右手から血を流している。卓馬は、釘を打ち付けた角材を涼太の方へと滑らせた。

「修平。しっかりしろ！」

声をかけても、意識は戻らない。暗い部屋の中でも、少なくとも三箇所に被弾していることがわかった。左胸、左腕、左太腿である。特に、左胸からの出血がひどい。

卓馬は、修平の胸に手を当てた。鼓動していない。このままでは、死んでしまう。

以前に受けた講習で、たとえ出血がひどい場合でも、電気ショックで心臓を動かすのが最優先だと教わったのを思い出す。

「俺は、修平を助ける。犯人を、絶対に中に入れるな！」

卓馬が叫ぶと、拓人と涼太はうなずく。二人は、キャビネットで塞いだ入り口の両脇に張り付いていた。犯人が強引に侵入してきたら、決死の覚悟で左右から挟撃するつもりなのだろう。

雨音だけが、響いていた。卓馬は、保健室の壁に設置された箱から、『ＡＥＤ』と書かれたオレンジ色のバッグを取り出した。その中には、同じくオレンジ色のプラスチックでできたＡＥＤの本体が入っていた。透明な蓋を開けると、自動的に電源が入って録音された女性の声が流れてくる。

「意識、呼吸を確認してください」

だめだ。どちらも確認できなかった。卓馬は、音声ガイドに従って修平のジャージーとＴシャツをめくり上げると、右胸と左脇腹にパッドを貼った。

「身体に触らないでください。心電図を調べています」

廊下は、しんと静まりかえっている。

「電気ショックが必要です。充電しています。身体から離れてください。点滅ボタンを、しっかりと押してください」

ああ、ちくしょう。もし修平が死んだら、俺のせいだ。たのむから助かってくれ……。卓馬は、祈るような思いで点滅しているボタンを押した。

「電気ショックを行いました。身体に触ってもだいじょうぶです。ただちに胸骨圧迫と人工呼吸を始めてください」

見よう見まねで、修平の胸を押し始める。力を入れすぎて肋骨が折れるのではと心配になったが、今は、とにかく心臓を生き返らせなければ。

ぱっと廊下の灯りが点いた。

卓馬は、ぎょっとしてそちらを見る。戸口を守っている拓人と涼太も、恐怖に凍りついているようだった。

「おい、だいじょうぶか？」

蓮実教諭の声だった。

「そこにいるんだろう？」

ほっとして返事をしそうになったが、卓馬は、危ういところで口をつぐんだ。入り口を守っている二人にも、首を振る。気を許すな。まさか、蓮実教諭が犯人だとは思えないが、さっきの校内放送には不審な点が多い。それに、このタイミングで現れるのは、どう考えても不自然すぎる。

「気をつけろ！　侵入者は、久米先生だ。猟銃を持っている。たった今、上へ行った」

久米教諭だって。あの、美術の。まさか。いったいどういうことだ。

「そこにいるのは、何人だ？　あ。床に血が流れてるじゃないか！　おい、返事してくれ。誰か撃たれたのか？」

「蓮実先生」

卓馬は、腹を決めて返事をした。

「今の、本当ですか？　久米先生が犯人って」

「ああ。俺も信じたくないが、本当だ」

蓮実教諭は、アクリル板が外れた窓に顔を出した。卓馬は、息を呑んだ。

逆光で、しかもキャビネットで半分隠されてはいても、右頬がひどく腫れ上がり、鼻も曲がっているのがわかる。たぶん、鼻骨は折れているだろう。

「どうしたんですか？」

「うん。久米先生に監禁されてたんだ。そのときに、ひどくやられてね……。それより、撃たれたのは誰だ？」

「修平です！　心臓が止まったままなんです！」

卓馬は、叫んだ。それから、あわてて胸骨圧迫を再開する。

「先生！　助けてください！」

不覚にも、涙が滲みそうになる。あのボコボコの顔は、どう見ても本物だ。やっぱり、蓮実教諭は犯人じゃなかった。助かった。これで、修平も死なずにすむかも。

「わかった。とにかく、これをどけてくれ」

拓人がキャビネットを動かそうとしたが、涼太は、動かなかった。

「先生。なんで久米先生が、こんなことをするんすか？」

蓮実教諭は、溜め息をついた。

「何て言ったらいいか……久米先生は、生徒に対して一方的な恋愛感情を抱いてたんだが、受け入れられなくて、凶行に走ったみたいなんだ」

「四組《うち》の女子っすか？」

涼太は、不審げに反問する。

「いや……前島なんだよ」

「えっ、男？」

「そんなの、どうでもいい！　早く先生を入れろ！」

卓馬が怒鳴ると、涼太は、拓人と一緒にあわててキャビネットを移動させた。

蓮実教諭は、ドアを開けて、大股に保健室の中に入ってきた。修平の上に屈《かが》み込むと、真剣な表情で脈を取る。

「だめだ、打ってないな……もっと強く胸骨を圧迫するんだ」

卓馬は、修平の胸に体重をかけて、必死に押し続けた。もう少しすると、ＡＥＤは再度心電図を取る。次の電気ショックが必要になるかもしれない。

いや、そのことより、犯人が引き返してきたらどうするのか。卓馬は心配になったが、蓮実教諭は、黙って見ているだけだった。やがて、ふっとドアから出て行ってしまう。

どうしたのかと思うと、再びドアの外に現れた。

「先生！　このままじゃ……」

そう言いながら顔を上げ、卓馬は絶句した。

蓮実教諭の手には、猟銃があった。

PM9：30

本館のまわりをぐるりと一周してみたが、一階の扉や窓は、すべて施錠されているようだった。冷たい風が吹き始め、天からぽつぽつと雨粒が落ちてきた。蓼沼将大は、唾を吐いた。侵入するためにはどこかの窓を壊すしかないが、大きな音を立てると、犯人に聞かれる恐れがある。とはいえ、こんなところでぐずぐずしている暇はない。一秒でも早く中に入らなければならないのだ。今のところ中は静かだが、銃撃が始まったら、もう手遅れかもしれない。

学校は、夜間、機械警備をやっているはずだ。その場合、ガラスを破って窓を開ければ、すぐに警報が鳴り響くだろう。それで警備会社に連絡が行くなら、むしろ好都合だ。

犯人が機械警備のスイッチを切っているとすれば、ガラスを割る音さえ聞かれなければ、気づかれずにすむはずだ。

いや、待て。将大は、おぼろげな記憶を辿った。

たしか、学校では、冷暖房を管理するために、窓の開閉状況をＰＣの画面に表示できるようになっていたはずだ。

もし、犯人が、そこまでチェックしていたとしたら……。

いや、そんなことまで心配していたら、一歩も前に進めない。それより、職員室にある監視カメラのモニターの方が問題だろう。校舎のまわりを回っている自分の姿は、何度もカメラに捉えられているはずだからだ。

将大は、職員室の窓の外に移動した。灯りは点いておらず、中に人の気配はなかった。

まさか、新たな侵入者を予測し、暗い部屋でじっと潜んでいるということはないだろう。

さっきから優柔不断に降りかけてはやんでいた雨も、ようやく本降りになる腹を決めたようだった。雨脚は、徐々に強くなっていく。将大は、ずっと携帯していたやりを構えると、クレセント錠の真横を思いっきり先端で突いた。

澄んだ音がして、二重ガラスにこぢんまりとした穴が開いた。長物で一気に突き破ったので、かえって小さな音ですんだようだ。空き巣をするなら、やりは必需品だろう。長さが2メートル半以上あるので、すべての不審尋問に引っかかるだろうが。

将大は、窓ガラスの穴から手を突っ込んで、クレセント錠を開ける。音がしないように引き戸をずらすと、猫のようにしなやかな身のこなしで、窓から職員室に入った。

部屋の隅にあるモニターが点いているのが目に入った。画面が八分割され監視カメラの映像が映し出されている。

はっとした。左下のコマに人影が映っている。クリックして、そのコマを全画面表示にした。一階の廊下の映像らしい。暗視モードなので白黒だが、ロビーの公衆電話の前に、四人が立っているのがわかった。一番背が高いのは、たぶん卓馬だろう。

すぐに職員室を出て、彼らと合流すべきだろうか。卓馬なら、共闘する仲間としては、理想的かもしれない。

しかし、この状態で出て行ったら、自分が不審者だと誤解される恐れがあることに気がついた。

自分は、今晩ここにいるはずのない人間だし、しかも、退学処分を受けたことで、学校を逆恨みしていると思われるかもしれない。

一瞬の躊躇《ちゅうちょ》のおかげで、将大は、死の顎《あぎと》に飛び込まずにすんだ。

激しい銃声が轟く。続け様に二発。

将大は、モニターを見ながら立ち竦んだ。ぎゅっと、やりを握りしめる。

誰かが消火器を噴射したために、画面は霧がかかったように見にくくなった。四人は、こちらに向かって逃げてくる。その足音は廊下から直接耳に響いてきた。保健室のドアを破って、中に入ったようだ。

犯人は、今、一階にいる。それも、ほとんど目と鼻の先だ。

無慈悲に泉たち三人を射殺し、園田教諭まで殺害した犯人が。

恐怖と怒りが同時に押し寄せてきて、うなじの毛がそそけ立った。

将大は、モニターを注視していた。

犯人がどこにいるか確認しなければ、職員室から出ることもできない。

いや、それより、犯人の姿を見たかった。

いったい、どんなサイコ野郎なのか、この目で見届けてやる。まさかとは思うが……。

犯人らしき人影が靴箱の陰から現れて、廊下のスイッチを入れた。灯りが点いた瞬間、監視カメラの映像は真っ白なハレーションを起こしてから、鮮明なカラーの映像に変わる。

将大は、驚愕《きょうがく》に目を見開いた。

猟銃を持って歩いてこちらに来るのは、顔の一部がひどく腫れ上がってはいるものの、蓮実教諭だった。

「おい、だいじょうぶか?」

まぎれもない、蓮実教諭の声である。

「そこにいるんだろう?」

ちくしょう。

将大は、なぜか涙を流していた。このサイコ野郎。善人面して、みんなを騙しやがって。よくも、こんな……。

「気をつけろ! 侵入者は、久米先生だ。猟銃を持っている。たった今、上へ行った」

蓮実教諭は、しゃあしゃあと続ける。

「そこにいるのは、何人だ? あ。床に血が流れてるじゃないか! おい、返事してくれ。誰か撃たれたのか?」

そう言って、そっと保健室の外側の壁に猟銃を立てかける。

「蓮実先生。今の、本当ですか? 久米先生が犯人って」

卓馬の声だった。騙されるな。将大は、心の中で叫んだ。こいつは、人間の皮を被った怪物だ。

「ああ。俺も信じたくないが、本当だ」

短いやりとりの後、保健室のドアを開けて、蓮実教諭は中に入ってしまった。

将大は、やりを握りしめて、職員室の出入り口に向かった。絶対に音を立てないように、そろそろとドアを開ける。一歩前に踏み出そうとしたとき、職員室の隅にあるモニターの映像が目に入った。蓮実教諭が、保健室から出てくる。

危ないところだった。間一髪で、将大は動きを止めた。

蓮実教諭は、立てかけてあった猟銃を取ると、保健室の戸口に立って中を覗き込む。

「みんな、もうちょっと下がってくれ」

「せ、先生……なんで？　どういうことですか？」

「もうちょっと奥だ」

蓮実教諭の姿は、再び保健室の中へと消える。

だめだ……危ない。将大は、やりを握りしめて職員室の戸口から飛び出した。

その瞬間、連続して二発の銃声が響いた。遅かった。目の前が、真っ暗になる。

銃を折って、空薬莢《からやっきょう》が床に落ちる音。外の雨音が、はっきり聞こえるようになった。

「二発で四人というのは、やっぱり難しいね。今、楽にしてあげるよ」

将大は、やりを構えて、保健室の入り口から中の様子を一瞥《いちべつ》する。ベッドの上に一人、その前に三人が、全身血まみれになって倒れている。蓮実教諭が、銃に新しい弾を装塡しながら振り返った。

「蓮実い！　死ね！」

将大は、渾身の力で投擲《とうてき》した。この距離で外すか。

アルミ合金製のやりは、蓮実教諭の胴中を見事に串刺しにするかと思われた。

だが、狭い戸口に長いやりの尾部が触れたために、軌道が狂ってしまう。やりの穂先は蓮実教諭の頬をかすめると、銃撃で割れた窓から外へと飛び出していった。

蓮実教諭は、わずかに顔をそらせただけで弾込めを完了し、二つに折っていた銃を元に戻す。

ここで逃げ出そうとしていれば、簡単に射殺されていたことだろう。しかし、将大は、怯《ひる》まず、ラグビーのタックルのような低い姿勢で突っ込んだ。銃口がこちらに向けられる寸前に、両手でがっちりと銃身を摑むのに成功する。

さあ、捕まえたぞ、この野郎。これで、最大の脅威だった銃は無効だ。素手の喧嘩《ステゴロ》なら、こんなやつに負けるはずが……。

将大は、苦痛に呻いた。熱い。発砲直後の銃身がこれほど熱を持っているとは、予想もしていなかった。

「おいおい、放さないと火傷《やけど》するよ」

蓮実教諭は、のんびりとした口調で言う。向こうは銃床と木製の先台《フォアグリップ》を持っているので、まったく熱さを感じていないようだ。

放してたまるか。将大は、銃身を握りしめた。雨で湿っていた掌はたちまち乾き、耐え難い熱を持ち始めた。

手が焼けるくらい、何だ。哲也たちは……卓馬たちは、もっと苦しい思いをしたんだ。

こいつにも、それを味わわせてやる。

歯を食いしばって両手に力を込め、銃をもぎ取ろうとする。将大は腕力には自信があったが、蓮実の力は想像した以上に強い。銃を奪い取ることはおろか、びくともしないのだ。

両手が塞がっているために、得意のパンチも使えない。ジーンズのベルト穴に差したドラムスティックが取れれば、一撃でKOできるが、手を伸ばしている余裕がなかった。力は完全に均衡しており、片手を放した瞬間、銃を奪い取られて銃床で殴りつけられるか、距離を取られて射殺されるだろう。

こちらの方が姿勢が低いので、蹴りを出すのも難しかった。リノリウムの床はほとんど血の海であり、少しバランスを崩しただけでも滑りそうになる。

雨音は、また小さくなってきた。このまま膠着《こうちゃく》すれば、困るのは向こうだ。だが、掌の激痛からすると、とてもそんなに長時間は保《も》ちそうもなかった。

「そろそろ、手を放した方がいい。そんなに力いっぱい握りしめてると、皮膚どころか、肉まで焼けてしまうぞ」

ふざけるな。その言葉で、将大は、さらに両手に力を込めた。

そのとたん、蓮実教諭は、信じられないことに、銃から両手を放した。

予想もしていなかった動きに、将大は、一秒の何分の一かとまどい、目潰しに備えて顔を伏せる。

ところが、蓮実教諭は、将大の上に覆い被さるように頭部を抱えたため、将大は、散弾銃を摑んだまま両手を引き、喉を守ろうとした。正面から首を絞める、ギロチンチョークを予想したからだった。

しかし、喧嘩慣れした将大にも、蓮実の技は想像の外だった。蓮実教諭は、将大の頭を抱えたまま身体を激しく捻った。さらに、床を蹴って大きく脚を広げ、錐揉《きりも》みするように回転したのである。

百八十度首を捩《よじ》られて天井が見えたとき、頸椎が破断する音を聞いた。

ちくしょう……こんな馬鹿な。

かたきを討てなかった。ごめんな、みんな。

柚香、逃げろ。こいつは、化け物だ。

身体感覚が失われる。そして、視界が暗転した。

PM9：33

蓮実は、散弾銃を取ると、蓼沼将大を見下ろした。まだ、かすかに痙攣《けいれん》していたため、銃の台尻を振り下ろして、とどめを刺す。

まったく想定外の伏兵ではあったが、ここで処理できたのは、むしろ好都合だったかもしれない。

相手の首を捩って頸椎を破壊する技のことを、蓮実は死の回転《デス・ロール》と名付けていた。獲物に咬《か》みついて回転するワニの習性にちなんだものであり、相手は死亡するか全身不随になるため、当然のことながら、バーリトゥード・ルールによる通常の総合格闘技ではありえない。

ブレイクダンスが流行したとき、肩で倒立して回転する風車《ウィンドミル》という技を集中的に練習してマスターしたのは、この死の回転《デス・ロール》をやるためだった。人間の骨や関節は、直線的な圧力には耐えられても、捻られればひとたまりもない。蓮実はスポーツジムで筋力トレーニングを行う際は、ロータリートルソというマシンで１００キロ以上の負荷をかけ、身体を捻る力を鍛え上げていた。もっとも、これまで腕や足関節を破壊したことはあっても、こんなふうに首を捩って致命傷を与えたのは初めてである。

I put Mr. Tadenuma on the death roll by the death roll.

心の中で、つぶやいてみる。

……私は、死の回転《デス・ロール》により、蓼沼君を死亡者名簿《デス・ロール》に載せました。

語呂合わせとしてはまあまあだが、残念ながら、授業で使うチャンスはないだろう。

それから、先に散弾を浴びせた四人の様子を確認する。三人はすでに死亡していたが、瀕死の重傷を負っていた山口卓馬だけは息があったので、すみやかに苦痛を終わらせてやる。

蓮実は、首に提げていたポケットカウンターを見た。男子18、女子17となっている。

蓼沼は数に入っていなかったので、マイナスのボタンを押して男子から4を引こうとしたが、思い直して、まず男子に1をプラスしてから、あらためて5をマイナスした。

元担任としては、蓼沼将大も、せめて他の生徒と一緒に『卒業』させてやりたいと思ったためだった。

残りは、男子が14、女子は17である。あえて時間を使っても手強い生徒をおびき寄せ、先に片付けることができたから、ここからは少しテンポアップできるはずだ。

PM9:33

階下から響いてきた二発の銃声は、卓馬たちの身によくないことが起こったのを暗示していた。三階で籠城中の生徒たちは、いっそう危機感に駆り立てられてコマネズミのように働いたため、第三のバリケードは、きわめて短時間のうちに完成に近づいていた。

位置は三組の前後の出入り口の中間だった。廊下は完全に塞がれてしまうが、三組の中を通れば、バリケードを迂回して通行できる。

こちらは、机をひっくり返さず整然と八列に並べた上に、横にした机を二列ずつ両側に向けて載せてあった。上の机は、天板の間に隙間ができないよう、縁を噛み合わせて凸凹に配置してある。「タテみたいにヨコに並べろ」という健吾の指示に現場は混乱したが、タテとは『楯』のことだとわかってからは、作業は順調に捗《はかど》った。

下の机の脚の前にも、同様の『楯』を並べてカバーする。机と廊下の間にできた隙間は、お化け屋敷を作るのに使ったマットを丸めて塞いであった。

こちらのバリケードは、弾避けに特化していた。すべての机の物入れには、ぎっしりと教科書やノート類を詰めてある。分厚い合板と物入れの鉄板だけでなく、何冊もの教科書までぶち抜ける銃弾は、あまりないのではないかと思えた。

最後に、中央のバリケードに乗った久保田菜々と白井さとみが、天井から画鋲で暗幕を吊した。これで、犯人が防火シャッターに穴を開けた場合でも、視界は廊下の途中で遮られることになる。

健吾は、廊下の照明のスイッチを点けたり消したりしていた。

「使えねえなー。蛍光灯だから反応が遅すぎる。全然モールス信号に見えん」

「それでも、不審に思う人がいるんじゃねえの？」と、木下聡。

「馬鹿。単に、照明の具合がおかしいと思われるだけだろうが」

健吾は、今やほとんどの生徒に対して、「馬鹿」を枕詞にして喋っていた。

「照明は消しとくか。シャッターに穴を開けられたら、見える範囲は狙い撃ちだもんな。でっかい懐中電灯があったろ。誰か、持ってきてくれ。……やっぱ、スイッチが廊下の端に近すぎるな。中村。犯人が侵入してきたとき、点けられないようにできねえか？」

「うーん。ブレイカーは廊下の分電盤の中にあるけど、鍵がない。簡単には復旧できないようにするには、分電盤をこじ開けるより、ショートさせた方がいいだろうな」

尚志は、教室に入って、シャープペンシルの芯を持ってきた。

「黒鉛《カーボン・グラファイト》っていうのは、立派な導電体なんだ」

そう言いながら、プラスチックのケースを絶縁体に使って、コンセントの二つの穴に、それぞれ芯を差し込んだ。それだけでは、まだ何も起きない。

「懐かしいな。これ、小学校でよくやったよ」

尚志は、コンセントから突き出た二本のシャープペンシルの芯の上に、三本目をそっと投下した。

ばちっという音とともに火花が散り、芯は吹っ飛んだが、廊下の半分の照明が消える。

「教室三つと廊下の半分で、一系統みたいだな。あっちも、やっとこう」

尚志は、三組の中を通って中央のバリケードの向こう側に移動した。ほどなく、廊下のもう半分の照明も死に絶えた。

明るいときは、照明が点いていること自体が怖かったが、暗闇の中に取り残されると、どうしようもないくらい心細さがつのってくる。

健吾は、さとみから懐中電灯を受け取ると、三組の教室に入って、カーテンを開けた。器用に親指でスイッチを操って、外に向かって光のリズムを刻む。

短、短、短、長、長、長、短、短、短。怜花も知っているモールス信号のＳＯＳだった。

「渡会くん。どうして、窓開けないの？」

さとみが、健吾に訊ねる。嫌なやつではあっても、その頭脳を頼もしく思い始めているようだ。

「ん？……まあ、中の音が漏れると、犯人に気づかれる恐れがあるからな」

「誰か、気づいてくれるかな？」

「いつかはな。問題は、それが、早いか遅いかだ」

ブレイカーが落ちたために冷房が止まり、早くも教室の中は、相当蒸し暑くなってきた。それでも、健吾は、いっこうに窓を開けようとはしなかった。

まわりに他の生徒たちが集まってくる。月は出ておらず、小雨がぱらつきかけていたが、カーテンの外から照明の光が射し込んできて、お互いに、ぼんやりと顔を見分けることができた。

「助けが来るのに、ちょっとくらい時間がかかっても、ここは安全だよね？」

さとみと健吾の会話を受けて、塩見大輔が訊ねる。

「短い時間ならな」

健吾は、素っ気なく答えた。

「一定時間持ちこたえれば、必ず助けが来る。携帯が通じないんで、不審に思う家族とか知り合いがいるはずだし、いくらうちの学校が辺鄙《へんぴ》なとこにあるとはいえ、こいつが見える範囲にも人は住んでるはずだ。運がよければ、そのうち、誰かがモールス信号に気づくかもしれない」

ＳＯＳを発信しながら、懐中電灯に顎をしゃくる。

「問題は、それまで保つかどうかだ」

「でも、み、短い時間って、どういうことだよ？　不審者はここには入って来れないし、じゅ、銃弾も防いでるわけだし」

健吾は、哀れむような声になった。

「だから、おまえは、いつまでたっても、その程度なんだよ。いいか、ここまでやって、俺たちを皆殺しにしようとしている犯人が、三階は閉まってました、はいそうですかって諦めるか？その気になれば、侵入する方法はいくらでもある。少なくとも、俺には、三つ四つは思いつく」

誰一人反論できず、暗く蒸し暑い教室は、恐ろしい沈黙に包まれた。

「じゃ、じゃあ、どうすればいいんだよ？」

大輔が、どもりながら訊く。

「そうだな。あとは神頼みしかないか。……まあ、助けを呼びに行くことはできるんだが、危険すぎるしな」

「た、助けを呼びに行く？　そ、そんなの、絶対無理だろう？　だって、山口たちだって、帰ってこないじゃないか……」

全員がうつむき、微妙な雰囲気になる。大輔は、あわてて言葉を継いだ。

「いや、もちろん、やられちゃったかどうかはわかんないし、どっかに隠れてるかもしれないけど。で、でも、出口は、もう塞いじゃったし……」

「いや、別の方法があるにはある。たぶん犯人には気づかれないし、学校から外に出れば、少なくともそいつだけは逃げられるしな。……だけど、一番勇気と体力があったやつらはいなくなっちゃったし、ここにいる人材じゃ無理っぽいな」

「ちょっと待って。そんなの、勝手に決めないでよ。とにかく、どういう方法かだけでも教えて！」

さとみが、真剣な声音で健吾に詰め寄った。

「簡単だよ。運のいいことに、ここにはロープがある。お化け屋敷で入場者を導くためのやつだけど、どう見ても強度は充分だ。こいつを窓から垂らして、下りればいい」

さとみは、唖然としているようだった。

「だけど……犯人に見つかるんじゃない？」

「その可能性は、ゼロとは言わねえけど、非常に低いと思う」

「だって、犯人がどこの階にいても、廊下から見えるでしょう？」

「ロープを垂らすのは、こっち側――教室の方の窓だ。それも、窓の外を横切るんじゃなくて、教室と教室の間の壁面を下りるようにすりゃいい。犯人が校舎の中にいるかぎり、まず気がつかないはずだ」

さとみが、唾を飲み込む音が聞こえた。剣道部では女子のポイントゲッターで、性格も積極果敢なところがある。やる気になりかけているのかもしれない。

「ちょっと待ってよ！　そんなの、危険すぎる！」

怜花は、叫んだ。

「今言ったように、リスクはゼロじゃないさ。しかし、客観的に見て、かなり低いはずだ」

「何言ってるの？　さっき、危険すぎるって、あんたが言ったのよ？　それに、そんなに安全なら、どうして、あんたが自分でやらないのよ？」

健吾は、懐中電灯で怜花の顔を照らした。目が眩んで、怜花は顔をそむける。

「危険すぎるっていうのは、当然だろう？　ロープで校舎の三階から下りるんだからな。雨も降って滑りやすくなってるし。……それに、できるもんなら、俺だって自分で行きたいよ。なんせ一抜けで助かんだもんな。でも、残念ながら俺には無理なんだよ。運動神経も身体能力もないし。脱出用の避難袋なら俺でも下りられるだろうけど、いくら何でも目立ちすぎるからなあ」

「ふざけんなよ！」

雄一郎が、前に出てきた。

「卓馬たちだけじゃ、まだ足りねえのか？　みんなを唆《そそのか》して、何を企んでるんだよ？」

「俺は、白井が聞きたいって言うから、アイデアを話しただけだ。別に、誰かに強制したわけじゃねえよ」

健吾は、平然とうそぶいた。

「それに、俺たちは、ここにいればしばらくの間は安泰かもしれねえけど、屋上へ行ったやつらは、どうなるんだろうな？　まあ、ちょっとでも早く助けを呼べれば、あいつらも助かるかもしれねえけど」

「あたし、やる！」

さとみが、決然と言った。

「ロープ上りだったら、けっこう自信あるから。下りるだけなら、もっと簡単だよ」

「白井さん……」

怜花が、止める間もなかった。

「ぼ、僕もやるよ」

続いて、大輔が名乗りを上げる。

大輔よりあきらかに運動神経がいい伊佐田直樹らは、沈黙していた。おそらく、健吾のアイデアに、どこかキナ臭いものをかぎ取っているのだろう。

どうすればいいのだろう。怜花は、途方に暮れていた。あまりにも危険すぎるし、健吾には魂胆がありそうだ。しかし、屋上へ行ったクラスメイトを助けるためだと言われれば、反論が難しい。

ちらりと雄一郎の方を見たが、うつむき加減に腕組みをして佇んでいる姿は、打つ手がないことを告白していた。

ＰＭ９：３４

蓮実は、職員室で、監視カメラの映像をチェックしていた。正門。通用口。グラウンド。駐車場。すべての監視カメラの映像から蓼沼のこれまでの行動を追跡して、どこにも仲間がいないことを確認する。

だいじょうぶだ。どうやら、招かれざる客は一人だけだったらしい。

問題は、むしろ、三階のカメラによって録画された映像だった。

教室から、廊下に机と椅子が運び出されている。バリケードを作るつもりらしい。廊下の天井にある煙感知器にタバコの煙を吐きかけて防火シャッターと防火扉を閉め、さらに防火扉に付いているくぐり戸を椅子に縛り付けて開かないようにしている。

そのうち、渡会健吾が監視カメラを指さして何か言うと、夏越雄一郎が机の上に乗り、椅子を振り回してカメラを叩き壊してしまった。その直後に、信号が途絶えたことを示す『Ｖｉｄｅｏ Ｌｏｓｓ』という文字が表示されて、映像は終わっていた。

籠城の動き自体は、むしろ歓迎だった。一番困るのは、パニックに駆られた生徒たちが、いっせいに逃げ出すことだからだ。大半は射殺できるだろうが、二発撃つごとに弾込めが必要な銃では、何人かは撃ち漏らしてしまう危険性がある。

三階に閉じ籠もってくれれば、とりあえずは逃げ出される心配をせずに、屋上へ行った生徒たちに集中できる。三階は、その後、じっくり攻略すればいい。

そうか、と蓮実は気づいた。

どうして、監視カメラを潰すタイミングがこんなに遅かったのかが不思議だったのだ。他の生徒たちは、うろたえて気が回らなくてもおかしくないが、渡会健吾だけは、もっと早くに気づいていたはずだ。

これは、メッセージだ。俺たちはここで籠城するから殺すのは後回しにしてくれという。要するに、渡会健吾は取引を持ちかけているのである。

そう考えると、山口卓馬らを一階に来させたことも、意図的だったに違いない。彼らを捨て駒にすることで、少しでも時間を稼ごうとしたのだ。

いいだろう。頭の悪い兄《ブーとフー》たちを犠牲に差し出した賢い子豚《ウー》は、ご褒美に、見事、一番最後に食べられる権利を獲得した。

蓮実は、散弾銃を取り上げて、どこにも異状がないことを確認する。そのまま最上階へ向かうつもりだったが、念のため、いったん事務室に寄ることにした。

PM9：35

白井さとみは、そっと五組の教室の一番西側の窓を開けた。

直接姿を見ることはできないが、すぐ隣の六組の教室では、塩見大輔が先に窓を開けて待っている。

　さとみは、結び目を作って重くしたロープの端を、大輔に向かって振り子のように振る。大輔は、ロープを受け取って数メートルたぐり寄せると、六組の窓の縦桟《たてさん》の外側に通し、さとみに投げ返してきた。さとみは、戻ってきた先端を五組の窓の縦桟に引っかけてから、ロープの中ほどに舫《もや》い結びする。

　今度は、五組と六組の窓の縦桟を巻き込んでいる大きな輪っかのすぐ下に、直径数センチの小さな輪を作り、ロープの端っこを1メートルほど通しておく。

　それから、ネクタイの結び目を喉元に持ってくるときのように、小さな輪が付いている結び目をずらして、教室と教室の間の壁面に移動させた。結び目がちょうど中央に来ると、今度は、小さな輪に通してあるロープを少しずつ送って地面に垂らしていく。

　長さには余裕があるはずだが、少しくらい足りなくても差し支えないだろう。ロープを送る速度は遅々としていたが、三分ほどで、窓からは死角になる位置に地面までロープを垂らすことに成功した。

　さとみは、みんなに向かって黙ってうなずくと、窓がまちに腰掛けた。あいかわらず、小雨がぱらついたり止んだりという不安定な天気だが、また少し風が強くなってきたようだ。月は出ていないが、外灯のおかげで外の方が教室より明るく、ずっと見通しが利く。

　怜花は、両手を握りしめた。掌はじっとりと汗ばんでおり、手指の先は感覚がなくなるほど冷たくなっている。何とか、無事に逃げ延びてほしかった。

そうすれば、最悪の場合、ここにいる全員が殺されたとしても、何があったのか伝えることができる。

さとみは、大きな輪っかになったロープに両腕をかけ、窓がまちから滑り降りる。

怜花は、あっと叫びそうになったが、さとみは、しっかりとロープにしがみついていた。身体を振りながら、ゆっくりと結び目の位置まで移動した。それから、縦のロープに持ち替えると、静かに、断続的に、滑り降りていく。

六組の教室では、大輔が窓の外に出て、ロープを握って待っていた。二人同時に体重をかけてしまうと、ロープはともかく、窓の縦桟が耐えられないかもしれない。

さとみは、無事に地面に降り立った。やった。怜花は、声にならない喝采を送る。

あとは、姿勢を低くして、全速力で逃げることになっていた。二人は別々の方向へ走り、一人が撃たれても、けっして戻ってはならない。学校の敷地を出たら、安全な場所に身を隠して、携帯電話で一一〇番通報するという手筈である。

ところが、さとみは、いっこうに走り出そうとはしなかった。どうやら、大輔が下りてくるのを待って、介助するつもりらしい。

だめ。早く逃げて。早く。怜花は、やきもきしたものの、声を出すわけにいかないので、ただ見ていることしかできなかった。

大輔は、夜目にも白い鉢巻きをしていた。あんなもの付けたら、かえって目立つのにと思う。まるで漫画の主人公のように見えた。さとみのときと比べると、ずっとぎこちない動きではあったが、何とか縦のロープに辿り着くと、両手両脚ですがりつくような姿勢でずるずると降下していく。

早く。早く。早く。早く。怜花は、両手を組み合わせて、天に祈った。どうか、神様。もう少しです。もう少し。それまでの間……。

夜のしじまを切り裂く轟音《ごうおん》が響き渡り、怜花は、飛び上がった。全員、何が起こったのかわからず、竦《すく》み上がっている。

怜花は、あっと思って、地面を見下ろした。

大輔が、倒れていた。そして、さとみは、懸命に走って逃げようとしている。だけど、様子がおかしい。いつもの快足ではない。ぬかるみの上、足を引きずるようにしている。

ああ、だめだ……。

怜花は、絶望に胸を掻きむしられていた。

再び、激しい銃声。どこから来たのかはわからなかったが、さとみはばったりと倒れ、そのまま二度と起き上がらなかった。

「危ない！」

誰かが、怜花の腕を摑んで、教室の中に引き戻した。雄一郎だった。

「窓際から離れろ！　見つかった瞬間、撃たれるぞ！」

「どうして？」

怜花は、雄一郎に向かって、囁くように訊ねる。

「どうして、こんなに簡単に見つかっちゃったの？　ねえ、どうして？」

「わからないよ……」

雄一郎は、かすかに首を振り、苦しげにつぶやく。

「監視カメラにも映ってない場所だし、まさか、犯人に音を聞かれたとも……」

目の前で級友を惨殺されたショックに、涙さえ出てこなかった。怜花は、健吾を睨んだ。こいつは、こうなることを予想していたのか。

健吾は、身じろぎもせずに、じっとうつむいていた。その姿は、本当に悲しみに耐えているように見えた。

PM9：38

蓮実は、正面玄関から本館に入る。ロープは、あえて垂れ下がったまま放置してあるが、もう二度と、あそこから脱出しようとする生徒はいないはずだ。ゲームだったら、意表をついて再度同じことを試みるという選択肢はあり得るだろうが、それに自分の命を張れるやつはいない。

それにしても、事務室のパソコンをチェックしておいたのは、ラッキーだった。校舎の冷暖房を管理するシステム画面で三階の窓が開いていることがわかったので、正面玄関の内側に潜んで、決死隊が下りてくるのを待っていたのである。

勇気ある女子は、おそらく白井さとみだろう。鉢巻きをした男子には笑ったが、たぶん、塩見大輔だ。出席簿に印を付け、ポケットカウンターで、男女からそれぞれ1をマイナスしておく。

残りは、男子が13、女子は16だった。今晩だけで、すでに十二人の生徒を殺していることになるが、まだ、ノルマの三分の一にも到達していなかった。

蓮実は、ティッシュペーパーを丸めた耳栓を取った。最初の発砲の後遺症で、まだ耳がおかしいままだった。だからといって、ずっと耳栓をしていると、ますます聴力が制限されてしまう。狩りでは五感全部を鋭敏に保っておかなくてはならないため、耳栓を嵌めるタイミングが難しかった。

生徒相談室を覗くと、久米教諭が、あいかわらず床に転がったまま、恐怖を湛えた目でこちらを見上げる。いくら極楽とんぼのような男でも、これだけ銃声を聞けば、何か恐ろしいことが起きていることはわかっているだろう。生徒たちもみな、このくらい純真無垢だったら、仕事は楽なのだが。

……二人を窓から逃がそうとしたのは、渡会健吾の策略の一環だろう。

渡会は、学校が窓の開閉まで管理していることを知っている。以前に、授業中の雑談で、そういう話をしたことがあった。一度聞いたことは絶対に忘れない記憶力の持ち主だから、確実に覚えているはずだ。とはいえ、こちらが常にシステム画面をチェックしているとは限らないから、わざと二人を捨て駒にしたというより、あわよくば一人でも脱出できればという賭けだったに違いない。

そのもくろみは外れたにせよ、もう一つの狙いは、まんまと図に当たったようだ。この段階で、遮音効果の高い校舎内ではなく、オープンエアで二発も撃たされてしまったのは、大きな失点である。

夏休み中だけに、花火か爆竹の音だと思ってくれればいいが、この音を聞いた人間が警察に通報する可能性はゼロではない。これが発砲事件で、しかも場所が学校だと特定されるまでには、しばらく時間がかかるだろう。その前に、すみやかに全員を片付けなくてはならない。

PM9：38

高木翔は、トイレの奥の個室で、組み立てたばかりの弓《リカーブボウ》をチェックしていた。弓から三本の角のように突き出している安定器《スタビライザー》の具合をたしかめ、照準器《サイト》を入念に調整する。矢筒《クイーバー》からカーボン製の矢を一本引き抜いて、つがえてみた。

どこかで一度試射をしたいが、今すぐにだと、誰かに見つかってしまう。もうしばらく待った方がいいかもしれない。

いつも試合前にやるように、深呼吸して、気息を整える。

だいじょうぶだ。やれる。アーチェリーの矢の速度は時速230キロにも達し、厚さ5ミリの鉄板を打ち抜く威力がある。しかも、俺には、正確に急所を射貫けるだけのスキルがあるのだ。必ず一射で仕留めてみせる。

これは、スポーツへの冒瀆《ぼうとく》だろうか。いや、違う。あらゆる武道は、もともと殺人の技術ではないか。問題は、その目的が正当かどうかだけだ。

翔は、さっき外から響いてきた銃声を思い出す。

また、誰かが殺されたのかもしれない。相手は、狂気の殺人鬼なのだ。射殺《いころ》すことに、まったく躊躇を感じる必要はない。

そもそも、散弾銃に弓矢で挑むのは狂気の沙汰であり、こちらが圧倒的に不利なのだ。

速射には自信があったが、二の矢をつがえる余裕はないだろう。ただ一射に、すべてを賭けるしかない。

この一射に、これまで自分のやって来たことのすべてが問われる。

翔は、目を閉じると、生まれて初めて、人間の的を狙うためのイメージトレーニングを開始した。

足構え《スタンス》、胴構え《セット》、矢つがえ《ノッキング》、射ち起こし《セットアップ》、引き分け《ドローイング》、会《フルドロー》、離れ《リリース》、残身《フォロースルー》……。

PM9：41

蓮実は、猫のように足音を忍ばせて、西側の階段から三階に上がった。

閉まっている防火シャッターの外側から、中の様子を窺う。生徒たちの話し声が聞こえてきた。抑えた声ながら、かなりの激論が交わされているようだ。

受信機のイヤホンを耳に嵌め、盗聴器《バグ》からの音声を拾ってみる。

『……るせえなあ。んなこと、俺にわかるわけねえだろ？』

『いいや、おまえは知ってたんだ！　なのに、わざと二人を行かせた！』

『何のためにだ？　え？　そんなことして、俺に何の得があるんだよ？』

『時間稼ぎだろう？　山口たちのときと同じだ』

渡会健吾を追及しているこの生徒は、いったい誰だろうと、蓮実は訝しんだ。四組に、こんなに熱い生徒がいただろうか。

『……ひどい言われようだな。おまえが、俺を嫌ってるのはよくわかったけどな、そんな話は助かってからにしてくれ。今は一致団結すべきときじゃないのか？　そうじゃないと、俺たちは本当に皆殺しにされるぞ』

渡会健吾は、巧みな弁舌で場の空気を支配していた。相手の非難を感情論にすり替え、文句の付けにくい正論で鋭鋒をシャットアウトする。

『渡会の言うとおりだ。もう、やめようぜ』

高校生にしては錆びた、特徴のある声なので、これは伊佐田直樹だとわかった。

『夏越よう。とにかく、何とか俺たちが持ちこたえてるのは、こいつのおかげだ。今は、協力し合わねえとな』

夏越雄一郎だったのかと、蓮実は驚いた。頭のいい子だが、あまり自己主張することもなく、どちらかというと目立たない生徒だ。危機に際しては、ふだんは見られない一面が出てくるのが興味深かった。今後の学級運営には、参考になるかもしれない。

『協力し合うって、どういうこと？　渡会くんが生き延びるために、それ以外のみんなが使い捨てにされること？』

ここで、新たな女子が参戦する。蓮実は、出席簿を見た。三階で籠城している女子は、片桐怜花、久保田菜々、白井さとみ、星田亜衣、吉田桃子の五名だったはずだ。そのうち、吉田桃子は、廊下を封鎖する前に離脱し、白井さとみは、ついさっき死亡した。すると、残りは三名。

そうか、と思う。やはり、片桐怜花か。

そう思って聴くと、何となく抑揚に聞き覚えがある。あゆみを殺してしまった直後、盗聴器《バグ》で聴いたのは、どうやら夏越雄一郎と片桐怜花の会話だったらしい。この二人は、絶対に生かしておけないことが明白になった。どのみち全員処分しなくてはならないので、特に計画に変更はないが。

蓮実は、四階と三階に残っている生徒を抹殺するプランを練りながら、階段を下りた。北校舎のカフェテリアへ行って食用油の一斗缶を持ち出す。途中までは台車で運べたが、階段は手で抱えて上がるしかなかった。今回は東階段から上がったのだが、とりあえず、二階と三階の間の踊り場に置いておく。

いったん職員室に戻ると、必要な装備を調えてもう一度東階段を上がる。今度はさらに重い荷物を抱えているので、身体を鍛えているとはいえ息が切れそうになった。

蓮実は、三階を素通りして、四階へと向かった。

PM9：45

「彩音」

暗い廊下で、突然背後から呼びかけられて、三田彩音は、心臓が止まるかと思った。

「俺だ。声を出すな」

叫び出しそうになったが、危うく自制する。振り返ったとたん、涙が溢れ出した。

「ハスミン！」

「しっ……！　静かに。犯人に聞こえる」

彩音は、うなずく。

蓮実教諭は、誰かを両腕で抱いていた。ジャージーを着た男子のようだ。

「それ、誰なの？」

「山口だ」

蓮実教諭は、沈痛な声で言った。それ以上の説明はない。

「いいか、気をつけろ。犯人は、久米先生だ」

「美術の？　そんな、嘘でしょう？」

「しっ」

蓮実にたしなめられ、あわてて口を押さえる。

「久米先生は、猟銃を持ってる。見つかったら、撃たれるぞ」

「でも、なんで……？」

彩音は、蓮実教諭に近づいて、息を呑んだ。右の頬骨のあたりがひどく腫れ上がって、鼻も曲がっている。あちこちに、血がこびりついていた。

「どうしたの、その顔？」

「久米先生にやられたんだ。さっきまで捕まってた」

蓮実教諭は、早口で囁く。

「みんなは、どこにいるんだ？」

「まだ、ほとんどは、屋上のドアの前にいる。あと、何人かは隠れたみたいだけど」

彩音は、四階の教室の方を目で示した。

「何人だ？」

「えっ？」

「正確な人数を教えてくれ。それから、誰と誰がいるかも。俺は、どんなことをしても、みんなを助けなきゃならないからな」

彩音は、うなずいた。生きるか死ぬかの極限状況でありながら、蓮実教諭の助けになれることが嬉しかった。自分だけが特権的な地位を得たような高揚感がある。

「屋上のとこにいるのは、美咲と、真優、舞、まどか、楓子、亜里、悠希かな。男子は、有馬、坪内、脇村……」

「十人か。それ以外は、教室に隠れてるのか？」

「うん。たぶん、誰も下には行ってないと思う。柚香と、美穂、沙織、桃子、梨奈。……鈴木も」

「あとは？」

「わたしだけだよ」

「全部で十七人？　もう一人いるだろう？」

「あれ？　そうだっけ……あ、あのキ●●●だ。田尻もいたよ。あいつも、どっかに隠れたと思う」

そう言いながら、彩音は、不思議に思っていた。

「どうして、ハスミンは、もう一人いるってわかったの？」

「勘だよ。田尻は、どうしてキ●●●なんだ？」

「だって、ずっとわけのわかんないこと、ぶつぶつ言ってるし。勘って、ハスミン……」

「彩音は、なんで、一人でこんなとこにいたんだ？　俺だったからよかったけど、犯人に見つかってたら、命はなかったぞ」

蓮実教諭は、あいかわらずの囁き声ながら強い口調で遮る。彩音は、幸福感に包まれた。ハスミンは、こんなにも、わたしのことを心配してくれている。

「ごめん。……わたし、みんなと一緒にいようと思ったんだけど。絶対、ハスミンが来てくれるって信じてたから。だけど、急に怖くなってきちゃって、やっぱり、どっかに隠れようって思って」

「そうか」

蓮実教諭は、何ごとか思案しているようだった。

「山口、下ろしたら？　重いでしょう？　それに、手当もしないと」

蓮実教諭は、首を振った。

「え？……そんな。山口、死んじゃったの？」

ずしんとショックがのしかかる。浮かれていた気分は、たちまち雲散霧消してしまった。よく見ると、蓮実教諭は、ビニールの使い捨て手袋をはめている。これも、山口がすでに死んでいるからなのだろうか。

「うん。彩音。これ、鍵だ」

蓮実教諭は、山口卓馬の遺体を抱えながら、左手に鍵を持っていた。

「屋上の鍵？」

「ああ。今すぐ上に行ってドアを開け、全員屋上に出るんだ。向こうから鍵をかけとけば、だいじょうぶだ。いいか、どんなことがあっても、絶対に下りて来ちゃだめだぞ。下から何が聞こえてきても、じっと息を潜めてるんだ」

彩音は、卓馬の遺体に触れないようにそっと手を伸ばすと、蓮実が持っていた鍵を受け取って、うなずいた。

「あの、ハスミン」

「何だ？」

「山口が……言ってたんだけど、屋上のドアなんか、銃で撃ったら開けられちゃうって。それって、本当？」

蓮実教諭は、何だか奇妙な笑みを浮かべた。

「なるほど。こいつもきっと、真剣にみんなのことを心配してたんだろうな……。でも、映画とは違う。猟銃で撃つのは散弾だ。仁丹みたいな細かい弾丸が飛び散るやつだから、鉄のドアを破るほどの威力はないんだよ」

「よかった」

彩音は、心の底から安堵を覚えていた。やっぱり、ハスミンの言うとおりにしていれば、だいじょうぶなんだ。

きびすを返して、屋上へ通じる階段へ向かう。早く、みんなに伝えないと。

彩音は、走り出しながら眉根を寄せていた。最後に見た蓮実教諭のいでたちに、何とも言えない違和感を感じたのだ。

何だろう。この変な感じ。……そうか、靴だ。

蓮実教諭は、いつもナイキのスニーカーだった。それなのに、今は、モカシンみたいな何だか似合わない革靴を履いている。どこかで見たことがあるような。

そういえば、犯人——久米教諭が、あんな感じの靴を履いていたことがあったけど。

PM9：47

彩音の姿が見えなくなると、蓮実は、山口卓馬の遺体から無造作に手を離して、頭から床に落とした。

体格が大きく体重があるため、ここまで運ぶのはひと苦労だったが、全長が119センチもある散弾銃を隠すには、他の生徒の遺体では難しかった。中折れ式なので、ヒンジで折り曲げて死体にフィットさせ、銃身はジャージーの背中に突っ込み銃床をズボンの中に入れてあったのだが、ジャージーのズボンが不自然に角張っていた上、襟首から覗く銃口には、タオルを巻き付けて隠さなければならなかった。暗い上に、彩音は遺体から目を背けていたので、バレなかったようだ。

蓮実は、滑り落ちる遺体から器用に散弾銃を引き抜くと、薬室に二発のカートリッジを込めて銃を真っ直ぐにする。

隠れている生徒は七人。どんなに時間がかかっても、狩りは五分以内に終わるだろう。気の毒だが、教室には、隠れられる場所などほとんどない。トイレにしても同じである。

PM9：47

階段を駆け上がっている途中で、何かが床に落ちたような音が四階から聞こえてきた。彩音は、ぎくりとしたが、蓮実教諭に言われたとおり、足を止めなかった。

「みんな……みんな！」

囁き声で呼ぶ。

「どうしたんだ？」

阿部美咲が、応える。

「ハスミンだよ！　ハスミンが、来てくれた！」

「本当？」

「無事だったんだ！」

大騒ぎになりかけたが、美咲が、「静かにしろ！」と一喝して黙らせる。

「それで、ハスミンは、今どこにいんの？」

「四階だけど、わたしたちは、屋上へ避難して、鍵をかけて待ってろって。鍵、預かってきた！」

彩音は、美咲に握りしめていた鍵を渡す。

「わかった！　みんな、行くよ！」

美咲は、鍵を鍵穴に突っ込んで、回そうとした。

「あれ？」

「どうしたの？」

横にいた小野寺楓子が訊ねる。

「回らないんだ……まだ、ガムが残ってたみたい」

美咲は、あわてて鍵を引き抜き、清田梨奈から預かったままのヘアピンを突っ込んで、シリンダーの中を引っ掻き始めた。

PM9：48

東階段から一番手近にあるのは、トイレだった。まず、男子トイレから調べる。個室は全部空いていたが、一番奥の清掃用具入れの扉まで開けっ放しになっていた。周囲には、モップやバケツなどが転がっている。

覗いてみると、永井あゆみの遺体が目に入った。二時間くらい前に蓮実が入れたまま、体育座りのような姿勢を保っている。広がった髪が肩を覆い、泣いているように見えた。そろそろ、死後硬直が始まる頃かもしれない。

誰かが、隠れようとしてここを開け、死体があるのに驚いて、まわりのものをひっくり返して逃げたのだろう。そのときの様子を想像して、蓮実は微笑んだ。やっぱり子供だと思う。たとえば、遺体は窓から放り出してしまい、自分が遺体のふりをして座っているというような知恵は働かなかったらしい。小細工を弄しても、髪型などですぐに見破れただろうが。

次に、女子トイレを捜索する。入ったとたん、気配で誰かがここにいるのがわかった。

やはり、個室は空いている。隠れられるスペースは、奥の清掃用具入れだけだった。

蓮実が近づくと、がたんと音がした。緊張のあまり身動きして、何かに触れてしまったのだ。サスペンス映画では、主人公はまったく音を立てずに敵をやり過ごすが、現実には、こんなものだろう。

蓮実は、扉を開いた。恐怖と絶望に引き攣《つ》った顔の清田梨奈が、床に座り込んでいた。蓮実の顔を認めると、一瞬で生色が甦る。

「ハスミン！　わたし、もうダメだって思ってた！」

蓮実は、優しくうなずくと、散弾銃を梨奈の胸元にあてがって引き金を引いた。

狭いトイレの中に、轟音が反響する。

霧状になった血液と硝煙が入り混じった臭気に辟易《へきえき》して、蓮実は、トイレから退避する。至近距離から撃ったダブルオー・バック弾の威力は凄まじく、梨奈の胸は吹き飛ばされて大穴が開いていた。一瞬で終わったから、こんがり黒焦げになった父親よりは楽な死に方だっただろう。

廊下は、しんと静まりかえっていた。今の発砲は、隠れている生徒たちを恐怖で金縛りにしたはずである。できれば、この機を逃さずに、残り六人を撃ち倒してしまわなければならないのだが……。

PM9：49

屋上へのドアの前に集まっている生徒たちは、突然の銃声に飛び上がり、悲鳴を上げた。今までより、ずっと近い。真下のフロア——四階からだ。

「来た！」

「犯人？」

「いやあ！」

「何やってるの？　早く開けて！」

周囲の女子が騒然となる中で、阿部美咲は、あいかわらず鍵を回そうと苦闘していた。

「おかしい……もう取れてるはずなのに……きっと、どっか一箇所」

小野寺楓子は、決断した。

「逃げよう！　ここにいたら殺される」

「でも、ハスミンは……」

「ハスミンは、屋上へ出ろって言ったんでしょう？　ドアが開かないんじゃ、どうしようもないじゃない！」

楓子は、反論しようとした三田彩音を遮った。

「でも、楓子。下には犯人がいるし、逃げられないよ……」

牛尾まどかが、泣きそうな顔で言う。

「そうだよ！　ドアさえ開けば、助かるんだ。ハスミンは、銃でこのドアは破れないって言ってたもん！　美咲！　早くして！」

彩音が、ヒステリックに喚《わめ》く。美咲は、一心不乱に鍵穴にヘアピンを突き入れていた。

「それ、たぶん、開かないよ」

去来川《いさがわ》舞が、つぶやいた。

「何でよ？　ガムさえ取れたら……！」

「ガムは、もう取れてる。さっき取れたの見たけど、ひとかたまりでカチカチになってて、どこにもちぎれたみたいな跡はなかった」

「だったら、どうして開かないのよ？」

彩音の狂おしい叫びに、舞は、ひどく低い声音で答えた。

「鍵が違うんだと思う」

「だって、そんな……ハスミンが、間違えたっていうの？」

舞は、答えなかった。声を出さずに泣いているようだ。

「わたし、行く！　来たい人だけ、付いてきて」

楓子は、階段を下りかける。

「どうするの？」

「犯人が教室に入った隙に、階段を下りよう。犯人は、わたしたちが屋上へ上がったって思ってる。このタイミングで逃げるなんて、予想してないはずよ！」

楓子の後に、柏原亜里、塚原悠希、有馬透、坪内匠、脇村肇までが、ぞろぞろと続く。

美咲は、その場にいた半数以上が見捨てて逃げようとしているのに、それすら目に入らないように、何かぶつぶつとつぶやきながら鍵穴に向かっていた。

楓子は、一段一段、階段を下りていった。膝が、がくがくと震えていた。四階さえ通り過ぎれば、それより下へ行ければ、たとえ上から追いかけられたとしても、逃げ切れるかもしれない。それまでは、絶対に物音を立ててはいけない。足音も。呼吸する音さえも。さっきから激しく打っている鼓動が周囲の空気を震わせ、犯人の耳に届くのではないかと心配になる。

後ろから付いてくる誰かが、大きく溜め息をついた。誰よ、この馬鹿。そう思ったが、もちろん、言葉にはしない。失敗したと思う。こんな大勢で下りるべきじゃなかったかも。もっと少しずつ。せめて、二、三人で来ていれば……。

踊り場を過ぎ、四階のフロアまでは、直線の階段が一本あるきりである。

運命の階段。まるで十三階段のようだと思った。足腰に力が入らず、妙にふわふわした感じだった。

さっきの発砲以来、四階からは何の音も聞こえてこない。

楓子は、おかしいと思った。犯人が、動き回ったり、教室を調べたりしているのなら、多少の物音は聞こえるはずだ。それなのに、暗い廊下は、本来夜の校舎がそうあるように、森閑と静まりかえっている。

楓子は、ぴたりと足を止めた。

後ろから、咳払いが聞こえた。馬鹿、何やってるの。楓子は、肩越しに手を上げたが、後ろにいる誰かは、今度は、彼女の肩を突っついた。

楓子は、きっとなって振り返った。お調子者の有馬透だった。透は、楓子を押しのけるように前に出た。その後ろから、坪内匠と脇村肇も続く。

さっきまでは発言さえしなかったくせに、自分たちでは逃げ出そうという決断もできなかったくせに、急に、臆病な女子を見下すような態度になっている。

透は、四階に降り立った。へっぴり腰になって廊下の方を透かし見ながら、そろそろと摺《す》り足で三階へ下りようとする。匠と肇は、金魚の糞のようにその後ろにくっついていた。

そのとき、カチリ《クリック》という金属音が響いた。

犯人だ。でも、どこに……。

楓子が身体を硬直させた瞬間、大砲のような音が轟《とどろ》いた。

匠が、雷に打たれたようにばったり倒れた。続いて、もう一発。今度は肇が尻餅をつき、横倒しになると、そのまま動かなくなる。

階段の下から……待ち伏せだ。いったん上へ逃げ戻ろうとしかけた楓子は、身を翻し、四階の廊下の方へ走り出した。助かるとしたら、こっちしかない。

後ろから、みんなが付いてくる気配がする。条件反射でリーダーに追随する羊の群れのように。

背後から、再び、発砲音が轟いた。一発、二発。

楓子は、駆け続けた。

廊下がこんなに長いなんて、思いもしなかった。走っても、走っても、向こう側に辿り着けない。まるで悪夢の中にいるように、両脚が空回りして、力が入らない。

助けて……おかあさん。

突然、無音のまま、意識が暗黒に呑み込まれる。走っている感覚だけを宙に残して。

PM9：51

小野寺楓子は、廊下の外れで、つんのめったように倒れた。頭蓋を砕いた銃弾は音より早く飛来したはずだから、最後は、何も聞こえなかったことだろう。

蓮実は、焼けそうに熱くなった散弾銃を折り、排莢《はいきょう》して、新たな弾を二発込める。

苦労して四組にコレクションした美少女たちを、こんなふうに撃ち殺してしまうのは、本当に惜しいと思う。とはいえ、事ここに至ってはやむを得ないし、どうせやるのなら、楽しむべきだろう。狩りの獲物《ハンティング・トロフィー》としては、これ以上贅沢なものはない。

廊下には、二名の生徒が倒れて、苦しげに呻いていた。有馬透と塚原悠希だ。どこかに散弾を喰らったものの、致命傷には至らなかったらしい。

その向こうでは、逃げ遅れた柏原亜里が、立ち竦んでいた。信じられないというように大きな目を見開き、蓮実を凝視している。

亜里の方が気になったが、担任としては、苦しんでいる生徒を見過ごしにするわけにもいかなかった。遅刻した生徒の頭を出席簿でこつんとやるように、頭に一発ずつ散弾を撃ち込んでおく。

再び空薬莢を脱包《エジェクト》し、新しいカートリッジを装塡した。銃身はひどく熱を持っており、暴発しないかと心配になるほどだ。

その間に、亜里は、廊下の窓を開けて、窓がまちに乗っていた。どうするつもりかと、蓮実は訝った。まさか、飛び降りるつもりではないだろう。雨交じりの風が、廊下に吹き込んできた。

「危ないから、下りてきなさい」

蓮実は、優しく諭した。ふつうなら、四階から飛び降りれば、まず助からないだろうが、雨で地面がぬかるんでいるから、どうなるかわからない。上から狙い撃つ前に、物陰にでも逃げ込まれたら厄介だ。とはいえ、どんな甘言を弄したところで、この状況では説得は難しいだろう。

「さあ、こっちへ。だいじょうぶだから」

蓮実が一歩近づくと、亜里は、くるりと向きを変えた。

まずい。飛ぶ気だ。

蓮実は、とっさに発砲した。広範囲に拡散した散弾で、周囲の窓ガラスが粉々に割れる。

だが、数発の鉛弾は、亜里の身体をも確実に貫いていた。

学年一の美少女は、背中を突き飛ばされたようにふわりと宙に浮き、視界から消え失せてしまった。

PM9：51

続け様に四階から響いてきた銃撃の音は、三階で籠城している生徒たちを震撼《しんかん》させた。言い争いが殴り合い寸前にまで発展していた雄一郎と渡会健吾は、ぴたりと動きを止め、天井を見上げている。

「いやあ……！　みんなが！」

星田亜衣が、耳を覆ってうずくまった。両側から、怜花と久保田菜々が肩を抱く。

「こんな。嘘だろう」

伊佐田直樹が、呆然としてつぶやいた。

「このままじゃ、次は俺たちだ」

雄一郎の腕を振り払った健吾が、頭を掻きむしる。

「ちくしょう。早く助けを呼ばねえと……時間がない……どうすればいい……何か方法が、絶対にあるはずだ」

中村尚志の方を振り返る。

「おい、スピーカーだ！　相当でかい音が出せるだろう？」

「でも、マイクがなきゃ、声は乗せられないし」

「何でもいい。思いっきり大きな音を出すんだよ！　そこら中から、警察に騒音の苦情が殺到するような。それに、モールス信号くらいは打てんだろうが」

「わかった！」

尚志は、四組の教室に駆けていく。

「渡会。おまえ、それも、もっと前に思いついてただろう？」

雄一郎が、鋭い目で健吾を見る。

「何なんだよ、いったい？　何で俺がアイデアの出し惜しみをしなきゃならねえんだ？　命がかかってるんだぞ？」

「簡単だよ。三階から大音量で助けを呼んだりしたら、犯人は、こっちを先に襲うからだ。おまえは、四階のみんなを犠牲にして、様子見をしてたんだ」

「ふん。そこまで悪意に取られるんじゃ、どうしようもねえな」

「しまった。ブレイカーを落としてたから、まず復旧しねえと……」

あわてて戻ってきた尚志が、ドライバーで、廊下にある分電盤の蓋をこじ開けようとし始めた。

「急げ。おい、俺たちはスピーカーを運ぼう」

健吾の言葉に、雄一郎は、不承不承うなずく。そのとき、二発の銃声に続いて、四階で窓が開く音がした。

全員、ぴたりと動きを止めて、上を見上げる。

「どっちだ？　犯人か？……クラスの誰かならいいが」

健吾が、つぶやく。

「で、でも、窓から外に出ても、どこにも逃げられないじゃない？」

怜花の声は、悲鳴のように裏返った。もしかしたら、楓子なのだろうか……。

「馬鹿。犯人だったら、上からロープで下りてくるかもしれないんだ！」

健吾は、叫んだ。

「言っただろ。いくらバリケードを作ったって、侵入する方法はあるって！」

廊下にいた生徒たちが、ぎょっとして後ずさりかけたとき、耳を聾《ろう》する銃声が轟いた。ガラスが粉々に砕け散る音も。

そして、全員が注視する窓の外を、きらめくガラスの破片とともに落下する生徒の姿が垣間見えた。

顔は見えなかったが、外灯に照らされて、特徴的な服の袖が網膜に焼き付いた。

それは、赤いラグラン袖のTシャツを着ていた柏原亜里だった。

「ああ……そんな！」

尚志は、悲痛な声を上げると、がっくりとうなだれ、廊下に座り込んでしまった。

「おい、時間がねえぞ！　すぐに、スピーカーの準備をしねえと」

健吾が、叱咤する。

「……無駄だって」

尚志は、うずくまったまま、嗄《しわが》れた声でつぶやく。

「何でだよ?」

「音を出したとたん、根本の——配電盤のブレイカーを落とされるだけだ」

「それでも、やらねえよりマシだろう? 一分でも音を出せたら」

「いいや。そんなことより、もっといい手がある」

尚志は、ようやく顔を上げ、これまでに聞いたことのないような陰惨な声で呻いた。

「絶対に、許さねえ……! 柏原さんを殺したサイコは、俺が地獄に送ってやる」

PM9:53

蓮実は、四階に隠れている生徒たちの掃討に着手した。まずは、三年一組の教室からだった。

柏原亜里を射殺した銃声は、広範囲に響き渡ったはずだ。今度こそ、警察に通報が行くかもしれない。残された時間は、せいぜい二、三十分と見ておいた方がいいだろう。

ここまでは、順調に来ている。そもそも、たった一人で四十人もの獲物を追い詰めて、二発ずつしか撃てない銃で皆殺しにするというのは、至難の業なのだ。

そのために取ったのが、生徒たちが出てくるのを待って出鼻を叩くという戦略だった。ついさっきも、とっさに勘が働いて、屋上組の一部が逃げようとしたのを討ち取れたのは、望外の戦果である。これで、残りの生徒は、まず身動きできない。

一組の教室では、掃除用具入れを開けると、吉田桃子が見つかった。

二組の教室では、教卓の中に横田沙織が隠れていた。

どちらも、至近距離からの一発で、即死した。沙織の方は、間違って一粒弾《スラッグ》を使用したため、頭部があらかた吹き飛んでしまった。清掃するのが、かなり大変だろう。ついつい後始末のことまで心配してしまうのは、生徒指導部《セイシ》という裏方にいる性《さが》だろうか。

三組には、誰もいなかった。

そのとき、廊下に気配を感じた。蓮実は、すばやく飛び出して散弾銃を構える。

20メートルほど先の廊下に、高橋柚香が立ち竦んでいた。蓮実は、彼女の大胆さに感心した。周囲には、何体もの死体が転がっている。この状況では、ふつう、逃げようなどという気力は湧いてこないものだ。

柚香は、気丈にも蓮実の目を見返した。

「どうして……?」

小さいが、しっかりした声だった。

「さっき、久しぶりに蓼沼に会ったよ。思ったより、元気そうだった」

柚香は、大きく目を見開いた。

「向こうで会ったら、よろしく言っといてくれ」

できれば彼女の返事を聞きたかったのだが、残念ながら時間がない。蓮実は、引き金を引く。閻魔《えんま》大王の槌音《つちおと》のような銃声とともに、少女のTシャツがずたずたになって朱に染まる。柚香は、ポニーテイルを揺らして倒れた。

これで四人。四階に隠れている生徒は、あと三人いるはずだった。

四組、五組と見て回ったが、誰もいなかった。おかしいなと、蓮実は眉をひそめた。隠れん坊をするときは、もっと自然にばらけるはずである。同じ教室に三人というのは多すぎる。だいたい、三人も隠れる場所がないはずなのだ。

六組にも、誰もいなかった。

蓮実は、すばやく廊下に出た。あいかわらず、動くもの一つない。

どうやら、教え子たちの智能を過小評価していたようである。思えば、最初の三人は、あまりにも芸がなかった。もう少し工夫があってもよさそうなものだったが……。

それにしても、これは、どういうことなのか。三人も見つからないというのは、予想もしていなかった事態である。

彩音から聞いた、七人という情報が間違っていたのだろうか。

いや、そうは思えない。これまでも親衛隊の一人として情報収集に役立ってくれたが、彼女の話はいつも正確だった。

誰も下へは行っていないと思う……彩音は、そう言っていたが、その点も、蓮実は確信していた。殺人鬼にばったり出くわすリスクを覚悟で前に出られる生徒は、限られている。行方がわからないのは、鈴木章、田尻幸夫、林美穂の三人だ。みな、そんなに勇気があるタイプではない。

もう一度、六つの教室を順に見て回ることにする。六組には、やはり、誰もいない。

五組でも、隠れられる場所は見あたらなかった。

だが、五組を出ようとしたとき、蓮実は、かすかな空気の流れを感じて振り返った。

そうか。一瞬で、ひらめく。そのくらいのことに思い至らないとは、どうかしていたようだ。

教室の窓のカーテンを引き開ける。

引き戸の一つが、完全に閉まっておらず、わずかだが、冷たい風が吹き込んできている。

蓮実は、窓を開けた。

張り出しに乗って、雨に濡れながら必死に窓枠にしがみついていたのは、鈴木章だった。

「は……蓮実先生？」

章は、驚きと安堵がない交ぜになった顔で言う。

「Read the air, Mr. Suzuki!」

蓮実は、笑顔で応じた。

「本当は、そんな英語はないけど。空気を読んで、しっかり窓を閉めるべきだったね」

蓮実は、窓から大きく身を乗り出して、銃口を向けた。章は、愕然とした表情になった。

そのとき、隣の教室の窓の外にも、隠れている女子がいるのが目に入った。

林美穂だ。美穂は、驚愕と絶望と怒りの籠もった、複雑なまなざしでこちらを見た。

「この馬鹿！　何やってんのよ！」

美穂は、大声で鈴木章を罵《ののし》った。蓮実が犯人であった驚きよりも、自分の運命に対する悲しみよりも、へまをした章への怒りが爆発したらしい。

「Don't be upset, Miss Hayashi! This is what is called joint responsibility. これが、連帯責任というやつなんだよ」

蓮実は、二人を順番に撃った。二人の遺体は、射的の人形のように四階から転落する。ついでなので、ロープを垂らしたままの三階の窓も銃撃しておいた。これで、ますます、あそこからは逃げにくくなったはずだ。

さあ、残りは一人だ。

蓮実は、窓から大きく身を乗り出して、左右を確認した。いない。

念のために、他の教室からも窓を開けてみて死角がないか確認したが、最後の一人——田尻幸夫の姿はどこにも見あたらなかった。

馬鹿な。

ありえないだろう。いったい、どうやって消えたというのか。まるで魔術ではないか。

PM9：56

中村尚志は、懐中電灯を口にくわえて、ギターアンプのシャシーを開けた。アンプに使われる真空管には高電圧が必要とされるため、内蔵の変圧器《トランス》は100Vの家庭用電源を500Vまで昇圧している。人が感電死するには充分すぎるほどの電圧だ。これをエレクトリック・ギターに逆流させてやるのだが、問題はギターをアンプに接続するコードだった。このままでは短すぎる。

尚志は、アンプに差し込む方のジャックを切断し、導線を剝いた。二本のスピーカー・ケーブルを継ぎ足していると、渡会健吾が、当惑した様子で声をかけてくる。

「おい、そんなことしたら、音が出せなくなっちゃうだろう？」

「そうだな」

尚志が顔を上げると、懐中電灯の光が健吾の顔を照らし出した。健吾は、ぽっちゃりと膨らんで見える頬を歪め、目をしばたたく。

「あのなあ。助けを呼ばなきゃ、俺たち助からないんだぞ？」

「かまわねえよ」

たとえ死ぬことになっても、サイコを道連れにしてやる。

「かまわねえって……なあ、せめて、両睨みにしねえか？　その罠を拵《こしら》えるのと同時に、スピーカーを使って助けを呼ぶとか」

「だめだ」

尚志は、にべもなく言った。

「スピーカーから音を出したら、犯人はブレイカーを落として電力を絶つ。そうなったら、こいつは無効になる」

とりつく島もない態度に、さすがの健吾も、諦めたようだった。

久保田菜々と前島雅彦が、運んできた教卓に乗り、エレクトリック・ギターのネックを天井からロープで吊り下げて、セッティングを完了する。

「中村くん。本当に、これでうまくいくの？」

菜々は、親友で同じ剣道部の白井さとみを殺した犯人に対し復讐心を燃やしていたが、どうしても罠の構造が理解できないらしい。

「楽勝だよ。実は、100Vでもけっこう死ぬんだ。500Vを舐めんなって」

尚志は、スピーカー・ケーブルをギターアンプの変圧器《トランス》に接続する。変圧器《トランス》と真空管をつなぐコードは、カットした。もう一方の端は、目立たないように暗幕の後ろを通して、エレクトリック・ギターのジャックへと延びている。

「でも、こっち側は、ギターをそのまま吊してるだけじゃない?」

菜々の疑問は、もっともだった。

「久保田さん。『弦アース』って知ってる?」

菜々は、首を振る。

「エレクトリック・ギターってさ、弦は鉄製じゃん? 音が濁らないよう、電波や静電気みたいな電気的ノイズは、全部、弦から人体へと放出するようになってるんだ」

「マジで?」

菜々は、眉間にしわを寄せる。

「ああ。ふだんは微弱な電流しか流れないから、ほとんど感じないだろうけどね。でも、人体でアースしてるってことは、間違ってギターに大電流が流れた場合、まともに弦から感電するってことなんだよ。……たまに、事故死してるギタリストもいるくらいだし」

「じゃあ、これ……」

「プラグを差した後、弦に触ったら最期だってこと」

PM9：57

ホザンナ。ホザンナ。あなたの愛で、わたしを包んで。いと高きところで。天のいと高きところで、ホザンナ。ああ、ぎゅっと抱きしめて。

田尻幸夫は、経文を唱える耳なし芳一のように、一心に偶像《アイドル》の歌詞を繰り返していた。

聖なるかな。二人の愛は。聖なるかな。ピュアな恋心。聖なるかな……。

犯人の気配を感じる。教室に入ったと思ったのに、また出てきた。早く、向こうへ行け。

ホザンナ。ホザンナ。ああ、恋のホザンナ。

足音は、遠ざかるかと期待していたのに、逆に、どんどん近づいてきた。

来るな。来ないでくれ。来るな来るな来るな……！

幸夫は、息を詰め、すべての感覚を閉ざして、ひたすら歌詞に集中する。

ホザンナ。わたしを救って。せつない祈りを聞き届けて。ああ、恋のホザンナ。神様、お願い……。

「胸が動いてるよ」

蓮実先生の声だった。幸夫は、それでも目を開けることができなかった。そんなはずはない。見つかるはずがない。僕は、見つかっていない。ホザンナ。

「ついさっき、高橋柚香が逃げようとしたときだよね。廊下の死体に混じって寝ていれば、見つからないと思ったのか？　死体を演じる役者には、それなりのノウハウがあるんだ。素人がいきなり死体のふりをしようとしても、どだい無理なんだよ」

じわっと、涙が溢れてきた。

「柚香は、本当にたいした子だと思うよ。いっさい君の方を見ようとしなかった。せめて、仲間を救おうと思ったんだね。でも、もう諦めなさい」

幸夫は、ついに固く閉ざしていた瞼を開けた。銃口が、すぐ目の前にあった。

去年の記憶が甦る。いじめに遭っていた幸夫を、着任間もない蓮実先生が助けてくれたのだ。鼻血を出して床に倒れていた幸夫に、蓮実先生はハンカチを渡してくれた。そして、加害者たちを説得して、いじめを止めさせてくれた……。

とても、信じられなかった。蓮実先生が、僕を殺すはずがない。ホザンナ。ホザンナ。わたしを救って。せつない祈りを。

すると、銃口がすっと引っ込められた。

やっぱりそうか。全部、何かの間違いだったんだ。きっと『恋のホザンナ』の魔力が、本当に僕を救ってくれた……。

次の瞬間、何かがすばやく視野を横切り、首筋に衝撃を感じた。

そのまま、意識が途絶えてしまう。

PM9：58

蓮実は、幸夫が即死したのを確認した。垂直に振り下ろした銃の台尻で、幸夫の頸椎を打ち砕いたのである。弾は充分にあるが、節約できるときには、しておいた方がいい。

カチカチと音を立てて、ポケットカウンターの数字を減らしていく。

四階に上がった生徒のうち、男子5、女子8の、計13を『卒業』させた。残りは、男女とも8ずつの計16――屋上のドアの前にいる女子5と、三階にいる男子8、女子3だった。

散弾銃を折って、弾が装塡されているのを確認しながら、蓮実は、ゆっくり廊下を歩く。

二羽のカラス――思考《フギン》と記憶《ムニン》が、どこからともなく舞い降りてくると、蓮実の露払いをするように飛び回り始めた。

「半分以上来たな。ゴールは近いぞ、相棒」

発砲を重ねるにしたがい耳鳴りがひどくなっていたが、突然、手にした銃が獣の野太い声で喋り始める。

「まずは、屋上のドアの前で立ち往生してる女子5だ。さっくり片付けようぜ」

何だこれは、と蓮実は思う。現実でないことは、よくわかっていた。殺戮《さつりく》に酔いしれて脳内麻薬が異常に分泌され、幻覚を見ているのだ。

今ぐらい、アメリカ人が取り憑かれている銃器への異常なフェティシズムが理解できたことはなかった。熱くなった散弾銃は、完全な一個の人格を獲得していた。野獣のような咆哮《ほうこう》とともに生《い》け贄《にえ》の命を奪うことに無上の喜びを覚える、悪魔の人格を。

「どうした、相棒。もっと気合いを入れろ。こんな機会は、もう二度とないぞ。撃ち放題、殺したい放題だ。悔いが残らないように、しっかり堪能しとけ」

蓮実自身は、あいかわらず冷静さを保っていた。こいつは、自分から分離した、凶悪な別人格なのだろうか。

「私を殺したいのか？　君が私を見る目は、まったく気に入らないな」

虚空から、ジミー・モルゲンシュテルンの声が響いてきた。

「君は、しょせんはサイコ・キラー――肉食の羊のような怪物だ。君のための居場所は、この世のどこにもない」

「黙れ」

蓮実は、声がした方向へ二発続けて発砲した。天井の漆喰《しっくい》が剝がれ、ぱらぱらと落ちてくる。

「さあ、行こう。相棒。とりあえずは、あと5。それから、三階で引き籠もってる11だ。やり遂げたときには、世界の景色が違って見えるぜ」

思考《フギン》と記憶《ムニン》は、物の怪《け》のような声でぎゃあぎゃあ鳴きながら、狭い廊下いっぱいに飛び回っていた。

「聖司くん。あかん。やめて……」

殺戮をやめるよう訴えるのは、石田憂実《いしだゆみ》だった。だが、そのか細い声は、無数の悪鬼たちの哄《こう》笑《しょう》の中でかき消されてしまう。

口笛のメロディが聞こえてきた。『殺人物語大道歌《モリタート》』だ。しばらくの間、自分が吹いていることに気がつかなかった。

蓮実は、銃の魔物に新たな弾丸の餌をくれてやると、この上なく愉快な気分になって、階段を上がっていった。

ドアの前で五人の少女たちが身を寄せ合っている気配が、手に取るように伝わってくる。異常な酩酊と昂揚は、知覚をも鋭敏にしているらしかった。

「ハ、ハスミン……?」

最初に気がついたのは、三田彩音だった。

「え?　本当?」

「ハスミン!　わたしたち……!」

少女たちは、救いの神が現れたと錯覚したらしかった。それから、蓮実が手にしている散弾銃に気がついた。

「ハスミン、それ、何?」

「犯人が持ってた銃?」

「惜しいな、時制が違う。“had”じゃなくて“has”だよ。犯人が持ってた銃じゃなくて、犯人が現在、持っている銃だ」

どうしても、笑いが止まらない。非常灯の明かりだけでも、蓮実の笑顔は、はっきりと見て取れたらしい。

「ハスミン……冗談きついよ」

「頼むから、怖いこと言わないで」

「うん、わかった」

蓮実は、銃口を上げて、彩音に狙いを付けた。

「ハ……」

凄まじい野獣の咆哮《ほうこう》。

彩音は、バットで頭を殴られたように、後ろに倒れた。

少女たちの絶叫がこだまする。

「ハスミン！」

「……どうして？」

「やめて！」

蓮実は、二発目を発射すると、銃を折って弾を込め、もう二発撃った。

少女たちの最期の表情が、まるでスナップショットのように脳裏に焼き付く。

佐藤真優は、彩音と同じく最後まで状況を把握できなかったのか、ただ茫然としていた。牛尾まどかの温和な顔つきは、ほんの一瞬だけ恐怖に歪んだ。去来川《いさがわ》舞は、何が起きているのかはっきりと理解したらしい。いまわの際に、恐怖に怒りと嫌悪が入り混じった目で蓮実を凝視する。

最後に一人残されたのは、阿部美咲だった。蓮実が託した鍵（屋上ではなく、事務室のドアのもの）と金色のヘアピンのようなものを握りしめていた。彼女の顔に浮かんでいたのは、ただ悲しみだけだった。

蓮実が、再度弾丸を装塡している間も、美咲は、身じろぎもしなかった。

そして、階段室に響き渡る轟音とともに、悪魔は、舌鼓を打ちながら待ち望んでいた生け贄を喰らった。

PM10：00

怜花は、おそるおそる天井を見上げた。さっきから銃声が連続し、がらんどうの校舎の隅々まで響き渡り窓ガラスをびりびり震わせていたが、ようやく一段落したようだった。銃弾がフロアを貫通して、頭上から降り注ぐことはないとわかってはいたが、一発ごとに恐怖に身を竦ませずにはいられなかった。

だが、銃声が途絶えてしまうと、今度は別の不吉な想像が頭をよぎる。もしかしたら、上へ避難したクラスメイトたちは、みんな殺されてしまったのではないかと。

だとすると、その次……殺人鬼はこのフロアへやって来る。

「そこは危ない」

雄一郎が、怜花の腕を引っ張って、四組の教室に入る。中では、中村尚志、久保田菜々、前島雅彦の三人が、何かを天井から吊しているようだった。尚志は、持っていたハンディカムを雅彦に渡しながら、何か言っている。暗闇でやっている点を除けば、高校生たちが文化祭の準備をしている平和な光景だった。今晩、ほんの二時間ほど前まではそうであったように。

「音がやんだ」

怜花は、つぶやいた。それ以上何を付け加えても、泣き出してしまいそうな気がする。

「ああ。だから、気をつけなきゃ。もう、いつ襲撃があってもおかしくない」

灯りはずっと消えたままだが、暗さに慣れて夜目が利くようになっていた。雄一郎の顎のあたりは、奥歯を嚙みしめているように強張っていた。

「犯人が襲って来たら、わたしたち、どうしたらいいの？」

「わからない。……とりあえずは、成り行きにまかせるしかないよ。あのバリケードは、そう簡単には突破されないと思うけど」

雄一郎は、落ち着かなげに、教室と廊下の窓を見比べた。

自分は今晩ここで死ぬのだろうかと、ぼんやりと思う。

昔読んだ作家の本に、死は、誰にとっても最も意外な形で訪れるという文章があった。

もちろん、そうあってほしい。死刑宣告を受けて残り時間がカウントダウンされるほど辛いことはないからだ。突然襲う死は、ある意味では慈悲深いのかもしれない。だけど、それは、お婆ちゃんになった何十年も先のこと、庭仕事でもしている最中にぽっくり逝くような平和なものであってほしい。

「怜花。どうしても、言っておきたいことがあるんだ」

雄一郎は、急に振り返り、怜花の顔を真正面から見た。

「何？」

「圭介がいたからさ、今まで言わなかったんだけど」

「それだったら、今も同じじゃない？　圭介は、まだ生きてるんだよ」

「ああ、それはそうだけど。でも、言っとかないと後悔すると思うんだ」

雄一郎は、言いよどむ。

「今晩、もしかしたら、俺は死ぬかもしれない。だから、聞いてくれ。俺、ずっと前から、おまえのことが好きだったんだ」

怜花は、沈黙した。そうじゃないかと思ったこともあった。自分では、圭介と雄一郎のどちらが好きなのか、よくわからない。順位を付けるなんて、できないと思った。だから、そのことはあまり考えないようにしていた。ただ、いつまでも、ずっと三人で一緒にいられればと願っていた。

いつかは、その状態が終わることは覚悟していた。でも、雄一郎の告白を受けるのが、こんな悲しく恐ろしい極限状況でなんて、思ってもみなかった。

「返事を聞かせてくれ」

雄一郎が、真剣な声音で言う。

怜花は、しばらく沈黙してから、口を開いた。

「わたしも好きよ」

「怜花……」

「コアラのマーチと同じくらいね」

「え?」

「雄一郎、眉毛のあるコアラにそっくりだし」

「俺、まじめに話してるんだけどな」

温和な雄一郎も、かなりむっとしたようだった。

「ねえ。もし本当にわたしのことが好きなら、頼みがあるんだけど」

「え？　うん……」

「夏休みの宿題、まだいっぱい残ってるんだけど。明日生きてたら、代わりにやっといてくれないかな？」

　雄一郎は、溜め息をつくと首を振り、またもや話を危険な方向に戻そうとする。

「俺、自分にとって何が一番大切なのか考えてみたんだ。それで、もしここを切り抜けることができたら、今度こそ正直に」

「やめて！　どうして、そんなに死亡フラグばっかり立てたがるの？」

　怜花は、ぴしゃりと言う。雄一郎は、しばらくの間ぽかんとしていた。

「わかったよ。俺、もしここを切り抜けることができたら、一からやり直そうと思ってる。……ファイナルファンタジーのシリーズを全部な。これでいいのか？」

「うん」

　怜花は、うなずいた。いつでも自分の気まぐれな考えを理解して付き合ってくれるのは、雄一郎しかいない。

　小説や映画などには、ある種のセリフを吐いたり行動を取ったりした登場人物はその後死ぬ確率が高いという、おきまりのパターンがある。これが『死亡フラグが立つ』という状態で、深刻になりそうな話も全部おちゃらけにしてしまえば、フラグは絶対に立たないような気がしていた。

呪術的思考。しょせんは、馬鹿げたおまじないだった。それでも気休めにはなる。

「おい、そんなもん持ってたんなら、どうして今まで隠してたんだよ？」

突然、廊下の方から、健吾が怒鳴る声が聞こえてきた。

「俺は、おまえの駒にはならねえよ。俺のやり方で戦うだけだ！」

もう一人は、高木翔のようだ。

「ちょっと待ってて。見てくる」

雄一郎は、怜花を教室に残して、廊下へ出て行った。

口論は、二言三言続いたが、すぐに決着したらしい。雄一郎が、急ぎ足で戻ってくる。

「高木だ。あいつ、アーチェリーの弓と矢を持ってたんだ！」

「そう」

「こいつは、大きな戦力アップだぞ。ただここで助けを待つだけじゃなくて、勝ちの目が出てきた」

「でも、弓矢では銃に勝てないでしょう？」

「正面から立ち向かえば、そうだけどな。狙いは、あくまでもカウンターなんだ。これで、犯人が四階からロープで下りてくるのを、怖がらなくてもよくなった。窓から入ってくる瞬間は、どうやったって無防備になる。高木なら確実に急所を射貫《いぬ》けるよ。何たって、インターハイ準優勝の男だからな」

雄一郎は興奮していたが、怜花は、醒めたままだった。この犯人——蓮実教諭かどうかわからないが――は、悪魔のように狡猾だし、そんなに簡単に斃《たお》せる相手ではないという予感がする。

「ふふふ。サイコは、俺が殺す」

尚志が、そばを通り過ぎながら、ぼそりと言った。日頃のキャラクターとは似つかわしくないセリフに、怜花は驚いた。電気オタクだが、争いを好まない平和主義者だと思っていたのに。

「どうやって殺すんだ？」

雄一郎が、訊ねる。

「うん。あれでな」

尚志は、振り返って、天井付近にセットされたエレクトリック・ギターを指さす。どう見ても、そんなに危険そうな罠には見えない。

「あれで？」

「舐めんなよ。あれで、充分人は死ぬ。俺が、これからブレイカーを戻したらな」

闇の中で、尚志の歯がうっすらと光っていた。

尚志は、楽しそうな足取りで、そのまま教室を出て行く。怜花と雄一郎は、何となく、その後を入り口まで追った。

尚志は、先にドライバーで鍵を壊してあった廊下の分電盤の蓋を開けた。

「時間差攻撃により死刑を執行する。サイコはこれにて死亡確定。スイッチ・オン！」

尚志は、ぶつぶつ言いながら、ブレイカーを戻した。

とたんに、廊下の灯りが点いた。眩しさに、怜花は目をそむける。

「馬鹿。早く消せ！」

健吾の怒声が響く。今晩は怒鳴りすぎたためか、声が嗄《か》れていた。

「わかったよ」

尚志は、廊下の西の端にある電灯のスイッチのところへ歩いて行った。

その瞬間、何かが爆発したような銃声が轟いた。鉄のシャッターが軋みながら揺れる。喘ぐような悲鳴。はっとして視線を戻すと、緑色のアロハが翻り、尚志の身体が床に倒れるのが見えた。

「戻れ！」

雄一郎が、怜花の腕を引っ張って、四組の中に引き戻す。

防火シャッター越しに銃撃されたことは、怜花にもわかった。シャッターの内側には、犯人の侵入を妨げるためのバリケードがあるが、銃弾を防ぐ効果はほとんどない。もし、雄一郎に腕を引かれずあのまま廊下に立っていたとしたら、自分も一緒に射殺されていたに違いない。

「くそっ。まずいことになった」

雄一郎が、呻く。

「三組の中に避難すべきだった。ここにいたんじゃ、全然身動きが取れない」

弾避《よ》けのためのバリケードを築いたのは、三組の前である。四組はそれより西寄り――犯人に近い側なので、廊下に出ることができないのだ。

西側の防火シャッターの方から、機械の低い唸り声が響いてきた。

「何の音、あれ？」

「犯人が、シャッターを巻き上げようとしてるんだ」

「え？　そんなことできるの？」

雄一郎が、頭を低くして、そっと廊下を覗く。

「中村が生きてたら聞けたけど……防火シャッターって、当然、外から復旧できるはずだろう？」

怜花は、尚志の死を悼む暇もなく、全身から血の気が引く感覚を味わった。

「じゃあ、犯人が、入ってきちゃうじゃない？」

「いや、渡会が、何か対策を講じてたと思う」

モーター音は、途中で止まって、苦しげな喘《あえ》ぎ声のようなものに変わった。雄一郎は、もう一度、廊下に頭を出した。犯人に撃たれないかと、怜花はひやひやする。

「途中で止まった。……シャッターにモップを挟んであるんだ！」

そういえば、バリケードを作る前に健吾が大輔に持ってこさせたモップを天井の隙間に突っ込んでいたのを思い出す。平気で人を利用する嫌なやつだが、こうなることまで読んでいたのは、褒めるべきだろう。

「今の銃撃でシャッターは穴だらけにされてるから、廊下に出たら丸見えだ。逃げようがない」

雄一郎は、あきらかに焦っていた。

「……蛍光灯を壊すしかないな」

椅子を手に、戸口から外へ出るタイミングを計っている。天井に向かって、投げ上げるつもりなのだろう。

「だめだって！」

怜花は、必死で押しとどめた。

「ちょっとでも廊下に身体が出たら、すぐに撃たれるよ！」

「だけど、このままじゃ、本当にどうしようもなくなるだろう？　シャッターか防火扉、どっちかを壊されたら」

「まだ、バリケードがあるわ」

「それも、時間の問題だよ」

雄一郎は、首を振った。黄色いTシャツには、汗がじっとりと滲んでいる。

「ねえ、聴いて。何も音がしない」

雄一郎は、はっとしたようだった。

「本当だ」

犯人は、シャッターの穴から中を見て、侵入させないためのバリケードを組んであるのを見たのだろう。強引にこじ開けても、容易に入れないのを悟ったのだ。

でも、だったら、どうするつもりなのだろう。

「ここには、何人いるんだ？」

雄一郎は、振り返って四組の中を見渡した。

「全部で五人だよ」

前島雅彦が、言った。あとの二人、久保田菜々と星田亜衣も、怯えた表情で佇んでいる。それ以外の六人――いや、尚志を除く五人は、弾避けの向こう側か、三組の教室にいるのだろう。

そのとき、かすかな音が聞こえてきた。下のフロアからだろうか。机か椅子を動かしているような。

「犯人？　何やってるんだろう？」

怜花は、囁き声で言う。

「さあ」

雄一郎にも、見当がつかないようだった。

「でも、犯人が下にいるんなら、今がチャンスかもしれない」

怜花は、煌々《こうこう》と蛍光灯が点いている廊下を見た。

そう思わせて、廊下におびき出そうという罠かもしれない。怜花には判断が付かなかったが、雄一郎の決断は早かった。

「走れ！　三組に避難するんだ！」

雄一郎は、すばやく廊下に飛び出した。怜花も、すぐ後に続く。煌々と照明に照らされた廊下にいる間は生きた心地がしなかったが、安全地帯である三組の真っ暗な教室に飛び込んで、ほっと一息つく。振り返ったが、雅彦、菜々、亜衣の姿はなかった。あのまま、四組に留まることを選んだのだろう。

「よし。これで、犯人がどっちから来ても、弾避けを迂回して反対側に逃げられる」

雄一郎は、死地を脱してほっとした表情になっていた。

「おまえら、どうして、廊下の照明を切ってこなかったんだ？」

渡会健吾が、難詰するように言う。雄一郎は、怒りの表情に変わったが、喧嘩している場合ではないと思い直したのだろう。「明るいのが好きでね」と軽くいなす。

怜花は、三組の中を見回した。健吾、伊佐田直樹、木下聡、松本弘がいるのがわかる。それにもう一人、教室の一番奥で、騒ぎにも我関せずと座禅を組んでいる生徒がいた。

PM10：02

高木翔は、椅子や机を運び出されてがらんとした三組の床の上で、結跏趺坐《けっかふざ》を組んで精神を統一していた。

廊下に銃声が鳴り響くと、ぱっと目を開ける。

やっと来たか。

ゆっくりと立ち上がり、深呼吸して体内に新しい気を導き入れ、弓に矢をつがえる。

犯人がどちら側から来ても、中央のバリケードを迂回するには、三組の中を通らざるを得ない。待ち受けるなら、この教室以外になかった。

教室の中は真っ暗で、廊下に灯りが点いたせいで、入り口は明るく見える。廊下から、こちら側は、たぶん、まったく見えないだろう。

7メートル×9メートルの教室の対角は、12メートルに満たない。目標《ターゲット》が廊下の中央に立っていても、せいぜい15メートルくらいだろうか。いつも練習しているのは、その倍の30メートルないしは50メートル先の的だ。この距離なら、外せという方が難しかった。

しかも、相手がどんな超人的な反射神経の持ち主でも、テニスのサーブよりずっと速く真正面から襲う矢から身を躱《かわ》すことは、絶対に不可能だ。

三組の入り口付近には、数人の生徒が集まって外の様子を窺っていたが、そこへ新たに二人の生徒が逃げてきて、これに加わる。

最後は、一対一になるはずだ。翔は、そう確信していた。

そのときが来るのが待ち遠しい気分さえする。

今夜、ヒーローになるのは、この俺だ。

PM10：05

神経がねじ切れそうな、極限の緊張が続いていた。

腕時計の秒針の音さえ聞こえてきそうだ。唾《つば》を呑むことも憚《はばか》られるが、喉がからからになっていて、その唾も出て来ない。

ただ待つことしかできないのが、苦しくてたまらなかった。

怜花は、腕時計を見た。さっきの銃撃から、すでに五分ほどがたとうとしている。

ふと、空気が、うっすらと煙っていることに気がついた。

「何、これ……?」

怜花は叫んだが、雄一郎は、動じていなかった。

「あわてるな。じっとしてるんだ」

「え？　火事？」

「犯人に、火をつけられたんだ！」

数人の生徒が、浮き足立ち始める。

「落ち着け。だいじょうぶだ。これは、火事じゃない」

雄一郎には、なぜか確信があるようだった。

そして、再び、銃声が轟く。

怜花は、文字通り飛び上がった。来た。今度こそ、決着をつけるつもりなのだろう。

雄一郎は、教室から頭を出した。

「危ない！　だめ！」

「さっきと同じ……西側からだ」

雄一郎は、冷静に弾の来た方向を見定める。生徒たちは、姿勢を低くして、来たのとは反対側の出入り口から廊下へ出て、弾避けの陰に隠れた。

「ちくしょう！　来た来た来た……！」

健吾も、顔面蒼白になっている。いつもは嫌みなくらい自信たっぷりなので、こんなに取り乱した様子を見るのは初めてだった。

再度の激しい銃声とともに、何かが西側の廊下から飛んできた。弾避けにぶつかって、甲高い金属音を発する。

「防火扉のケースハンドルをぶち抜かれたんだ……これは、散弾じゃない。もっと威力のある弾だ」

雄一郎が、つぶやく。それと符節を合わせるように、鉄の扉が勢いよく押し開けられ、積み上げられたバリケードに、がしゃんとぶつかる音がした。

残っている障壁は、もはやそれだけ――机をひっくり返して積み上げたバリケードしかない。

「こっちだ！」

健吾が、東側のバリケードに向かい、もどかしい手つきで椅子と机を結び合わせているビニール紐をほどいた。数個の机を取りのけると、あらかじめ作ってあった緊急脱出用の通路が姿を現す。健吾は、四つん這いで通路を進んだ。後ろから、伊佐田直樹、木下聡、松本弘も。

このままでは、四組の中に隠れている久保田菜々と前島雅彦は、取り残されてしまう。怜花は、後ろ髪引かれる思いだったが、雄一郎は、怜花を促して先を急ぐ。

最後に二人が通路をくぐり抜けたとき、前の四人は、まだ防火扉の前にいた。

「何やってんだよ？　早く扉を開けろ！」

直樹が喚いているが、健吾は、表情を歪めるばかりだった。

「紐が固すぎて、ほどけねえ……！」

「おい、シャッターだ！　持ち上げるぞ！」

直樹と聡、弘の三人は、天井の隙間に差し込まれていたモップを引き抜くと、力を合わせて防火シャッターを持ち上げようとし始めた。雄一郎と怜花も加勢するが、重すぎて、どうしても上がらない。

その間に、煙はどんどん濃くなっていく。

「外から火をつけられたのか？　だったら、ここを開けると焼け死ぬんじゃ……」

直樹が、ぞっとしたように叫び、シャッターから手を離しかける。

「違う、これは発煙筒の煙だ！」

雄一郎は、最初から看破していたようだった。

「この白い煙は、避難訓練のときと同じやつだ」

「ああ。俺も、そう思う」

健吾は、遅ればせながらポケットからカッターを取り出して紐を切ろうとしていたが、雄一郎に同意する。

「煙に臭いがないし、熱もない。何かが燃えてる音もしない」

「そうか……だったら、やっぱり」

直樹は、再びシャッターを持ち直す。

「やめろって。無駄だ。防火シャッターってのは、何百キロもあるんだ」

健吾は、再び自信を取り戻しているようだった。防火扉のくぐり戸のケースハンドルと椅子の背を結び合わせていたビニール紐も、ようやく切断に成功する。

怜花は、耳を澄ませた。廊下の東側からは、まだ犯人がバリケードを破壊する音が響いている。

こっちの階段から逃げ出したら、犯人が気づいて下の階を回って来たとしても、何とか逃げ切れるかもしれない。

「行くぞ！」

健吾は、くぐり戸を開けた。

とたんに、もうもうと白い煙が流れ込んできた。

階段室は、視界ゼロの状態だった。いくら刺激が少ない煙とはいえ、六人とも噎《む》せた。煙は、下から上がってきている。排煙のためのモーターがどこかで唸りを上げていたが、とうてい追いつかない。

「上だ！」

雄一郎が、叫ぶ。

「馬鹿！　四階へ行っても行き止まりだ！」

健吾が、語気鋭く反論する。

「発煙筒は、火事だと思わせて俺たちを上へ追い詰めるためのトリックだ。助かるには、下へ行くよりないだろうが？」

「それこそが罠だろう！」

「こんな短時間で、有効な罠なんて仕掛けられるか！　行くぞ、下だ！」

健吾は、手摺りに触れながら、階段を下り始める。直樹と聡、弘も、すぐ後に続いた。

「だめだ！」

雄一郎は、強引に怜花の手を引っ張ると、四階へ向かった。

上と下、どちらが正解なのかはわからなかったが、怜花は、雄一郎の判断に自分の命を委ねようと思った。

もしかしたら、正解は存在せず、どちらにも等しく死が待っているだけかもしれないが。

PM10：07

階段室には、もともと非常用照明と兼用の誘導灯しかなく、白煙が充満しているため、まったく見通しが利かない。

渡会健吾は、手摺りの感触と、ステップを踏む足下の感覚だけを頼りに、階段を下っていった。蒸し暑さからだけではなく、恐怖により異常に発汗している。自分の判断力には常に絶対の自信を持っていたが、今、それが揺らぎ始めていた。

はたして、本当に下でよかったのだろうか。

とっさの決断を迫られたときは、いつも消去法で考えた。上へ逃げても助かる見込みがまったくない以上、下を選択するしかなかった。そのジャッジは、間違っていないはずだ。山口たちが闇雲に突っ込んでいったのとはわけが違う。あれは、筋肉馬鹿の暴虎《ぼうこ》馮河《ひょうが》だ。俺が選んだのは、これしかないという、ぎりぎりの勝負手なのだ。

……しかし。

後ろからは、伊佐田直樹ら三人が、ぴったりくっついてきているのがわかった。健吾は、わざと手摺りを放すと、そっと脇へ寄る。

気配を殺していると、直樹らが、手摺りを頼りに階段を下りていくのがわかった。

俺が先頭切って、危険の中に突っ込んで行く義理はねえだろう。ここまでは俺の頭脳で命を助けてやったんだから、少しくらいは役に立ってくれ。

最悪、ここで前の三人が消耗しても、それで罠を消化してしまえば、何とか一階に辿り着くことができるだろう。あとは、たぶん、一人で逃げ切ることができる。

それにしても、止めるのも聞かずに上へ行った夏越と片桐は、気の毒というしかない。夏越は意外に頭が切れる。そのことを見抜いてからは、ひそかに一目置いていたのだが、この土壇場で、目先の恐怖に怯えて未来のない袋小路を選ぶところを見ると、しょせん、それまでのやつだったようだ。

三階から、激しい発砲音が聞こえてきた。散弾が、廊下を跳ねる音も。

思わず、急ぎ足になる。そのとき、一番前を歩いていた直樹が、あっという声を出した。続いて、聡と弘も。次の瞬間、三人は前屈みになって手摺りに摑まろうとしたが、空しく転倒し、滑り落ちていく。

どうしたんだ。健吾は、立ち止まろうとしたが、そのとき、足下がぬるりと滑った。

手摺りは放してしまったので、もはや身体を支えるものは何もない。

油だ。気がついたときには遅かった。最初の十段ほどは何もなかったのに、中段を過ぎたあたりに大量の油がかけられていたのだ。

くそっ。こんな単純な罠に……。ひっかかった瞬間、怒りや恐怖より屈辱感を感じる。だが、単純な罠ほど効果的なのも事実で、勢いのついた身体は、物理の法則にしたがって下へ下へと運ばれていく。階段に手をかけようとするが、油により摩擦係数がゼロに近くなっているため、止まらない。

踊り場に落下したら、すぐに立ち上がって逃げなければという思いが、意識をよぎった。

ところが、罠には、まだ続きがあった。

突然、細い棒のようなものの先端で胸と太腿を強打する。

全身油まみれになって、呼吸困難と激痛に声も立てられず、踊り場に転がる。健吾は、まんまと相手の術中に嵌《はま》ったことに歯ぎしりし、犯人の冷酷非情さに戦慄していた。

踊り場には、何脚もの椅子を逆さまにし、ジグザグに並べてあった。階段の上に向けて椅子の足が槍衾《やりぶすま》のように突き出ており、滑落してきた四人を迎撃したのである。

健吾の目の前に、誰かが倒れていた。直樹だ。手を伸ばして揺すってみたが、反応はない。眼《がん》窩《か》から大量に出血している。椅子の足が直撃したらしい。

木下聡と松本弘も、したたかに打撃を喰らったらしく、煙に咳き込みながら呻いている。一方が、のろのろと上体を起こそうとする。「うえ……痛てて……痛てえ」と言う声で、聡だとわかった。

そのとき、健吾の耳に恐ろしい音が聞こえてきた。二階の廊下を、こちらにむかって、ひたひたと疾走してくる足音だ。

一ダースほどの発煙筒は、すでに煙を吐き出すのを止めている。うっすらと漂う煙の中、人影が階段を上ってきた。

手には、銃らしきものを持っている。

耐え難い恐怖に、どっと汗が噴き出してきた。

口笛の音が聞こえてきた。『殺人物語大道歌《モリタート》』。クルト・ヴァイル作曲。ベルトルト・ブレヒト作詞。

嘘だろう……。蓮実教諭が、機嫌のいいときに、ときおり吹いていた曲だ。校内放送を聞いたとき、まさかとは思ったが。

「Mr. Watarai. Look before you leap! 転ばぬ先の杖だよ」

どこかで換気用のファンが回転しているらしく、煙は急速に晴れていく。蓮実教諭は、笑顔で言った。

「あるいは、こんな諺《ことわざ》もあるね。Fools rush in where angels fear to tread. 愚者は突進する。天使も踏むを恐れる場所へ。罠があるかもしれないのに、希望的観測だけで突っ込むとは、まったく優秀な君らしくもないな」

どうすれば、助かる。どうすれば。健吾は、必死に思考を巡らせた。

「せ、先生……。俺たち、犯人の仕掛けた罠に引っかかって。伊佐田が、重傷なんです。すぐに病院へ運ばないと」

聡は、すぐそばで茫然と座り込んでいた。渡会健吾は、必死で、蓮実教諭が犯人であることに気づいていない演技を続けた。聡、わかってくれ。俺にまかせるんだ。おまえは、いっさい余計なことは言うな。

「うん、急造のトラップにしては、まずまず機能したようだね。実は、このアイデアは、君から教えてもらったんだよ」

蓮実教諭は、出来がいい生徒を褒めるような口調で言う。

「えっ?」

「君が作ったバリケードだ。Excellent! 非常によくできてて感心したよ。特に机や椅子をひっくり返したところが秀逸だったね。あれを見て、ひらめいたんだ」

ああ、だめだ。健吾は、泣きたいような思いで、自らの運命を悟っていた。こいつは、正真正銘のキ●●●だ。諦めるしかない。本当に、これで終わりなんだ。もう、どうやっても助かる見込みはない。

「ん? 四人か。さっき逃げ出した生徒は、もっといたんじゃないのか?」

蓮実教諭は、倒れている生徒たちを見回しながら訊ねる。

「……俺たちだけです」

健吾は、歯を食いしばって涙をこらえながら答えた。

「ふうん」

蓮実教諭は、再びチャーミングな笑みを浮かべた。

「君がそんなに友達思いだったとは、意外だな。答えるまでに時間がかかりすぎたのが、玉に瑕《きず》だが」

逆さになった椅子が、がたんと音を立てた。聡が、いざりながら逃げようとしている。蓮実教諭は、そちらに視線を向けると猟銃を上げ、しごく無感動に射殺した。

凄まじい轟音に鼓膜が震える。階段室を上から下まで駆け巡る残響は、地獄から現れた無数の魔物の笑い声のようだった。

銃口が、こちらに向けられた。

絶望に目の前が真っ暗になる。健吾は、今、死の淵を真正面から覗き込んでいた。

「で？　本当は何人だった？」

「六人……夏越と片桐は、上へ行きました」

もはや助からないとわかってはいても、つい答えてしまう。

「先生。俺……俺……東大に行かないと」

まだ、これが現実であることが心の底からは信じられない。我知らず、懇願するような、甘えるような口調になる。

「Oh, You were to enter …Todai？ Sorry, you are going to die.」

蓮実は、自分の駄洒落に笑う。

健吾は、総毛立った。この化け物は、いったい何なんだ。

人生の最後に目に映ったのは、銃口から現れた眩《まばゆ》いばかりの炎だった。

PM10：07

怜花と雄一郎は、白煙に追い立てられるように、階段を上がっていった。

暗闇を照らす非常灯の明かりが煙の粒子を浮き上がらせて、深海の底にいるようだった。咳をしてはいけないと必死に我慢をしていたが、気管の内側に煙が付着しつつあるのか、息苦しさはどんどん増していく。

雄一郎は、パニックにも陥らず、怜花の手を引きながら慎重に歩を進めていた。

そのとき、三階から発砲音が聞こえてきた。怜花は、ぴくりと身を震わせる。弾避けのバリケードや天井に当たって弾が跳ねているような音も聞こえる。

「落ち着け。ゆっくりと上るんだ」

雄一郎は、怜花にと言うより、自分に言い聞かせているようだった。

「威嚇《いかく》してるんだ。犯人は、まだバリケードから侵入していない」

「でも……早く逃げないと」

怜花は、できるだけ音を立てないように咳をしながら、囁いた。四階に何が待っているのか考えると近づくのは怖かったが、それ以上に、一秒でも早く、三階にいる殺人鬼から遠ざかりたかった。

「何もないとは思うけど、一応は警戒しなきゃならない」

雄一郎は、一段一段、感触をたしかめながら上がっているようだ。

「何を？」

「もし、犯人が、俺たちが階段を上がることを予測していたら……」

そのとき、階段室の下の方から、悲鳴と、人が転落するような音が聞こえてきた。

怜花は、一瞬立ち止まりかけたが、雄一郎は、黙って彼女の腕を引っ張り、上り続ける。

罠が仕掛けられていたのだろうか。健吾たちは、どうなったのだろう。

発煙筒の煙によって煙感知器が作動したらしく、四階にも防火シャッターが下りていた。怜花と雄一郎は、防火扉のくぐり戸を開けて廊下に進入する。

防火扉の内側は、発煙筒の煙こそずっと薄かったが、花火をした後のような火薬臭さが立ちこめていた。これが発砲による硝煙臭なのだろう。信じられない。ここはイラクでもアフガニスタンでもない。平和な国、日本なのに。

そして、廊下には、生徒たちの死体が、点々と横たわっていた。

怜花は、立ち止まった。脚が小刻みに震えている。意識が遠のくような、目眩《めまい》のような感覚に襲われる。嘘だ……こんなこと……ありえない。

雄一郎も、言葉を失って立ち尽くしていたが、「ちょっと、ここで待ってて」と言って、怜花を残して行こうとする。

「どこ行くの？　行かないで！」

怜花は、恐慌にとらわれそうになった。

「屋上を見てくる。たぶん、ドアは開かないと思うけど」

雄一郎は、そう言って、くぐり戸の向こうに消える。

怜花は、一人その場に取り残された。

廊下の床には、まだ乾いていない夥《おびただ》しい流血の跡があった。早くも割れたガラス窓から入ってきたらしい数匹の蝿が、うるさく飛び回っている。

怜花の鼻孔には、そのときようやく硝煙以外の臭いも伝わってきた。むっとするような血の臭いと小便の臭い。誰かが恐怖のあまり失禁したらしい。それらが渾然《こんぜん》一体となった悪臭こそ、死そのものの臭いだった。

怜花は、足下にあった死体を見る。横倒しになり、胎児のように身体を丸めていたが、ひどく太っていることから塚原悠希だとわかる。

続いて、死体の顔に目を移した。廊下の窓から、かすかに外灯の光が射し込んでいるが、その目からは、いっさいの光の反射が失われている。

それから、彼女の頭部に、大きな銃創がぱっくりと口を開けていることに気がついた。

怜花は、悠希の遺体から離れると、廊下の端で嘔吐した。

「見るんじゃない」

駆け戻ってきた雄一郎が、怜花の肩を抱いた。

そのとき、またもや下から恐ろしい銃声が響いてきた。一発、二発。少し時間を置いて、さらに二発。

怜花は、身震いした。もう、だめだ。わたしたちは殺される。こんなところで死ぬしかないなんて。とめどなく涙が溢れ出てくる。

ここは、犯人が設定した最後の狩り場――処刑場なのだ。獲物を袋小路に追い詰めて、ゆっくりと仕留めるための。

殺人鬼は、今にも、もう一度ここへ上がってくるかもしれない。そうなったら、もう、どこにも逃げ場はない。

「……上はだめだった。ドアには鍵がかかってたし、もし開けられても、行き止まりだ。犯人は、合い鍵を持っているだろうし、三階みたいに錠を吹き飛ばせる」

言外の雰囲気から、怜花は、上にもたくさんの死体があったことを察した。

「シャッターは閉まってる……バリケードは無理だ。エレベーターは、どうせ使えないし、動かすと音がする。一か八か、どっちかの階段から逃げるか？　散弾は広がるが、射程は廊下よりは長い。たった一瞬でも犯人の視界に入ったら」

雄一郎は、額に手を当てて、早口でつぶやく。これまで、怜花も見たことがないような鋭い表情になっていた。

「東か、西か……二人一緒じゃ逃げ切れない。でも、一人ずつ両側の階段の前にいれば、少なくとも一人にはチャンスがあるのか……？」

「だめ！」

怜花は、叫んだ。

「そんなの、絶対に嫌だからね！　どっちか一人が犠牲になって、もう一人だけが助かるなんて！」

「でも、ほかに方法がないんだ」

雄一郎の声は、苦渋を含んでいた。

「何かあるはずよ！　絶対」

雄一郎は、腕組みをして、考え込む。

怜花は、廊下に目をやった。また、じわりと涙が溢れてくる。みんな、ほんのちょっと前までは生きていたのに。誰も何も悪いことなんかしてないのに。それなのに、どうして。ひどい……

こんなことができるのは、人間じゃない。

怜花の目は、ふいに一つの死体に釘付けになった。まさか。そんな、嘘だ。自分の目が見ているものを信じたくなかった。でも、それは、まちがいなく小野寺楓子の遺体だった。

怜花は、声を出さないまま泣き崩れた。犯人に怯えて声を殺していたのではなかった。胸が張り裂けそうで息が詰まり、声が出て来ないのだ。

楓子。あなたを絶対このままにはしない。ここで何があったのかを世間の人に知らせて、あなたをこんな目に遭わせたやつに、ふさわしい罰を与える。だから、だから……。

自分は、絶対に生き延びなければならない。犠牲になったみんなのためにも。

怜花は、ゆっくりと息をついた。

そうだ。悲しむことは、後でゆっくりできる。今は、どうやったら死なずにすむかを、考えなくてはならない。ただ最善を尽くすだけではだめなんだ。どんなことをしてでも、生き残らなければ。

目を開き、耳を澄ませろ。どんな些細なことも、見逃してはいけない。必ず、どこかにヒントがあるはず。そう思って怜花が顔を上げると、楓子の遺体が何かを指し示しているように見えた。

指先の示す向こうに視線を送ると、窓際に設置されている大きな箱が飛び込んできた。垂直降下式の避難袋が収められたボックスだ。

道はもう一つある。

怜花の視線に気づいたらしく、雄一郎は、首を振った。

「自殺行為だ。教室の窓からロープで下りたときも、死角だったのに簡単に見破られた。こんな目立つものを中庭に下ろして、気づかれないわけがない」

「でも、これで、二択じゃなく三択になった」

怜花は、雄一郎に教えてもらった数学の問題を思い出していた。モンティ・ホール問題。三つの扉のうち、たった一つが生への扉。後の二つは地獄に通じている。

「三択？　三箇所のうち二箇所を選べば……。犯人が外れを引いたら、二人とも助かるのか？いや、やっぱり無理だ。避難袋を下ろしたとたんに気づかれて、撃たれる」

雄一郎は、外灯のかすかな光でも、苦悶の表情なのがありありとわかった。

「いや、待てよ。……もしかしたら、うまくいくかも」

雄一郎は、ぶつぶつ言いながらボックスに近づき、上蓋《うわぶた》を取り外した。中には畳まれた白い袋が入っている。

「もう、考えてる時間はない。やるしかないのか？……ちくしょう！　こんなこと許されるわけない。でも、やるしかないんだ！」

「雄一郎？」

「怜花。俺を信じて、言うとおりにしてくれ」

怜花は、うなずいた。

PM10：09

蓮実は、ポケットカウンターの数字を確認した。四階で、男子5、女子13を抹消したため、男子8、女子3の計11になっている。

その後、三階で、中村尚志をシャッター越しに射殺し、渡会健吾ら4を仕留めたので、男子から5を引いておく。残りは、男子3、女子3の計6だ。

一応、出席簿に照らし合わせて確認してから、蓮実は、渡会健吾ら四人の遺体を調べて、携帯電話を回収した。たとえ通話はできなくなっていても、携帯電話にはまだ脅威となる機能が残っている。

確認したところ、どれも録音・録画モードにはなっていなかった。これを活用されると、自分が犯人であるという証拠が残ってしまうが、誰もそこまで知恵が回らなかったようだ。それも当然かもしれない。自分たちが生き残る手段を見つけるのに精一杯で、死んだ後に真実を伝えようという発想には至らなかったのだろう。

上へ行きたいのだが、現在、東階段は、三階と二階の間が油で通行不能になっている。蓮実は、いったん二階に下りて廊下を通り、反対側の西階段を上がることにした。

残り6は、渡会健吾から得た情報により、三階に4、四階に2という配分であることがわかっている。どちらを先に片付けるかは、難しい選択だった。ここまで来て、取り逃がしたのでは、これまで苦労して何をやっていたことかわからない。

「四階から行こうぜ、相棒」

散弾銃が、また獣の声で喋り始める。

「三階に残ってるやつらに、逃げ出すガッツがあるはずねえさ。あったら、とっくの昔に逃げてるだろうよ」

そのとおりだ、と蓮実は思った。一方、四階へ上がったという夏越雄一郎と片桐怜花は、早めに芽を摘んでおいた方がいいだろう。何しろ、自力であそこまで真相に迫ったくらいだから。

二階から三階へ向かおうとしたとき、蓮実は、ぴたりと立ち止まった。

まだ耳鳴りがひどく、物音は、まったく聞こえなかった。しかし、視野の隅に何か白っぽいものが映ったのだ。

蓮実は、振り返った。二階の廊下の窓から外を見ると、一目瞭然だった。垂直降下式の避難袋である。ちょうど、先端が四階の窓から地上に下りたところらしい。

よくも、これだけ大胆なことができたものだ。だが、もし、気づかずに階段を四階まで上がっていたら、その間に逃げおおせていたかもしれない。蓮実は、獲物を驚かさないように避難袋の真正面にある窓をそっと開け、散弾銃を構えた。

ほとんど目の前にある白い帆布製の袋が、雨を含んだ風に揺れている。

来た。今、目の前を重量のある膨らみが通過した。蓮実は、すぐには撃たずに二人目を待った。さらに、もう一つの膨らみが、袋の中を回転しながら降下していく。

蓮実は、二階の窓から身を乗り出すと、一人目が袋から抜け出す直前のタイミングで、正確な銃撃を浴びせた。


怜花は、声にならない悲鳴を上げた。その瞬間、まるで自分が撃たれたような痛みが、身の裡《うち》に走り、限りない恐怖に気が遠くなる。


避難袋の帆布が散弾で穴だらけになり、出口から一人目の遺体がごろりと転がり出る。それが黄色いTシャツを着た男子であることは、はっきりと見て取れた。

二人目は、途中で気づいても、止まるのは不可能である。なすすべもなく降下していき、蓮実の二発目の銃撃をまともに受ける。出口から飛び出した遺体は、一人目の遺体の上に折り重なるように倒れた。

ショートカットの、ジャージー姿の女子だ。蓮実が見ていると、右腕がかすかに動き、男子の身体に触れたように見えた。

まだ、息があるのか。念のために、散弾銃を折って新しいカートリッジを装填すると、もう一発ずつ撃ち込んでおく。

二人の遺体は、銃撃を受けて、まるで生きているように跳ね上がったが、それっきり、二度と動くことはなかった。

PM10：10

蓮実は、ポケットカウンターで男女から各1をマイナスする。残りは男女とも2である。出席簿で確認してみると、男子が高木翔と前島雅彦、女子が久保田菜々と星田亜衣だった。偶然の産物だろうが、面白い残り方をするものだ。あらかじめ職員室で出馬表を回して、誰がベスト4に入るか賭けていたとしても、ほとんど当たらなかったことだろう。

「さあ、ラストスパートだ、相棒！　時間がないぞ。……がっかりするな。楽しい時間は、早く過ぎ去るもんさ！」

散弾銃が、すっかりお馴染みになった野獣の声で吠えた。

蓮実は、階段の途中に置いてあったミネラルウォーターのペットボトルを口に運んだ。

蒸し暑い校内で大車輪の活躍をしたために、かなり喉が渇いていたし、疲労も溜まっているようだ。

ある程度予想はしていたものの、やはり一クラス一掃となると大仕事だった。これほどエネルギーを使うことがわかっていたら、バナナか何か食べ物も用意しておけばよかったと思う。飲み食いの痕跡が証拠になるといけないと思いやめたのだが、喉の渇きを癒すと急に空腹を感じ始めた。しかたがない。今は我慢するしかないだろう。警察の事情聴取が終わったら、何か食べさせてもらえるかもしれない。といっても、あまり食欲旺盛では、奇異の目で見られるだろう。いったん借家に帰ってから、ラーメンでも作って食べるしかないか。

それにしても、この事件の後では、カウンセラーは大忙しになるだろう。水落聡子には、仕事を増やしてしまい、申し訳ない気持ちだった。今後は、なかなか会う機会も設けられないかもしれない。

待てよ、と思う。これで担任するクラスもなくなったことだし、勤務時間中に、堂々とカウンセリングを受けられるじゃないか。クラスが全滅する憂き目にあった担任教師なんて、めったにいるもんじゃないし、かなり同情してもらえるはずだ。だとすると、これが、二人の中が進展するきっかけになるかもしれない。

そう考えると、少し気分が浮き浮きしてきた。

もっとも、まちがいなく、学校の存続自体が危ぶまれる事態になるだろうし、現実に、そう都合よく話が進むとは思えない。単に失職して終わりというケースも覚悟しておいた方がいいだろう。

蓮実は、肩をすくめると、再び西階段を上がった。三階の様子を窺ったが、生徒たちは息を殺しているらしく、何の音も聞こえてこない。

廊下の西側の防火扉は、くぐり戸のケースハンドルを撃ち抜いた後、バリケードも一部壊してあったが、中に侵入するにはまだ時間がかかる。複雑に積み上げられた椅子や机を、一個一個撤去している暇はない。

蓮実は、四階へ上がった。

今やすっかり大魔王の眷属《けんぞく》としての役割が板に付いた思考《フギン》と記憶《ムニン》が、廊下を先導しつつ、ときおり振り向いて白い目でこちらを見る。

暗い廊下には、あちらこちらに、蓮実にひれ伏すように生徒たちの死体が並んでいた。まるで前衛芸術のように、シュールリアリスティックな光景だった。ここまでの成果を確認しておきたかったが、時間がないので早足で行き過ぎる。

窓が開いていた。空になったボックスの上に、中庭まで下りている垂直降下式避難袋の入り口が見えた。白い帆布には、ところどころ血が付いている。

蓮実は、四階の廊下を反対側まで歩き、東階段を下りていった。今晩だけで、いったい廊下と階段を何往復したことだろう。つくづく教師の仕事というのは体力勝負だと思う。愛用のナイキのスニーカーだったら問題なかったかもしれないが、久米教諭のモカシンは履き慣れない上に、もともと歩き倒すように作られた靴ではないらしく、足が痛み出してきた。

三階まで下りると、東側の防火扉は健吾らが脱出したときのままの状態で、くぐり戸が開いていた。漏れている光で、廊下の照明は点いたままであることがわかる。

蓮実は、音を立てないようにくぐり戸を薄めに開けて、中を覗き見た。

残り4となった生徒のうち、危険なのは高木翔と久保田菜々だろう。特に、高木翔は、今まであまり注意はしていなかったが、もしアーチェリーの道具一式を所持していたら、きわめて厄介な存在になる。

こうして見ると、廊下の中央にある方のバリケードが、くせ者だった。

もし、高木翔があのバリケードの向こう側に潜んでいたら、不用意に廊下に踏み込むと、狙い撃ちを喰らうことになる。蓮実は、その可能性を検討していたが、ありそうもないと無視することにした。高木翔には、こちらが東階段から現れると断定はできないだろう。バリケードの向こう側にいたら、西側のシャッターに開いた穴から丸見えになってしまう。待ち伏せをする人間の心理からすると、自分だけは安全で相手から見えない場所にいたいはずだ。

蓮実は、そっとくぐり戸を開けて中に入った。バリケードと防火扉との間は、ぎりぎり人が立てるくらいの間隔しかない。しかも、バリケードを通り抜けるには、四つん這いになって机の間にできた狭い通路をくぐるしかなかった。

中に入ると、耳を澄ませた。あいかわらず耳鳴りがして、難聴もひどくなっているが、廊下は静まりかえっている。

だが、蓮実の動物的な勘は、空気がぴりぴりするような殺気を感じていた。

残っている生徒たちの中に、巣穴で震えている冬眠鼠《ヤマネ》だけでなく、まだ反撃の一咬《か》みを狙っている蝮《マムシ》がいるのだ。

最も危険な場所はわかっていたが、とりあえず、手前から順にクリアーしていくしかない。蓮実は、男子トイレの入り口の横に身を隠すと、銃でドアを押し開ける。

中には、床に倒れている人影があった。蓮実は、誰何《すいか》せず、銃を構えて近づいていった。

ジャージー姿だが、生徒のものではない。うつぶせのままでも柴原教諭だということは、すぐにわかった。完全に意識を失っているようだ。左足のふくらはぎのあたりの生地が、血でぐっしょり濡れている。一階で撃ったとき、散弾が命中していたのだろう。

蓮実は、男子トイレに他に人がいないことを確認してから、柴原教諭の傷の上を銃口でぐりぐりとこじってやる。

呻《うめ》き声。反応があった。顔が見えたが、文字通りボコボコで、相当ひどくやられているようだった。たぶん、生徒たちのリンチに遭ったのだろう。

「柴原先生。だいじょうぶですか？　起きてください」

丁寧な言葉とは裏腹に、銃口で傷を執拗にえぐり痛めつける。苦痛により、柴原教諭はいっぺんに意識が戻ったようだった。

「……う！　あっ、蓮実……？　痛い！　痛い、やめてくれ！」

「お疲れのところ、たいへん恐縮なんですが、先生にはひと仕事していただかないとなりません」

蓮実は、笑顔で言った。

PM10：12

高木翔は、椅子から立ち上がった。

試合の前の儀式で、弓手を中に入れて弓《ボウ》をくるりと回転させ、スタンスを決めた。

矢手で、鞴《クィーバー》からカーボン製の矢を抜き出して、弓につがえる。

丹田《たんでん》を意識して、腹式呼吸を行う。踵《かかと》の息。足心《そくしん》の息。床が足裏に吸い付くような感覚。

敵は、すでに指呼《しこ》の間《かん》にある。壁で隔てられていなければ、完全に射程距離内だ。

一射絶命《いっしゃぜつめい》。

弓聖と呼ばれた阿波研造《あわけんぞう》の言葉だった。アーチェリーと弓道の違いはあるが、心構えや呼吸法は多く共通している。翔は、ひたすら、その四文字を心の中で唱えた。

照準器《サイト》に目を合わせる。

敵が防火シャッターの内側に侵入してから、すでに二分近く経過していた。トイレから順番に、中に隠れている生徒がいないか調べているのだろう。

もうそろそろ、ここ三組の教室へやって来る頃合いだ。

ここが待ち伏せには最適な場所であることは、敵も意識しているだろう。その意味では、もっと意外なところを選んだ方がよかったかもしれない。

だが、もう後戻りはできない。この場所で迎え撃つ。

敵は、戸口に現れた瞬間、乱射してくるはずだ。

一瞬だ。その前の一瞬に、仕留める。

空気が変わった。

蒸し暑い教室の中だというのに、冬の朝、空気が乾燥して静電気でぴりぴりするように、顔の産毛がそそけ立っている。

来る。

翔は、生まれて初めて、臓腑《ぞうふ》を抉《えぐ》られるような本物の恐怖を味わっていた。

気配。

続いて、戸口の向こうに影が差す。翔は、ゆっくりと息を吸い込みながら、いっぱいに弓を引き絞った。

戸口に、逆光で真っ黒なシルエットが現れる。手には、長い棒状の物体が見えた。

ふうっ。

息を吐きながら、落ち着いて矢をリリースする。

矢は、レーザービームのように、まっすぐ黒い影の喉元に吸い込まれた。

目標《ターゲット》は、悲鳴を上げることすらできなかった。そのまま、膝が砕けて崩れ落ちる。

やった。

歓喜が爆発した。これで俺はヒーローだ。たった今人を射殺したというのに、罪悪感は微塵《みじん》も感じない。サイコ野郎は、死んで当然だ。

「よくも、クラスのみんなを殺してくれたな。地獄へ堕ちろ!」

翔は、つぶやきながら一歩前に踏み出しかけて、ぎくりとして立ち竦んだ。

戸口に、もう一人、別の影が立ったのである。

「Excellent!　Mr. Takagi.」

蓮実教諭の声だった。手には、猟銃を持っている。

「さすがだね。見事に喉元を射貫いてるよ」

倒れている人間を見下ろしながら言う。

「待ち伏せして一射で仕留めようというのは、正解だった。惜しむらくは、落ち着いて、的をよく見るべきだったね」

もはや間に合わないとわかっていたが、翔は、すばやく二の矢を放つ動作に入った。

カーボンの矢を取って、つがえる。弓弦をいっぱいに引く直前に、眩い閃光がすべてを終わらせた。

PM10：13

首を射貫かれた柴原教諭は、身体を痙攣《けいれん》させて、苦しみもがいていた。まるで、ピンで胴中を留められたゴキブリのような見苦しさだった。すぐ傍らには、杖代わりに持たせたモップが転がっていた。

矢が邪魔して仰向けになれないのは気の毒なので、蓮実は、柴原教諭の胸に足をかけて黒い矢を引き抜いてやる。

鮮血がシャワーのように噴き出すのは面白い眺めだった。しゃがんでしばらく見物していたが、途中で興味を失って立ち上がる。

蓮実は、ポケットカウンターで男子から1を引いた。残りは男子1、女子2である。

すでに山場は過ぎたと見ていいだろう。多少の注意が必要なのは、剣道部の久保田菜々くらいだが、真剣でも持っていない限り、さほどの脅威にはならない。

四組の教室は、不気味に静まりかえっていた。

暗幕を張り巡らせて中を真っ暗にしてあるため、お化け屋敷としてのムードは満点だが、校内にこれだけ死体がごろごろ転がっている状況では、中とどっちが怖いかは微妙だった。

蓮実は、開けっ放しの入り口から、教室に入った。

天井から暗幕が張り巡らされているため、ほとんど見通しが利かない。適当に十発ほど乱射してみようかと思ったとき、ふいに、右側の天井から、何かが振り子のように襲いかかってきた。

生首だ。一度見ていたのでマネキンとわかるが、不気味さのあまり、反射的に身を躱《かわ》してしまう。

逆の方向から、もう一つの振り子が襲来する。今度は、さほど危険そうには見えない、エレクトリック・ギターだった。

蓮実は、ギターを、左手に持っていた矢で無造作に突きのけようとした。

鏃《やじり》が弦に触れた瞬間、激しい火花が散り、バットで殴られたような衝撃を感じた。

意識が、暗くなった。

PM10：14

生徒の声が聞こえる。

「死んだかな？」

自分がうつぶせに倒れていることに気づく。意識を失っていたのは、おそらく、ほんの一瞬だろう。

最初に喋った男子は前島雅彦、女子は久保田菜々だろう。

「わかんない……全然、動かない」

「中村は、死ぬはずだって言ってたけど」

「そうだよね？　だって、これ、５００Ｖなんだし」

油断していた。これは、中村尚志が死ぬ前に仕掛けておいた罠だったのだろう。

心の中で「Exellent!」とつぶやきそうになる。家庭用電源の１００Ｖで感電した経験はあるが、そのときとは比較にならない威力だった。そこまで昇圧した方法はわからないが、５００Ｖであれば、あの激甚なショックもうなずける。しかも、こちらは、よりによって導電性抜群のカーボン繊維の矢——しかも、柴原の血液がべっとりと付着している——で触れたのだから。

発砲に伴う火薬残渣《ざんさ》反応——一般に言う硝煙反応を出さないように、ビニールの手袋を二重に嵌めていたのが、ラッキーだった。そうでなければ、感電死していてもおかしくなかったと思う。

電気止まり木で処刑した思考《フギン》の、瞬膜で真っ白になった目を思い出した。俺も、あんなふうに白目を剝いていたのかもしれない。

蓮実は、わずかに頭を持ち上げて、状況を確認した。菜々が散弾銃を持っているのが、目に入った。雅彦の方は、大きな金槌を手にしているが、せいぜいお守り程度の効能しかないだろう。

「……君たち、だいじょうぶか？」

蓮実は、声を出した。二人の生徒は、ぎくりとして身体を硬直させる。

「ハ、ハスミン?」

菜々は、心底仰天したようだった。部屋が暗いせいもあるが、今まで気づいてなかったということは、怖くて近寄れず、顔や衣服も検《あらた》めていないのだろう。

「どうして……? えっ? どういうこと?」

「いったい何だったんだ、今のは? いきなりバチっと来て、死ぬかと思ったよ」

蓮実が立ち上がろうとすると、菜々はさっと後ずさって、銃を向けた。蓮実は、後ろに手を突いた姿勢でその場に座り、いったん落ち着かせる。

「おいおい、勘弁してくれよ。危ないから、人に向けるのは止めろ。まさか、俺が侵入者だと思ってるわけじゃないよな?」

蓮実は、『侵入者』という言葉を使うことで、自分ではないことを印象づけようとした。

「それは……でも、違うんなら、どうして銃なんか持ってたの?」

「奪い取ったんだよ。ずっと監禁されてたんだけど、隙を見てね。見てくれ、この顔を。侵入者にやられたんだ」

「ハスミン……」

菜々は、緊張を解きかけた。

「騙されたら、だめだ!」

雅彦が、鋭く叫ぶ。

「言ってること、おかしいよ！　だって、犯人じゃないんなら、教室に入ってきたときに声をかけるはずじゃない？　それに、さっきの銃声は？」

このゲイの坊やは、成績はイマイチでも、あながち馬鹿ではないらしい。

「さっき発砲したのは、本物の犯人だ。銃は、もう一丁ある。だから俺も、うかつに声を出せなかったんだ」

「じゃあ、その犯人は、どこへ行ったわけ？」

「まだ、近くに潜んでる。だから、君たちも気をつけるんだ」

二人の生徒は、沈黙した。依然、疑いを拭いきれないようだ。この調子で追及されていると、そのうちボロが出かねない。蓮実は、舌先三寸での反撃に転じた。

「君たちにはショックだと思うけど、このことは、話しておかなきゃならないだろうな。実は、侵入者は、この学校の先生なんだよ」

「えっ？　嘘！」

菜々は、案の定、すぐに喰いついてきた。

「誰なんですか？」

雅彦は、疑い深い目で訊ねた。蓮実は、深い溜め息をついて間を取ると、最大の効果を上げるよう計算した口調で言う。

「久米先生だ」

「嘘だ！」

雅彦の反応があまりにも激烈だったので、菜々は、ぽかんとしていた。

「嘘じゃない。久米先生はクレー射撃が趣味だっただろう？　その銃も久米先生のだ」

どうせなら、イニシャルでも入れといてくれたら説得力があったのにと思う。雅彦は、銃に見覚えがあったらしく、あきらかに顔色が変わった。

「どうして、久米先生が、そんなことするんだよ？」

「理由は、君だ」

蓮実は、座ったまま、真っ直ぐに雅彦の目を見て言った。

「ハスミン。前島が理由って、どういうこと？」

菜々は、すでに半分、口車に乗りかかっていた。

「久米先生は、同性愛者だった。前島君に対して思いを寄せていたんだ。それで、俺は、生徒との恋愛は許されないと警告した。異性であろうが同性であろうがね。それに対して、久米先生は、逆上して、逆に俺を脅迫しようとしたんだが、どうしてもダメだとわかって、ついに学校を襲撃したんだ。もしかしたら、全員を道連れにして、前島君と無理心中をしようと思ったのかもしれない」

苦しい説明――というより、後半はほとんど無茶苦茶だった。それでも、今晩のように異常な事態で聞き手の判断力が低下している状況では、自信たっぷりに話すことにより、けっこう通用してしまう。

「嘘だ……」

雅彦は、茫然とつぶやく。菜々は、ちらりと雅彦を見やった。離間《りかん》の計は、もう少しで成る。雅彦はどう思おうと、銃を持っている菜々さえ籠絡《ろうらく》してしまえばいい。

「正直に話してくれ。君は、久米先生と、そういう関係にあったんだろう?」

雅彦は、蒼白な顔で、黙って蓮実を睨みつけた。そのことはあんたも知ってるだろうと言いたいのだろうが、そう言ってしまえば自白も同然になる。

「咎《とが》めるつもりはない。君には、何の落ち度もないのはわかってる。……だけど、君は、久米先生が川崎に所有しているマンションに、何度も行ったことがあるよね?」

雅彦は、答えなかった。質問が具体的なだけに、沈黙は肯定と同じである。

「修学旅行のとき、君は、久米先生がホテルで別に用意していた部屋で過ごしたはずだ。違うなら違うと言ってほしい」

誰が侵入者かという問題だったのに、するりと同性愛疑惑にすり替えることに成功した。やはり、返答はない。菜々は、あんぐりと口を開けて雅彦を見つめていた。

「今晩、君は、久米先生に会ったね?」

「……そんな! 会ってない!」

雅彦は、言下に否定した。計算済みの反応であり、これで、それまでの沈黙はすべて肯定だと自ら認めたことになった。

「だとしても、久米先生が学校に来たことは知ってるだろう? ポルシェのエンジン音が聞こえたはずだ」

雅彦は、はっとした表情を見せた。やはり、気づいていたのか。正直な、いい子だ。

「窓は……塞がれてるか。でも、駐車場を見てみればいい。黒いポルシェが止まってる。君たち。もし久米先生が侵入者じゃなかったら、今晩学校へ来る理由があると思うか？　よく考えてみてくれ」

『よく考えてみてくれ』というのは、相手の思考を停止させる魔法のフレーズである。菜々は、それで、すっかり納得したようにうなずいた。

「さあ、いつまでもそんなものを持ってたら危ない。それに、いつ久米先生が襲ってくるかわからないんだ」

蓮実は、ゆっくりと立ち上がった。菜々は、言われるままに散弾銃を差し出しかける。

「だめだ、渡すな！」

雅彦が、大声で叫びながら、教室の灯りを点けた。蓮実は、眩しさに目をしばたたく。

「矢はどうしたんだよ？　それ、高木君のアーチェリーの矢だろう？　血が付いてる。どうして、あんたが持ってたんだ？」

床に落ちたままの黒い矢を指さす。

「ついさっき、廊下で拾ったんだよ」

「じゃあ、それ！　その靴は？　それ、久米先生の靴じゃないか！」

蓮実は、うなずいた。

「やっぱり、君は、久米先生とは親しい関係にあったようだね。……俺は、拷問された後、縛られて生徒相談室に転がされてた。久米先生は、俺の靴を取って履き替えた。たぶん、足跡のことを気にしたんだろうな。俺は、ロープをほどいてから、残されてた久米先生の靴を履いたんだ」

「どうして？」

「『ダイ・ハード』を見てないのか？」

蓮実は、ユーモラスに切り返したつもりだったが、二人とも見ていないらしく、反応がなかった。

「さあ、慣れない人間が持ってると、いつ暴発するかもしれない。こっちへ……」

蓮実は、ごく自然な動作で、菜々に向かって左手を差し伸べた。

「その手！」

雅彦が、信じられないという声で叫んだ。

「犯人じゃなきゃ、なんで、手袋なんかしてるんだ？」

菜々が、はっとしたように後ずさろうとした。蓮実は、ハブの頭に噛みつくマングースのようなすばやさで銃口を摑んで、押し下げる。

その瞬間、菜々が、剣道二段の本領を発揮した。銃を引く代わりに、くるりと右手で台尻を持ち上げ、蓮実の前頭部を強打したのだ。

身体にバネがあるせいか、女子の力とは思えなかった。蓮実は、脳震盪を起こしかけたが、銃口は離さず、逆に銃をしっかりと両手で握った。左手で銃口を持ち、逆さまになった銃を額で担ぐような妙な格好になる。顔に、たらりと血が流れた。

蓮実は、銃口を菜々に向けると、そのままの姿勢で、頭の上にある引き金を引いた。頭の上で爆発が起きたような衝撃。菜々は、散弾を至近距離から胸に受け、後ろに吹っ飛んだ。しまったと思う。横着をしないで、しっかりと銃を奪い取ってから、ふつうに撃てばよかった。発砲の反動で、額がさらに深く切れてしまったのだ。

雅彦は、凍りついたようにその場に佇んでいた。Tシャツにバミューダパンツという格好は、年齢以上に幼く見える。金槌を持った手は力なく下ろしたままだった。

蓮実は、黙って銃口を向ける。

「……久米先生が犯人だなんて、嘘だよね？」

雅彦は、囁くような声で訊ねた。

「あたりまえじゃないか」

今さら何を言っているのかと思うが、教師としては、どんな愚問でも、生徒の質問には答えてやらなければならない。

「君が、一番よく知ってるはずだろう？　久米先生は、他人を傷つけられるような人じゃないって」

雅彦は、黙って目を閉じた。

蓮実は、引き金を引く。今までの射殺では、一番後味がよかった。

ポケットカウンターで、男女から各1を引く。残りは、女子1、星田亜衣のみである。

なかなか出血が止まらない額をハンカチで押さえながら、暗幕で覆われた四組の教室をくまなく捜すと、亜衣は意外な形で見つかった。

カッターナイフで手首を切って、失血死していたのである。おそらく、迫り来る恐怖に耐えられなかったのだろう。

最後にクラスから自殺者を出してしまったことは、担任としては残念でならなかった。射殺されるのは、事故と同じでほぼ不可抗力である。しかし、自ら命を絶つ、生き延びる努力を放擲《ほうてき》するというのは、現在の教育が抱える何か根本的な問題に起因しているような気がした。

ともあれ、ポケットカウンターで、最後の1をマイナスする。

残りは、男女ともに0になった。人数コンプリートだ。

一応、記憶を頼りに出席簿の方も確認しておく。矛盾はない。これで、全員だ。

『卒業』おめでとう。二年四組の生徒たちは、予想していた以上によく善戦健闘して、最後の最後まで諦めようとしなかった。一人の自殺者を出したのは痛恨事だが、それでも、担任としては誇りに思わなければならない。

蓮実は、そのまま四組の教室を後にしかけたが、何気なく灯りを消して、はっとした。

暗闇に、うっすらと赤い光が見えるのだ。教室に入ったときに目にしていたはずだが、見過ごしていたらしい。

それは、教室の後ろに並んだロッカーの一つから発せられていた。

調べてみると、ロッカーのドアが一つだけ開いており、代わりに厚紙で蓋をしてあった。厚紙は丸く刳《く》り抜いてあり、そこからレンズが覗いている。録画中を示している赤い光も、そこから漏れてきたらしい。

　中村尚志が持っていたハンディカムだ。最近のビデオカメラは、真っ暗な部屋の中でも撮影が可能である。電気ギターだけでは仕留められないと思っていたのだろうか、彼は、最後にもう一つ罠を仕掛けていたのだ。

「Great!」と、蓮実はつぶやいた。中村尚志がここまで執念を燃やすに至った理由はわからないが、工夫は褒めてやってもいいだろう。アングルが固定されているので、教室での二人の殺害の顛末が録画されているかどうかは運次第だが、音声しか録《と》れていなかったとしても、充分な証拠になる可能性がある。

　しかし、いずれにせよ、罠は不発に終わった。

　蓮実は、散弾銃に一粒弾《スラッグ》を込めると、ハンディカムを撃って破壊した。ハードディスクのプラッタは粉々になり、復旧は不可能である。

　蓮実は、四組の教室を出ると、西階段を使って下りた。

　頭の片隅に、引っかかっているものがあった。

　どこかで、何か、致命的な失策をしたような気がしてならない。

　しかし、のんびりと考えている暇はない。やらなければならないことは、まだいくつか残っているのだ。

PM10：20

蓮実は、防火扉のくぐり戸を開けて一階のフロアに入った。発煙筒の煙で三箇所以上の煙探知機が反応したため、火災と認定されて、校内のすべての防火シャッターが下りているのだ。

生徒相談室のドアを開ける。久米教諭が、懸命に首を持ち上げてこちらを見た。あいかわらず防水シートにくるまれた蓑虫のような姿で、床に転がっている。吐き出しきれなかったハンドタオルの一部が、口から垂れ下がっていた。顔面蒼白で目は血走り髪も乱れていた。この一時間あまり、何とか縛《いまし》めを解こうとのたうち回った形跡が見える。言いつけ通り、おとなしくしているかと思ったが、校内から何度も聞こえてきた銃声に、矢も楯もたまらなくなったのだろう。

「久米先生。お待たせしました。終わりましたよ」

蓮実は、笑顔で報告すると、久米教諭を肩の上に抱え上げた。生徒相談室から、もう一度職員室へと運ぶ。久米教諭は、暴れようとはしなかった。

蓮実は、久米教諭をぐるぐる巻きのままソファに座らせたが、瀕死の獣のように唸る。何か言いたいことがあるらしい。

「今、猿轡《さるぐつわ》を取ります。大声を出さないでくださいね」

大声を出したところで聞く人間は一人も生き残っていないが、一応、念押ししておく。久米教諭は、大仰に何度もうなずいた。

蓮実は、指を食いちぎられるのを警戒しながら、久米教諭の口からハンドタオルを引きずり出した。久米教諭は、しばらく咳き込んで苦しそうにしていた。ペットボトルの水を飲ませてやる。口腔《こうこう》の状態は、できるだけ自然に戻しておいた方がいい。

「……は、蓮実先生。と、とにかく、これを解いてくれませんか？　何でも協力します。約束します。ですから」

久米教諭は、懇願した。口元には必死の笑みを浮かべている。

「そうですね。……とりあえず、もう少し水を飲んでください」

ペットボトルを久米教諭の口にあてがって傾ける。久米教諭は、こちらの意図を図りかねているらしく、目をぎょろぎょろさせていたが、おとなしく水を飲み干す。

「……一つだけ、教えてください。雅彦は無事なんですか？」

久米教諭の喋り方は、ほとんど正常に戻っているようだ。

「少し口の中に溜めて、うがいしましょうか？」

久米教諭は、言われるままにうがいをする。

「ちょっと待ってください」

蓮実は、職員室の隅にある洗面台からバケツを持ってきて、その中に水を吐き出させた。これで、口中に残ったハンドタオルの繊維も、あらかた流れただろう。バケツの中身は、洗面台に流して、軽く中をすすいだ。

蓮実は、久米教諭から見えないようにブラックジャックを手に取った。今日は、これで三度目のご奉公だ。そんなに何度も使うことは想定していなかったので、ポリエチレンの袋が破れないかと心配になる。

「蓮実先生！　雅彦は……？」

「前島くんですか?　ついさっき、亡くなりましたよ」

久米教諭の目が、大きく見開かれた。それから、冗談ではないことを悟ったのだろう、一筋の涙がこぼれて頬を伝い、がっくりとうなだれた。

真上から、後頭部めがけてブラックジャックを振り下ろした。

床に転がり落ちそうになった身体を抱き止めて、そっと床に置く。

蓮実は、生徒相談室へ行き、置きっぱなしになっていたナイキのスニーカーと散弾銃を取ってきた。まずモカシンを脱いでスニーカーに履き替える。それだけで、こうも違うかと思うくらい、足が楽になった。散弾銃を折って新たな二発のカートリッジを込める。

銀色のダクトテープを剝がし、久米教諭を巻いていた防水シートを外した。

それから、失神している久米教諭をソファに座らせて、散弾銃を床に立てると、銃口を久米教諭の口に突っ込んだ。角度が不自然にならないよう、散弾銃の位置を微調整する。

床に片膝を突き、久米教諭を見上げた。左手で身体を押さえてバランスを取りながら、右手で引き金を引く。轟音とともに久米教諭の後頭部が吹き飛んで、後ろの壁に大きな染みを作った。

久米教諭の身体は反動で前に倒れ、手を離すと床に転がった。

今度は、久米教諭の右足の靴下を脱がせて、散弾銃の引き金にかける。足指で引き金を引く、典型的な猟銃自殺の形だった。

もう一度引き金を引くと、職員室に大きな音が鳴り響いたが、二発目は空包《ブランク・カートリッジ》を込めてあったので、散弾は飛び出さなかった。これで、鑑識が久米教諭の足指を調べれば、火薬残渣反応が出るだろう。

散弾銃を折って排莢《はいきょう》し、新しい散弾の実包を二発込めた。監視カメラの映像を録画していたHDフレームレコーダーを二度続けて銃撃し、ハードディスクを粉々にする。

それから、散弾銃を、さっきと同じ位置に置いて、手を離した。

散弾銃は、ゴツンという音を立てて床に倒れた。

「おいおい、つれねえなあ。これでもう、お役御免かよ」

獣の声が、哀れっぽく抗議する。

「まだ、弾は残ってるぜ。これから、警官隊が来るんだろう？　だったら、一発でっかい花火を打ち上げねえか？　パーティーは、まだまだこれからだぜ！」

蓮実は、散弾銃の誘惑は無視することにした。今まで付けていた二重のビニール手袋のうち、硝煙反応が出る外側の方を久米教諭の手に嵌めてやる。わざわざ二重にしたのは、久米教諭が嵌めるビニール手袋の内側に自分の指紋が残っていては困るからだった。

盗聴波を受信していたレシーバーにも久米教諭の指紋を付けて、床に放り出しておく。

最後に、もう一枚のビニール手袋を外し、HDフレームレコーダーの残骸や防水シート、ダクトテープ、ブラックジャック、あらかじめ用意していたポリ容器入りの灯油と一緒に中庭に持ち出す。ブラックジャックの砂を捨てると、全部を一箇所にまとめて灯油をかけ、ライターで火をつけた。

今年の文化祭は中止だが、燃え上がる炎は、死者を送るささやかなキャンプファイアーのように見えた。

パトカーのサイレンの音が聞こえた。徐々に近づいてくる。危ないところだったと思う。綱渡りもいいところだ。蓮実は、急いで校舎に戻った。

生徒相談室の床に寝そべると、両手を後ろに回し手錠をかける。当初の計画では、自ら顔を傷つけ、指を折り爪を剝がして、久米教諭に拷問されたように装うつもりだったが、園田教諭と久保田菜々が適度に痛めつけてくれたおかげで、その必要はないだろう。

タイヤが砂を踏む音がした。数台のパトカーが、開けっ放しの校門から入ってくる。

パトカーは、正面玄関前に停まったようだ。回転灯の光が窓を染めている。警官たちは、突入する前に慎重に学校の様子を窺っているらしい。無線で連絡を取っているような声が聞こえる。

蓮実は、もう一度、シナリオを反芻してみた。一人の女子生徒の自殺。そして、一人の教師による大量殺人。この二つを結びつけるのは、かなりの難題かもしれない。

まあ、あまり深く考えてもしかたがない。この状況にわかりやすい説明を付けるのは、自分ではなく警察の仕事なのだから。

第十一章

連続殺人者《シリアル・キラー》と大量殺人者《マス・マーダラー》は、似て非なるものである。

下鶴刑事は、犯罪心理学の専門書にあった記述を思い出していた。警察学校の科目には心理学は含まれてないし、警察で殺人の捜査を行っている捜査一課でも、ＦＢＩのようなプロファイリングはいっさい行われていない。たまたま個人的な興味と問題意識で読んだ本の一節だった。

連続殺人者の多くは自己顕示型や快楽型の精神病質者であり、楽しみのために人を殺す。被害者は、通常、単なる獲物として、行きずりに、ランダムに選ばれる。例外としては、保険金殺人のように、金銭目的の犯罪が常習となるケースもある。

一方、大量殺人者の場合、最も一般的な動機は『津山三十人殺し』のような復讐である。被害者は、家族や友人知人など犯人と顔見知りのことが多い。繁華街や学校などを襲って無差別殺人に及ぶ場合も、多く犯人を駆り立てているのは疎外感や劣等感であり、手近な弱者を殺して鬱憤《うっぷん》を晴らそうとしている点では、復讐の代償行為であると言える。

そして、大量殺人は、しばしば拡大自殺でもあるという点で連続殺人とは対極にある。大量殺人者は、強い自殺願望に支配されていることが多く、被害者は、犯人が命を絶つ思い切りを付けるための生け贄《いにえ》なのだ。したがって、犯行後、犯人が自殺を図った場合は、大がかりな無理心中であったという可能性が高い。

だが、この恐ろしい惨劇も、はたして拡大自殺の結果と言えるのだろうか。

一報を聞いて駆けつけたときの衝撃と膝の震えは、まだ収まっていない。若い刑事たちの多くが吐き気をこらえきれずに、交代でトイレに駆け込んではゲーゲーやっていたが、捜査部門で十年以上のキャリアを持ち、すでに死体には慣れたつもりでいた下鶴刑事自身、不覚にも、もう少しで嘔吐してしまうところだった。

警察官とはいえ、人の子である。誰もが凄惨な現場に慣れているわけではない。今回の捜査に携わった人間は、後に、相当数がメンタル面のケアが必要となるだろう。

下鶴刑事は、蓮実聖司教諭を見やった。校長室のソファに腰を掛け、額をタオルで押さえている。かなり疲れているようには見えるが、それ以外は特に変わった様子はない。

「蓮実先生は、お怪我をされてますし、さぞかしショックも受けられてると思いますが、事件が事件ですので、もう少しだけ辛抱していただけますか？」

向かいに座っている、警視庁捜査一課の増淵《ますぶち》という刑事が言った。

「ええ、もちろんです」

蓮実教諭は、落ち着いた声で答えた。散弾銃の台尻で殴られたという額の傷は相当深く、出血はまだ完全に止まっていない。鼻骨が折れているらしく、鼻は曲がっていた。右頬は異常なほど腫れ上がっており、頬骨にもヒビが入っているかもしれない。

これだけの重傷にもかかわらず平然と振る舞っているのを、奇異の目で見ている刑事もいた。下鶴刑事自身、過去に犯罪や事故の被害者を何人も見てきた。みな一様に消耗し、皮膚は毛穴が開いて土気色だった。エネルギーを使い果たしたように、身体全体が萎《しぼ》んで見えたのだ。

ところが、蓮実教諭は、そうではなかった。身体全体から、獰猛《どうもう》な精気のようなものを発散している。自分がこの男を色眼鏡で見ているために、そんな感じがするだけかもしれないが、これはむしろ、捕らえた直後の凶悪犯のような特徴だった。

部屋の外からは、大勢の人間が動き回る音が聞こえていた。鑑識課のみならず、刑事部全体や所轄署から掻き集められた警察官たちが、必死になって状況を把握し、証拠を収集しようとしているのだ。

「今伺ったお話ですと、美術を担当している久米剛毅《たけき》教諭が犯人で、猟銃を持って侵入し、蓮実先生に暴行を働いて、手錠をかけて拘束した。そして、校内にいた生徒たちと先生を射殺した後に自殺したと……そういうことで、まちがいないですね?」

「ええ。その通りです」

「だとすると、いくつか、納得しにくいことがあります。おっしゃることを疑っているわけではないんですが、きわめて異常な事件でもありますし、我々も、まだ全体像を掴みきれていないので」

増淵刑事は、咳払いして、メモに目を落とした。ペンを持つ手が、かすかに震えている。日頃は傲慢《ごうまん》な男だったが、あまりにも恐ろしい事件に動転している様子が窺えた。

「まず、この……犯行のすべてが単独犯で行われたとは、ちょっと考えにくいんですよ。学校にはこれだけ多くの生徒たちと先生がいたわけですし、しかも、バリケードを作るなどして必死に抵抗した跡がある。にもかかわらず、一人も校外へ逃がしていない。犯人が、高度な軍事訓練でも受けた経験があったのか、あるいは、共犯者がいたとしか考えられないんですがね」

蓮実教諭は、小首をかしげた。

「私が知る限り、共犯者はいなかったと思います。少なくとも、職員室に押し入ってきて、私を拘束したときには、久米先生は一人でした」

「そうですか……」

増淵刑事は、溜め息をついた。殺人《コロシ》や強盗《タタキ》があったと聞くと、ひどい事件であればあるほど、手柄を立てるチャンスだと張り切るような男だったが、今回の事件は、荷が重いと感じているのだろう。

「ただ、もしかしたら……いや、止めておきましょう。単なる憶測で故人を貶《おとし》めるわけにはいきませんからね」

蓮実教諭は、気を持たせるような言い方をした。

「プライバシーや名誉には配慮いたします。ご存じのことがあったら、何でも教えていただけませんか？　我々は、あらゆる可能性を考えておかないといけませんので」

増淵刑事は、すぐに食い付く。

「実は、今晩学校にいるはずのない先生が、もう一人いたんですよ」

「ほう、それは？」

「体育科の柴原先生です」

蓮実教諭は、世間話をしているように平静な調子で答える。

「今晩、学校にいてもおかしくなかったのは、体育の園田先生と私だけです。園田先生は、猫山先生のピンチヒッターの宿直で、私は、四組の生徒が文化祭の準備で泊まり込むのを監督するためでした。しかし、校内には、なぜか柴原先生もいたんです。どう考えても、その理由がわかりません」

「なるほど」

増淵刑事は、感銘を受けたようだった。

「すると、柴原先生は、久米先生の共犯だったかもしれないということですね？」

「そこまでは……ただ、学校にいた理由がわからないというだけです」

「蓮実先生は、どこで柴原先生を見かけられたんですか？」

「たしか、本館と北校舎を結ぶ渡り廊下だったと思います。時刻は……六時から六時半の間でしょうか」

「お話は、されましたか？」

「いいえ。ちらりと後ろ姿を見ただけなので」

「それだけで、柴原先生だと？　だいたい日没の時刻だと思いますが」

「まだ、少しだけ日がありました。いつもと同じジャージーを着て、竹刀を持ってましたから」

「なぜ、柴原先生が亡くなったとわかったんですか？」

下鶴刑事は、我慢できなくなって、口を挟んだ。増淵刑事が、じろりとこちらを見る。下鶴刑事は、所轄署の生活安全課の刑事であり、たまたま蓮実教諭と面識があるという理由で同席していたため、勝手に質問をすることは許されていなかった。

「はい？」

蓮実教諭が、訊き返す。下鶴刑事は、もう一度繰り返した。

「質問の意味が、よくわからないんですが」

蓮実教諭は、眉を上げた。

「さっき、蓮実先生は、『故人を貶めるわけにはいかない』とおっしゃいましたよね？　なぜ、柴原先生が故人とわかったんでしょうか？」

「じゃあ、柴原先生は、生きてるんですか？　てっきり、生き残った人間はいないと思っていたんですが」

蓮実教諭は、冷たい目で反問する。

「いや……」と言いかけた下鶴刑事を、増淵刑事が遮った。

「下鶴さん、質問はこちらでします。いいですね？」

「すみません」

下鶴刑事は、殊勝に頭を下げた。この場からは、退席させられたくない。

「柴原先生は、たしかに亡くなってますがね、その状況もかなり不可解なんですよ」

増淵刑事が、続ける。

「といいますと?」

蓮実教諭は、捜査関係者のように冷静に訊ねる。

「暴行の形跡があるんですが、蓮実先生の場合とは違い、どうも生徒たちから集団リンチを受けたようなんです。しかも、死亡の直接の原因は、銃弾ではなくアーチェリーの矢によるものでした」

不用意に情報を与えすぎではないかと、下鶴刑事は思った。まだ、蓮実がシロであるという確証はないのだ。もしかしたら、それぞれの言葉に対する反応を見ているのかもしれないが、だとしたら蓮実という人間を知らない。下鶴刑事は過去に何度も事情聴取をしていたが、話せば話すほど、迷宮に踏み込んだように何を考えているのかわからなくなった経験があった。

「アーチェリーですか……だったら、高木翔です。インターハイでも好成績を収めていた子ですよ」

蓮実教諭は、瞑目《めいもく》して深い溜め息をついた。

「友達を守ろうとして、戦ったんでしょう。そういう生徒でした。いや、二年四組というクラス全体に、そういう強い絆……連帯感がありました」

校長室にいた数人の刑事たちは、少しく胸を打たれ、場がシーンとした。

「高木が敵とみなしていたのなら、やはり、柴原先生は、久米先生と共犯だった可能性が高いと思いますね」

「柴原先生は、久米教諭とは親しかったんですか?」

下鶴刑事は、口を挟んだ。増淵刑事が物凄い目で睨みつけてきたものの、気にせずに、蓮実教諭の返答を待つ。

「何ですか?」

蓮実教諭は、また、訊き返した。

下鶴刑事は、はっとした。今の質問は、時間稼ぎが必要な類のものではない。

この男は、耳が聞こえづらいのだ。おそらくは、一時的な難聴だろう。原因として最も考えられるのは、大きな音を連続して聴いたことだ。

「柴原先生は、久米教諭とは親しかったんでしょうか?」

蓮実教諭は、瞬きもせずに、じっとこちらを見ていた。

下鶴刑事は、背筋がぞくりとするのを感じた。この男は、聴力の不足をカバーするため、唇を読んでいる……。

「いや、そんな話は聞いたことがありませんね。日頃はほとんど接点もないでしょうし、性格的にも、とても気が合うとは思えない」

蓮実教諭は、不思議そうに言った。

「ただ、二人とも、生徒と……不適切な関係にあるという噂がありました。女子生徒と、男子生徒の違いはありますが。そのあたりで、ひょっとしたらですが、共犯関係があったのかもしれません」

「はあ？　それは、本当ですか？」

増淵刑事は、身を乗り出した。横から見ていると、どうも、蓮実教諭にいいように操られているようだった。

「あくまでも噂なんですよね？　確証がある話ですか？」

「そうですね。久米先生が同性愛者だというのは、まず、まちがいない話だと思います。彼が一方的に恋慕していた生徒は、四組の前島雅彦です。前島の方にも、そういう素質はあったようです。ですが、二人の関係については、よくわかりません」

蓮実教諭は、まるで授業をしているように、すらすらと説明する。

「柴原先生には、いろいろと良からぬ噂がありました。私は、四組の安原美彌に対して、ひどいセクハラを行っているという訴えを聞いたので、柴原先生に直接注意をしたことがありました」

「安原美彌ですか……」

増淵刑事は、眉を寄せる。屋上から飛び降りた少女の名前だと、下鶴刑事は思い出した。遺書も残されているところから、彼女だけは大量殺人とはまったく無関係のように思われるのも、奇妙な点だった。

「柴原先生は、セクハラのことは認めたんですか？」

「いいえ。いっさい身に覚えがないという返答でした」

「その訴えは、本人から？」

「いや、片桐怜花という生徒からです」

そのとき、校長室のドアを開けて、刑事が一人入ってきた。増淵刑事に何ごとか耳打ちする。

「えっ。本当か？　そんなこと言ってるのか」

増淵刑事は、かなり驚いた表情になった。その様子を、蓮実教諭が食い入るような目で見ている。

「うん、わかった。こっちが終わったら、すぐに行く」

増淵刑事は、一転して険しい目つきになり、蓮実教諭に相対する。

「もう一つ、どうにも理解しがたいことがあります。お気を悪くしないで聞いてほしいんですが、犯人は、なぜ、蓮実先生だけは殺さなかったんでしょうか？」

蓮実教諭は、首を振った。

「わかりません。拷問して生徒のことを聞き出してから、最後に殺すつもりだったのが、私が気を失っていたので忘れてしまったのかもしれません。……あるいは、もしかしたら、今晩起きたことを世間に伝えさせるために、あえて生かしておいたという可能性も」

おかしい。どうして、そんなに理路整然と喋れる。下鶴刑事は、蓮実教諭を凝視した。どう考えても、大虐殺の真っ只中にいて、九死に一生を得た男のセリフではなかった。

やっぱり、この男が犯人なのか。都立＊＊高の生徒の連続死事件でも、疑わしい部分は多々あった。結局確証は摑めなかったが、もし、あの事件で蓮実がクロだったとすれば、今晩、四十人以上もの人間を惨殺したのも、まちがいなくこいつだろう。

二人の生徒、片桐怜花と夏越雄一郎が相談に来たときのことを思い出す。あの子たちは、蓮実の正体を見抜いていたのだろう。真剣だったし、ひどく怯えてもいた。

どうして、あのときに、もっと早く手を打たなかったのだろう。都立＊＊高の事件で、羹《あつもの》に懲りて膾《なます》を吹くようになっていたことは否めない。蓮実という男は、圧力のかけ方を心得ていた。生徒を使って聞き込みの様子をスパイさせ、ちょっとした行き過ぎや失言も逐一記録し、いかに警察が不当で陰湿な言いがかりを付けているかをメディアにアピールしたのである。さらに、校長や教職員組合を味方に付け、教育委員会から都議会議員まで動かしたため、上司の許可を得ずに捜査を継続していた自分は、結局、署の生活安全課《セイアン》に飛ばされることになった。

だが、それで自分が、すごすごと尻尾を巻いてしまったために、今回の事件が起きたのではないだろうか。

まして、今晩、自分は片桐怜花と電話していたのだ。唐突に通話が切れたとき、おかしいなとは思ったが、溜まった書類仕事に追われ、ついそのままにしてしまった。あのとき、自分が駆けつけていたら。いや、せめて電話をかけ直してさえいたら……。

何もかもが、もう取り返しがつかない。

下鶴刑事は、永遠に醒めない悪夢の中にいるような気分を味わっていた。

「犯人の行動にも、いくつか説明がつかないことがあります。まず、なぜ手袋をしていたかなんですが……。自分の犯行であることを隠すつもりがなければ、手袋を嵌める必要はなかったと思いませんか?」

　増淵刑事の追及は、心なしか、さっきまでより厳しさを増していた。

「さあ、それは、私にはわかりません」

　蓮実教諭は、平然と答える。

「犯人と話をしたとき、何か、犯人の意図を窺わせるような言葉をお聞きになっていませんか?」

「いいえ。久米先生が一方的に質問をして、私は、それに答えただけですから。その後は、殴られて気絶していました」

「犯人の質問というのは、どんなことでしたか?」

「今晩学校にいるはずの生徒と教師の数です。それから、前島君がどこにいるかと訊かれました」

　増淵刑事は、あきらかに戸惑っているようだった。何を訊ねても、間を置かずに的確な答えが返ってくる。それは、会話や尋問というより、卓球のラリーのようだった。

「……犯人は、最後に監視カメラの映像を記録したレコーダーを銃で破壊し、念の入ったことに、灯油をかけて燃やしています。なぜ、そうまでして、映像を完璧に消し去らなければならなかったんでしょう?」

「さあ。見当もつきません」

「とにかく、わからないことが、たくさんありすぎるんですよ。たとえば、生徒たちは、なぜ誰も携帯電話で救いを求めなかったのか。懐中電灯でモールス信号を送る余裕はあったというのに」

「モールス信号？」

蓮実教諭は、なぜか眉をひそめた。

「ＳＯＳが発信されていたのを目撃した住民がいるそうです。生徒のいたずらだと思っていたそうですが、その後銃声のような音が聞こえたので考え直したらしく、通報がありました」

「なるほど……携帯電話についてなんですが、もしかしたら、校内では使用不能になっていたのかもしれません」

「使用不能？」

増淵刑事の声が、少し大きくなった。

「何で、そんなことになるんですか？」

「あまり学校の恥になるようなことは言いたくありませんが、本校には、妨害電波を出すための装置が設置されてるんです」

蓮実教諭の話では、定期考査で集団カンニングが行われるという噂が流れていたため、試験の間だけ、携帯電話の基地局との交信を妨害する電波を発射したのだという。

「しかし、勝手にそんなことをするのは、電波法に違反してるんじゃないんですか？」

増淵刑事は、眉間に深いしわを寄せた。

「その通りです。機械をセッティングしたのは物理科の八木沢先生ですが、法令違反という認識はあったようですね。ですが、酒井教頭の強い指示があり、学校の敷地外までは妨害電波の影響が及ばないようにするということで、結局、強行されてしまいました」

「おい、ここ、ケータイつながらないのか？　誰か、たしかめてみてくれ」

増淵刑事は、大慌てで指示する。下鶴刑事も、マナーモードにしていた私物の携帯電話を取り出した。圏外になっている。

しまったと思う。捜査中は、通常、車載と携帯型の警察無線しか使わないため、今まで気がつかなかったのだ。被疑者かもしれない人物に教えられるまでわからなかったというのは、大失態である。

「……で、このことは、久米先生は知ってたんですか？」

増淵刑事は、部下の携帯電話の画面を覗き込むと、苛立ちを抑えている声で訊ねる。

「ええ。たしか、久米先生には、以前に話したことがあったと思います。学校のやり方に対して不満があっても、我々下っ端は、なかなか上にはぶつけられませんからね。愚痴を言い合うようなことも、たまにありました」

嘘だ、と下鶴刑事は思った。

話が都合良くできすぎている。蓮実という人物に対して何の先入観もなかったとしても、おかしな話だと思ったはずだ。久米教諭が、携帯電話の妨害装置について知識があったというのは、蓮実教諭の話だけに依拠《いきょ》している。

一方、蓮実教諭自身は、本人の証言からも、確実にその装置のことを知っていたはずだ。

そのとき、さっき来た刑事が、再び校長室に入ってきた。慌ただしく、何ごとかを増淵刑事に伝える。

「こっちから行くって言っただろう？　え？　どうして止めないんだ？」

増淵刑事は、声を潜めながらも、語気鋭く叱責する。

校長室のドアが開いた。

下鶴刑事は、啞然とした。捜査状況に関しては、ほとんど蚊帳《かや》の外に置かれていたため、今の今まで知らなかった。二年四組の生徒に生存者がいたということは。

蓮実教諭も、また、茫然としているようだった。これもまた、演技でなければだが。

「蓮実先生。また会えて嬉しいですよ」

そう言ったのは、夏越雄一郎だった。素肌の上に、警察のウィンドブレイカーを羽織っている。

「どんな気分ですか？　殺し損なった生徒の顔を見るのは」

雄一郎は、吐き捨てるように言った。

「なぜ、こんなことをしたんですか？　たとえあなたが、鬼でも悪魔でも、こんなことをする必要はなかったはずです。それだけ訊くために、ここへ来ました」

片桐怜花は、まなじりを決して蓮実教諭の顔を睨みつけた。こちらは、婦人警官のものらしいトレーナーを身につけていた。

この子たちの、こんな表情を見るのは、初めてだった。下鶴刑事は、ただただ圧倒されていた。

蓮実教諭もまた、驚愕の表情を隠せずにいた。

「驚いたな……。そういうことだったのか」

それから、一転して賛嘆の表情になり、二人の生徒を褒め称える。

「Magnificent!　君たち、よく、あの中を生き延びたね。担任として誇りに思うよ」

「貴様……何を言ってるんだ……ふざけるな！」

雄一郎が、喘《あえ》ぎながら吠えた。

「おまえが殺したんだろうが？　クラスのみんなを！　よくも、そんな……！」

「今さら言い逃れなんかできませんよ！　わたしたちが、証人です！」

怜花も、叫んだ。

「おい、ちょっと！　落ち着きなさい。君たち」

増淵刑事が立ち上がって、二人を制した。

「落ち着け？　クラス全員殺されて、どう落ち着けっていうんだ、このタコ！」

雄一郎は、絶叫して、蓮実教諭に指を突きつける。

「何やってんだよ？　さっさと、こいつを逮捕しろよ！　こいつが犯人なんだ！」

蓮実教諭が、立ち上がった。

「刑事さん。失礼は、お詫びします。この子たちは、極限状況を生き延びてきたんです。我を忘れて当然でしょう」

「くそ！」

雄一郎は、蓮実教諭に向かって突進しようとして、近くにいた刑事に抱き止められた。

「殺してやる！　てめえ！　絶対ぶち殺してやる！」

蓮実教諭は、悲しげに微笑んだ。

その顔を見たとき、下鶴刑事は、心の底からの恐怖を覚えた。

「君たちは、なぜ、俺が犯人だと思い込んでしまったんだ？」

蓮実教諭が、二人に向かって問いかける。

「なぜ……？」

二人の生徒は、身を震わせながら立ち竦んだ。

「君たちは、犯人の顔も見ていないし、声も聞いていないはずだ。そうだろう？　そうでなかったら、俺が犯人だなんていう誤解をするはずがない」

「俺たちはなあ……！」

雄一郎は、両の拳を握りしめて叫んだ。

「四階の廊下で、血溜まりの中に顔を伏せて、死んだふりをしてたんだよ！　おまえは、そのすぐ横を通り過ぎたじゃないか！」

「でも、顔は見なかったんだろう？」

「生きてるのは、おまえだけじゃないか！」

「犯人は、自殺したんだよ」

「口笛を聴いたわ！」

怜花が、叫ぶ。

「モリタートの……あれは、あなたがいつも吹いてた曲よ！」

「それは、俺じゃない。それに、モリタートじゃなくて、マック・ザ・ナイフだったかもしれないだろう？　基本的に同じ曲だけどね」

蓮実教諭は、陽気に答える。

雄一郎は、床に膝を突いて慟哭《どうこく》し始めた。

「ちくしょう……ちくしょう……！」

怜花は、そのそばで、蒼白な顔で立ち竦んでいる。

いつもなら胸がむかつくほど自信たっぷりな増淵刑事も、気を呑まれたように沈黙している。

だめだ、君たち。こいつは、本物の悪魔なんだ。

下鶴刑事は、黙って立ち上がると、校長室を後にした。かつて完膚無きまでに打ちのめされた敗北感が疼《うず》く。

だめだ。勝てない……勝てるわけがない。

心の中でつぶやきながら、蹌踉《そうろう》と正面玄関へ向かった。悪いが、もうだめだ。ここにはいたくない。正義が踏みにじられて悪が勝つところなど、もう二度と見たくはない。

「下鶴さん」

誰かに、声をかけられた。

何なんだ、こんなときに。下鶴刑事は、のろのろと顔を向けた。

「ちょっと、これを聞いてもらえませんか？」

保健室から顔を出してそう言ったのは、顔見知りの鑑識課員だった。表情には、緊張の色がある。

下鶴刑事が校長室に戻ると、増淵刑事が何しに来たという目で、じろりと一瞥した。

現場における異例とも言える長い事情聴取は、今ようやく終わったところらしかった。蓮実教諭の顔は、退屈な職員会議がやっと終わって、これで解放されるという風情である。その一方、雄一郎と怜花は、完全に茫然自失していた。この世に正義などないことを思い知らされたかのように、打ちのめされている。

刑事たちは、困惑し、黙り込んでいた。

「みなさん、ちょっと待ってください」

下鶴刑事がそう言うと、増淵刑事が、耳元で囁くように噛みついた。

「何のつもりだ。ああ？　てめえは、蓮実を知ってるというから同席させてやってるだけだろうが？　勝手なまねをするんじゃねえよ！」

「増淵。手柄は全部、くれてやるよ」

下鶴刑事は、囁き返す。

「だから、三分だけ俺にくれ。犯人がわかったんだ。決定的な証拠が、今ここにある」

増淵刑事は、ぽかんと口を開けて固まった。

下鶴刑事は、オレンジ色の自動体外式除細動器《AED》を、校長の机の上に置いた。

「蓮実。忙しい晩だったみたいだな」

蓮実教諭を睨みつける。

「忙しすぎて、忘れてたんだろう？　ＡＥＤには録音機能があることを」

下鶴刑事がキーを押すと、録音された音声が流れ始めた。

かすかな雨音。ざわざわした雑音からは、生徒たちの緊張が伝わってくるようだった。誰もが、固唾を呑んで音声に聞き入った。おそらくは、たった一人を除いて。

『意識、呼吸を確認してください』

これは、ＡＥＤから発せられた指示だろう。女性の声が言う。

『身体に触らないでください。心電図を調べています』

『電気ショックが必要です。充電しています。身体から離れてください。点滅ボタンを、しっかりと押してください』

『電気ショックを行いました。身体に触ってもだいじょうぶです。ただちに胸骨圧迫と人工呼吸を始めてください』

必死の救命活動を行っているらしい、息づかいだけが聞こえる。

『おい、だいじょうぶか？』

それは、まぎれもなく、蓮実教諭の声だった。

『そこにいるんだろう？』

『気をつけろ！　侵入者は、久米先生だ。猟銃を持っている。たった今、上へ行った』

「何だ、これは？　あんた、手錠で拘束されて、気を失ってたはずじゃなかったのか？」

増淵刑事が低い声で問いかけたが、蓮実教諭は、無言だった。

『そこにいるのは、何人だ？　あ。床に血が流れてるじゃないか！　おい、返事してくれ。誰か撃たれたのか？』

『蓮実先生』

男子生徒が、答える。

「山口の声だ……」

雄一郎が、つぶやいた。

『今の、本当ですか？　久米先生が犯人って』

『ああ。俺も信じたくないが、本当だ』

短い間。

『どうしたんですか？』

『うん。久米先生に監禁されてたんだ。そのときに、ひどくやられてね……。それより、撃たれたのは誰だ？』

『修平です！　心臓が止まったままなんです！』

怜花が、口を押さえて嗚咽《おえつ》し始める。

『先生！　助けてください！』

校長室の中は、寂《せき》として声もなかった。

『わかった。とにかく、これをどけてくれ』

『先生。なんで久米先生が、こんなことをするんすか？』

「……これは、佐々木の声です」

　雄一郎が、歯を食いしばって言う。

『何て言ったらいいか……久米先生は、生徒に対して一方的な恋愛感情を抱いていたんだが、受け入れられなくて、凶行に走ったみたいなんだ』

『四組《うち》の女子っすか？』

『いや……前島なんだよ』

『えっ、男？』

『そんなの、どうでもいい！　早く先生を入れろ！』

　山口の怒鳴り声で、容態が切迫しているのがわかった。

『だめだ、打ってないな……もっと強く胸骨を圧迫するんだ』

　そこから、しばらくは、必死の救命活動が続く。

『先生！　このままじゃ……』

　ＡＥＤには、山口が息を呑む音までが録音されていた。

『みんな、もうちょっと下がってくれ』

『せ、先生……なんで？　どういうことですか？』

『もうちょっと奥だ』

その瞬間、連続して二発の銃声が響いた。録音されたその音は平板で、現実の発砲音がもたらす恐怖の片鱗も伝えていなかったが、刑事たちは戦慄した。

銃を折る音。空薬莢《からやっきょう》が、ばらばらと床に落ちる。

『二発で四人というのは、やっぱり難しいね。今、楽にしてあげるよ』

「もう、止めて！」

怜花が、耳を覆って叫ぶ。下鶴刑事は、再生をストップした。

「まんまと殺しおおせたつもりだったか？　自分は指一本差されないと？　たしかに、どんな抵抗も、おまえのような悪魔には無効だったかもしれない。だが、唯一想定外だったのは、たった一人の生徒の行動だ。友達を救いたい一心でやった純粋な行為が、最後に、おまえの心臓を刺したんだ」

自分の声が、ひどく嗄《しわが》れて、他人の声のように響く。

「何か言うことがあるか？」

蓮実教諭は、ただ無表情に肩をすくめただけだった。

下鶴刑事は、目眩《めまい》のするような非現実感に襲われた。自分が見ているものは、いったい何だろう。校長室にいる全員が、理解できないものを見る目で蓮実教諭を凝視している。

「蓮実聖司。おまえを逮捕する」

増淵刑事が、最初に我に返った。蓮実教諭を立たせて、後ろ手に手錠を嵌める。連行しようとしたとき、蓮実の後ろ姿に、怜花が鋭い声を浴びせる。

「圭介も……あんたが殺したの？」

蓮実教諭は、振り返った。曇りのない目で、数秒間、怜花と雄一郎をじっと見つめる。

「本当に、すまなかった」

ようやく発した声は、遅刻を詫びるような調子だった。

「これは、全部、神の意志だったんだ。頭の中に響いてきた命令で、やったことなんだよ。四組の生徒は、一人残らず悪魔に取り憑かれていた。これは、みんなの魂を救うためだったんだ」

こいつは……。下鶴刑事は、身体が震え出すのを感じた。それが、恐怖によるものか、怒りのためなのかはわからない。

こいつは、もう、次のゲームを始めている。

「わたしは、圭介のことを訊いてるの！」

怜花の声は、まるで血を吐くかのようだった。

だが、蓮実教諭は、きびすを返した。早く行こうとばかりに両側にいる刑事を見やる。増淵刑事の顔が、強張った。

「連れて行け！」

蓮実教諭の姿が校長室から見えなくなって、しばらくすると、遠くからかすかな口笛が聞こえてきた。

終章

喫茶店に入ってきた真田教諭は、すぐに気がついたようだった。無言のまま手を上げる。

怜花は、そっと会釈した。雄一郎も、黙って頭を下げる。

「たいへんだったね」

真田教諭は、二人と向かい合って座ると、コーヒーを注文した。かなり痩せたようだ。無精髭の生えた頬は、かなりこけて見えるが、目の輝きは失せていなかった。

「先生も」

「君たちとは、比較にならないよ」

真田教諭は、うっすらと笑顔を見せかけ、すぐに消した。

「まだ、何もかもが悪夢だったとしか思えない。君たちが……無事だったことが、唯一の救いだ」

喫茶店はがらがらだったが、少し離れたところに、スポーツ紙を読んでいる男がいた。一面に載っているのは、相も変わらず史上最悪・最凶の殺人鬼・蓮実聖司についてのセンセーショナルな後追い記事である。事件からちょうど一ヶ月が経過していたが、これほどメディアが一色に染まってしまうのは、オウム真理教の無差別テロ以来だった。

怜花は、少し声をひそめて言った。

「先生の飲酒運転の容疑は、完全に晴れたんですか？」

「ああ。それも、君の証言のおかげだよ。実地検分をやりなおした結果、あの竹の支柱でＲＸ－８のアクセルを押せることがわかったからね」

「学校へは戻るんですか？」

雄一郎が、訊ねる。

「どうかな。晨光町田は、もう終わりだし、どこか遠くの学校が採用してくれないかとは思うけど。しかし、これだけの事件が起きてしまうと、本人に責任があったかどうかは、あまり関係がなくなるみたいなんだ。どこも関わり合いを持ちたくないみたいでね……」

事件以来、晨光学院町田高校は、休校状態だった。在校生は、すでに大半が他の高校へ移っている。来年度の志願者はゼロで、廃校となる見通しだった。灘森校長は精神病院へ収監されていたが、それが二年四組の生徒の大半が殺された事件より前、釣井教諭の自宅から妻の遺体が発見されたという一報の直後だったことを知る人は少ない。

釣井教諭の妻の遺体に関しては、時期的に蓮実教諭の関与はありえないため、自殺した釣井教諭の犯行と断定された。被疑者死亡で書類が送検され、一件落着となるだろう。

酒井教頭が、早々に雲隠れしてしまったため、代わってメディアの矢面に立ってきたのは大隅教諭だったが、心労のためか、数日前に体調を崩して入院している。

「それより、君たちこそ、だいじょうぶなの？　その、あんな過酷な体験をしたわけだし、友達も、みんな……」

真田教諭は、表現のしように困ったらしく、言葉を濁した。

「だいじょうぶ、とは言えませんけど」

怜花は、微笑もうとしたが、わずかに口角《こうかく》が上がっただけだった。自分は笑い方を忘れてしまったのかもしれないと思う。

「クラスで残ったのは三人だけですから、わたしたちが頑張って生きないと……」

「犠牲になったみんなに、申し訳ないですよ」

雄一郎が、後を引き取る。

「俺たち二人の命を救ってくれたのは、小野寺さんと有馬でした。二人のためにも、いや、みんなのためにも、俺たちがしっかりしなきゃって」

真田教諭は、うなずいて、運ばれてきたコーヒーに口を付けた。

「辛かっただろうな。クラスメイトの遺体を……。いや、亡くなった二人だって、きっと本望だったろうと思うけど」

どう言い繕っても、美談にはならない。わたしたちは、自分の命を救うために、親友の遺体を身代わりにして銃で撃たせたのだ。怜花は、深い溜め息をついた。

避難袋の中を降下する遺体に銃弾が突き刺さった瞬間、たしかに自分が撃たれたような痛みを感じた。あの感覚は一生忘れないだろうし、忘れてはならないと思う。

他人の痛みを想像できない人間は、本質的には、蓮実と何ら変わらないのだから。

そのとき、喫茶店の中に置かれたテレビが、刺激的な効果音を流し始めた。嫌な予感がして、怜花は、画面に目をやった。案の定、それは、事件に関するワイドショー的な特別番組だった。

『……本日で丸一ヶ月となったわけですが、依然、解明されていない部分が多く、犠牲になった三十八人の生徒と三人の教師が、なぜ死ななければ』

「場所を変えようか」

真田教諭が、腰を浮かしかける。

怜花は、首を振った。

「いえ、平気です」

「いちいち気にしてたら、これから生きていけませんし」

画面には、ハンディカムで撮った映像が流れ始めた。中村尚志が残した、文化祭準備のメイキング映像だ。この映像は、様々な番組で、繰り返し使われていた。

『……この生徒たちを無残に射殺していった、蓮実聖司という人間の人物像に迫りたいと』

「この事件と直接の関わりがあるかどうかはわからないけど、早水圭介君の行方は、まだわかってないいんだろう?」

真田教諭の質問に、雄一郎は、暗い顔をしてうなずいた。

たぶん、圭介は、もうこの世にいないと考えているのだろう。怜花にも、それはわかっていた。圭介に関しては、蓮実は、どういう思惑からかまだ何の自供もしていない。そのことが腹立たしくもあるが、反面、はっきりと死んだと聞かされない限り、生きている可能性はある。儚い希望と知りつつも、怜花は、まだ縋《すが》らずにはいられなかった。

『一方、屋上から投げ落とされた少女、Yさんです。奇跡的に命を取り留めて回復も順調ということなのですが、なぜか、事件についてはこれまで沈黙しており、いっさい語っていません』

顔にモザイクのかかった美彌の映像が映る。

「彼女は、蓮実に殺されかけたのに、なぜ、何も証言しようとしないんだろう？」

真田教諭が、不審げに言う。

「そういえば、僕が蓮実に陥れられたのも、彼女がポルシェから降りるのを見たっていう話からだったな」

美彌は、まだ蓮実のことが好きなのだろうか。怜花は、ぼんやりと考える。

「でも、安原は、一応、元気そうだな」

テレビに映っていた美彌は、まだ車椅子に乗っていたが、報道陣には一言も答えずに、医師やナースにガードされながら車の中に姿を消していた。

「元気ですよ」

怜花が、答える。

「会ったの？」

「ええ、一度だけ、病院へお見舞いに行って」

どうして親しかったわけでもない美彌を見舞う気になったのかは、自分でもよくわからない。自分と雄一郎を除けば、四組でただ一人生き残った美彌に、どうしても会って話がしたいと思ったのだった。

両脚を骨折してベッドに横たわっていた美彌は、ひどく蒼白い顔色で、無表情だった。意外だったのは、怜花の顔を見るなり、お願いがあると言い出したことである。それで、下鶴刑事に頼んで、川崎のマンションに閉じ込められていたジャスミンという仔猫を救出してもらった。ジャスミンをこっそりバッグに入れて病室に持ち込んだときには、美彌は、心から嬉しそうな笑顔になった。そのジャスミンは、今は怜花の家にいる。

『蓮実被告は、犯行自体は認めているものの、すべては神の声に導かれてやったことだと供述しているそうです。この点については、いかがお考えですか?』

『そうですね。これから、裁判は、責任能力の有無が焦点になっていくと思われますが、もしこれが心神喪失で無罪というようなことになったら、本当に恐ろしいと思いますね』

すでに、蓮実を死刑にさせないために全国から多くの弁護士たちが馳せ参じて、空前の大弁護団が結成されている。弁護団はこれまで、検察側が申請したすべての証拠に対する同意を留保しているため、今後、露骨な裁判の引き延ばし戦術が取られるのではないかと危惧されていた。

『……つまり、犯行の異常さが、かえって蓮実被告に有利に働く可能性があるということですか?』

『そのとおりです。正常な精神状態では、ここまで異常な犯行は不可能であるというのが、弁護側の主張の一つの柱になっており』

「何だ、そりゃ？　だったら、人を殺《あや》めるときにゃ、首を切り落として目ん玉に造花でも差しときゃ保険になるってことか？　だいたいよう、人殺しなんてのは、多かれ少なかれ、みんなキ[redacted]じゃねえか」

スポーツ紙を読んでいた中年男が、喫茶店のマスターに向かって、吐き出すように言う。

「まあ、そりゃちょっと言いすぎだと思うけどね」

口ひげを蓄えたマスターは、険しい顔でテレビの画面に目をやりながら、答える。

『ただ、蓮実被告の場合は、中学生のときに何者かに両親を殺害されたという、被害者の側面もあるわけですよね？　そうしたトラウマによって人格が歪められたとすれば』

「……知らなかったな。そんなことがあったんなら、たしかに蓮実がおかしくなったのもわかるけど。でも、もちろん、犯行の言い訳には全然ならない」

真田教諭が、つぶやく。

「俺は、違うと思います」

雄一郎が、低い声で言った。

「違うって？」

真田教諭は、ぽかんとした顔になった。

「両親が殺されたっていう事件も、たぶん蓮実が犯人です。当時中学生だったんなら、充分可能でしょう」

「それは……」

真田教諭は、絶句した。怜花も、鳥肌が立つのを感じていた。今初めて聞く説だったが、直感は、雄一郎の推測は正しいと告げている。

テレビからは、これまでに何度も放送された音声が流れていた。

『……何度聴いても、感動せずにはいられません。そして、犠牲になった三十八人の生徒のうち、このたった一人の行動が、結果的に蓮実被告の犯行を暴くことになったわけですよね？』

『そのとおりです。もちろん、これだけのことをやれば、どんなにうまく辻褄を合わせても、いろいろと不審な点や矛盾が出てくるものですが、どれも決定的な証拠とは言えませんでしたから、これがなければ、蓮実の自供も引き出せなかったはずです。その場合は、現在も捜査は難航して、任意での取り調べが続いていた可能性はありますね』

元特捜部の検事という弁護士が、重々しく司会者に相槌を打った。

「こいつは、ちゃんと死刑になんのかな？」

スポーツ紙の男が、独り言のようにつぶやく。

「三人殺さなきゃ死刑にしねえとかって馬鹿な基準があったけど、いくら何でも、これは死刑判決が出ると思うよ。……こいつが死刑になんなかったら、これまでに死刑になった凶悪犯が全員、不公平だって化けて出るって」

男は常連客なのだろう、喫茶店のマスターが、ぶっきらぼうな口調で答えた。

怜花は、雄一郎の目を見て、同じことを考えているのがわかった。

あの晩、蓮実が逮捕された瞬間から、すでに最後のゲームは始まっていた。

蓮実が死刑になるかどうかが、すべてだった。極刑が回避されれば、たとえ仮釈放されなくても、脱獄の可能性はある。あの悪魔なら何年でも何十年でも、じっと目を閉じて機会を待ち続けることだろう。刑務所ほど警戒が厳重でない精神病院に入れられた場合は、いつか必ず逃げ出すものと覚悟しておいた方がいいかもしれない。

そして、蓮実が自由の身になるようなことが現実に起きたら、まちがいなく、自分たち二人を殺しに来るに違いない。

爆音をまき散らしながら、喫茶店の上空を軍用機が飛び過ぎた。

怜花は、氷のように冷たい手でコーヒーカップを持ち上げて、唇に運んだ。

どこからか、カチカチという音が聞こえてくる。どうやらそれは、自分の歯が小刻みに立てている音らしかった。

「リベート？　何の業者？」

「うちの学校で、まともな教師は、
　蓮実先生と僕だけじゃないですか？」

「カンニング。今度の中間で、また、やる気なんでしょう？」

性善説に基づくシステム——学校。
そこにサイコパスが紛れこんだとき、
悲劇は起こった。

悪の教典　上巻

悪の教典

Lesson of the evil

2年4組の出席簿が

こちらのサイトからダウンロードできます。

http://bunshun.jp/pick-up/akunokyouten

初出　『別册文藝春秋』二〇〇八年七月号から
二〇一〇年七月号まで毎号連載

悪《あく》の教典《きょうてん》　下

二〇一〇年七月三〇日　第一刷発行
二〇一〇年九月　五　日　第三刷発行

著　者　貴志《きし》　祐介《ゆうすけ》
発行者　庄野音比古
発行所　株式会社　文藝春秋
〒一〇二-八〇〇八
東京都千代田区紀尾井町三-二三
電話　〇三-三二六五-一二一一㈹
印刷所　凸版印刷
製本所　加藤製本

万一、落丁・乱丁の場合は送料小社負担でお取替えいたします。
小社製作部宛、お送りください。定価はカバーに表示してあります。

ISBN 978-4-16-329520-6

© Yusuke Kishi 2010　　Printed in Japan